天才錬金術師は異世界の「すみっこ」で暮らしたい

～悠々自適な辺境アトリエ生活～

らる鳥

Illustration 沖史慈宴

ルービット・キューチェ

前世からの憧れだった錬金術を極め、
人類圏の端にアトリエを構える。
ひそかに研究を重ねて創り上げた
ホムンクルス・ヴィールと同居しながら、
辺境ライフを満喫している。

ヴィール

ルービットに創られたホムンクルス。
培養槽の中でしか生きられないとされていたが、
ルービットが地道に研究を重ねた結果、
外で生活できるようになって……。

ディーチェ・フェグラー

ルービットの恩師の紹介で、
実家から身を隠そうと訪ねてきた少女。
優れた錬金術の才能を持ち、
ヴィールの研究も積極的に手伝っている。

サイロー

神殿で育った孤児。とても賢く、
年長者として孤児達の面倒も見ている。
将来は冒険者になるため、
ルービットから様々なことを学んでいる。

『ルービット・キューチェ』という
錬金術師の方の所在を
ご存じではないでしょうか？
…えっ、僕？
恩師からの手紙には、これを運んできてくれた彼女、
ディーチェを暫く匿って欲しいと書いてあった。
可能ならば、金の稼ぎ方を教えてやって欲しいとも。

天才錬金術師は異世界のすみっこで暮らしたい
～悠々自適な辺境アトリエ生活～

らる鳥　Illustration 沖史慈宴

tensai renkinjutsushi
ha isekai no
sumikko de kurashitai

目次

番外編

第一章

練り餌を付けた釣り針を、大きく竿を振って川の中へと投げ入れる。

森深くの穴場であるこの場所には、余程腕の良い冒険者でもなければ近付きもしない。

水面に釣り針の落ちる音が、川の流れる音や木の葉が揺れる音にも負けず、ぽちゃんと響く。

そしてそれから一分と経たずに、構えた竿がグンっと強く引かれた。

早速のアタリだ。

あまりに早い魚の食い付きだが、でもこれは僕の釣りの腕が飛び抜けて良いからとかでは、残念ながらない。

先程釣り針に付けた練り餌が、錬金術で作り出した強烈に魚を惹き付ける特別製なのだ。

僕の釣りの腕は、多分中の中か中の下で、本職の人と比べれば決して誇れはしないだろう。

でもそんな僕でも魚が入れ食い状態になる練り餌を作れる錬金術の腕は、多分誇っても良い筈だった。

水中で大暴れする魚に、竿が異常な程にしなって曲がる。

先程ちらりと水面に見えた魚体は陽光を弾いて金色に輝いており、それが黄金鱒と呼ばれる魔魚の一種であると知れた。

魔魚とは、その身に魔力を秘めた魚の総称で、つまりは魔物の一種だ。

当然ながらその身に秘めたる力は普通の魚とは比べものにならぬ程で、並の釣り具ならば糸を切られるどころか竿も容易くへし折られてしまう。

けれども僕の握る竿は極限までしなりながらも決して折れる事はなく、糸も釣り針も切れず壊れず、黄金鱒を捕らえて離さなかった。

そう、僕が用意した道具は、練り餌だけが特別ではないのだ。

竿は大樹海の中層の木々から選んだ木材を、糸はヒュージスパイダーの巣から得た縦糸を、釣り針はブラックボアの牙を削って、得られた素材を錬金術で強化して仕上げた逸品ばかり。

もし仮にこの釣り具を持って海に出たなら、鯨だって釣り上げる事が可能だろう。

まぁ勿論、鯨を釣り上げられるだけの筋力が使い手に備わっていればの話だが。

さて魔魚、要するに魔物の一種である黄金鱒は、海を泳ぐ鯨程ではなくとも力は強い。

少なくとも多少訓練した人間並の筋力しか持たない僕には、本来釣り上げる事なんて出来ないくらいに。

だが森を流れる川は然程に広くはないから、糸を出して伸ばし続ければ、少なくとも水中に引きずり込まれてしまう事はなかった。

故に僕は慌てず、焦らず、暴れる黄金鱒に逆らわず、されど決して逃がさずに、辛抱強くその時を待つ。

すると少しずつだが、暴れる黄金鱒の勢いは鈍り出す。

漸く疲れ始めた、訳じゃない。

魔物のスタミナは人間とは比較にならないから、この程度で弱り始めたりはしないだろう。

で、あるならば、黄金鱒の勢いが鈍った理由は唯一つ。

そう、黄金鱒が喰(く)らった、針の先に付けられていた、練り餌が原因だ。

あの練り餌は実は二重構造で、外側は水に溶けると魚を猛烈に惹き付ける餌で塗り固めていたが、中心部分の餌は魔物にも効果のある痺れ薬が練り込んであった。

黄金鱒も我が身の異常に気付いたらしく、必死に足掻(あが)こうとはしているが、口の中で溶けて身体に染み込んだ痺れ薬の効果には勝てず、ジリジリとこちらに引き寄せられてくる。

釣りとしては邪道も邪道だが、僕の本業は釣り師ではなく錬金術師なので仕方ない。

この黄金鱒の名前の謂(いわ)れは、勿論全身を覆う特徴的な金色の鱗(うろこ)であるのだけれど、それ以外にもあまりに美味なその身を求めて貴族が金貨を積むかららしい。

一匹でも手に入れる事が出来れば一攫千金(いっかくせんきん)。

それが黄金鱒が生きた黄金とも呼ばれる由来だ。

しかし錬金術師である僕にとっては、その美味なる身以上に、錬金素材として使える鱗の価値が高い。

故に僕にとってこれは釣りというよりも、錬金素材の採取という意識が強かった。

釣り上げたずっしりと重い金色の魚、四十センチメートルはオーバーしているだろう大物を、水を満たしたボックスに放す。

それから再び練り餌を付けて、釣り針を川に向かって放る。

この黄金鱒一匹でも十分な成果ではあるけれど、まぁそこはそれ、人の欲には限りがない。

わざわざ森深くの穴場までやって来たのだから、少しでも多くの成果を持ち帰りたいというのが人情だ。

そしてあれだけ黄金鱒が暴れたにも拘らず、次のアタリもすぐに来た。

人があまりやって来ないこの辺りの魚は警戒心が薄いのか、それとも僕が作った練り餌の魔性の魅力か。

とは言え流石に、黄金鱒の様な大物がそう何度もかかる訳じゃない。

次に来た竿に掛かる力は先程に比べれば随分と小さなもので、痺れ薬が回り出すのも待たずに釣り上げたそれは、三十センチメートル程のパーチだった。

いやまぁ、僕はこの魚をパーチと呼んでいるが、実際のところはどんな名前なのかは詳しくは知らない。

黄金鱒の様な魔魚や、特に美味しかったり、何らかの薬効があったりとの特徴がない魚の場合は、この国の人々は単に魚としか呼ばないのだ。

普通に考えた場合、黄金鱒という呼称があるのなら、金色の鱗を持たない鱒の様な魚も鱒と呼ばれるべきだろう。

けれどもやはり、この国の人々は普通の鱒を見ても魚としか呼ばなかったり、酷い場合はニセモノなんて風に呼称する。

僕にはどうにも、その辺りは納得がいかない。

……兎も角、だから僕は、僕がずっと昔に住んでいた場所、もう二度と戻れない場所にいた時に得た知識に従って、この魚をパーチと呼んでいる。

尤も、僕が昔住んでいた場所では、このパーチは特定外来生物だったが。

とは言えパーチは淡白な白身魚で、小骨が少なく食味が良いから、揚げ物にするのに向いている。

ありふれた魚ではあるけれど、僕にとっては持ち帰る価値は十分にあった。


そんな風に幾匹かの魚を釣り上げていると、不意に後ろの茂みがガサガサと音を鳴らす。

僕は咄嗟にまだ魚の掛かっていなかった釣り針を引き上げて、竿を地に放り、腰に吊るした短剣の柄に手を伸ばして振り返る。

だけどそんな僕の警戒とは裏腹に、茂みから出てきたのは一匹の可愛らしい子熊だった。

好奇心に満ちた瞳でこちらを、より正確に言うならば、釣り上げた魚が泳ぐボックスを見つめる子熊。

その仕草に思わず和みそうになってしまうが、……これは少し厄介な事になってしまった。

当たり前の話だが、こんな小さな子熊が単独でうろついている筈がない。

子熊には、必ずと言って良い程、それを守る為に神経質になった母熊が付いているものだ。

それも魔物が出没する森深くでも、子を守れるだけの実力を持っているだろう母熊が。

僕は大きく溜息を一つ吐くと、魚の泳ぐボックスに手を突っ込んで、捕まえた幾匹かを子熊に向かって放る。

　そうして子熊が魚に気を取られている間に、僕は手早く釣り具を鞄、錬金術で製作した内部の空間が拡張された、所謂マジックバッグに詰め込んだ。

　本当は魚を泳がせているボックスも、マジックバッグにしまえれば良いのだけれど、残念ながらこれには動く生き物は入らない。

　故に僕は他の魚は子熊に向かって放りつつも、黄金鱒だけは針を突き刺して仮死状態に加工して、漸くマジックバッグに仕舞い込む。

　それから最後に、水を捨てたボックス自体をマジックバッグに詰めて、僕は着ていた外套のフードを目深に被った。

　するとそれとほぼ同時に、ガサガサと子熊の出てきた茂みが再び音を立て、更に三匹の子熊を連れた母熊がのっそりと姿を現す。

　母熊は、実に大きな熊だった。

　体長はもしかしたら四メートルに達するかも知れない。

　僕が見た事のある熊よりも、一回りか二回りは大きな個体だ。

　毒等の特殊能力を備えている場合を除けば、大抵の生き物は体格が大きくて、体重が重い程に、単純に力が増して強くなる。

　つまりあの母熊は、熊としては相当に強いのだろう。

　母熊は、今も魚に夢中になっている子熊の元へと移動すると、警戒した様に子熊の身体をフンフンと嗅いで回っていた。

僕は子熊に触れてないから、そこに匂いは残っていない。

投げた魚も、一瞬掴んだだけだから、然程の匂いは付いてない筈。

だから母熊は、ここにいる僕には全く気付かなかった。

僕が身に纏う外套は、『隠者の外套』。

普段は単に頑丈なだけの外套だが、フードを被って効果を発動させれば、三つの効果を発動させる。

一つ目は存在感の希薄化。

二つ目は装着者の体臭を外に漏らさない。

三つ目は外套の色を装着者の意図で変化させ、周囲に溶け込む事の出来る迷彩機能だ。

あまりに悪用し易いアイテムの為、錬金術師協会にアイテムの登録申請をした際に流通禁止品とされてしまった、僕のオリジナルの逸品。

僕はそのまま熊達が去るのをじっと待ち続け、彼等の背中を見送る。

子連れの母親は、それが熊であっても戦いたいものでは決してないから。

そうして隠れ続けた僕が帰路につけたのは、日が傾き始めるほんの少し前の事だった。

ルービット・キューチェ、十七歳。

黒髪で、背は残念ながらそこまで高くない、全体的にはあまり目立たない風貌だ。

って言いたいところだけれど、実はこの辺りの出身じゃないから、そういった意味ではちょっと目立つ。

僕の出身は錬金術師達が統治する国、イ・サルーテ。

イ・サルーテはこの大陸で最も錬金術が発達した国で、錬金術師協会の本部もそこに存在している。

僕はそこの統治階級である、領地持ちの錬金術師の家に生まれた。

恵まれた生まれだと、自分でも思う。

何せ他の国で言うならば、貴族の家に生まれた様なものなのだ。

けれど何よりもありがたかったのは、優れた錬金術を思う存分に学べる環境にあった事。

だって僕は、生まれるよりも以前から錬金術に憧れていたから。

つまりは、そう、僕は所謂、前世の記憶を持った人間だった。

しかもその記憶は、ここととは異なる別の世界に生きた人間のもの。

……だからという訳ではないけれど、僕の錬金術を習得する速度は、客観的に見ても速かったのだろう。

父が跡取りとして考えていた五つ上の兄と、僕を比較して揺らぐくらいには。

僕は十歳にして錬金術の基礎を学び終えて、錬金術師協会から一人前として認められたし、十二の頃にはオリジナルの錬金アイテムを研究、開発しては協会にレシピを登録していた。

勿論、家の跡取りに必要となる要素は錬金術の腕だけじゃない。

領地の統治や、家中の掌握も必要となる。

それ等の点で兄はとても優れていたのだけれど、やはりどうしても錬金術師の国であるイ・サルーテでは、錬金術の腕のみを重視する人間も多い。

故に僕は家を割らぬ為に旅に出た。

イ・サルーテではあまり手に入らぬ素材を得て、新たな錬金アイテムを研究、開発するという名目の元に。

まぁ実際、僕の開発した錬金アイテムの一部は、実家にレシピとその権利を送っていて、兄はそれ等を使って上手くキューチェ家の名を高めてくれているそうだ。

家族との仲も、少なくとも手紙のやり取りをしている上では、良好だと思っている。


そしてそんな僕が旅をしながら流れ着いたのが、人類圏の最西端、森と樵（きこり）の国であるイルミーラだった。

ではこのイルミーラがどんな場所かを説明するには、先にここよりも更に西、大樹海と世界の壁について語る必要がある。

まず世界の壁とは、知られている限りの世界の果てで、天に向かって伸びる大山脈だ。

それを越えた先に何があるのかは誰も知らず、一説には奈落に向かってどこまでも落ちる断崖になっているのだとか。

尤もそれを確認した人は誰もいないのだから、その一説はどこかの誰かの妄想にすぎないのだけれども。

またその世界の壁の麓(ふもと)から東には、どこまでも続く木々の海、大樹海が広がっていた。

大樹海は多くの魔物が住み、人が足を踏み入れれば生きて帰る事が難しい、とびきりの難所である。

故にそれを踏破し、世界の壁に辿(たど)り着いた者は、まだ誰一人としていないらしい。

……さてこの大樹海だが、実は単なる難所に終わらず、東に向かって、つまりは人が暮らす領域に向かって広がろうとする厄介な性質があるのだ。

種を飛ばし、魔物を送り込み、ジワジワと人の領域を飲み込もうとする木々の群れ。

その大樹海の拡張を何とか抑え込み、あわよくば人類の生存圏を押し広げようとしているのが、森と樵の国であるイルミーラだった。

イルミーラは大樹海でも浅層、魔物の脅威が低い部分を森と呼び、そこを切り開いて国土を広げている。

広がろうとする大樹海、国土を広げようとするイルミーラの戦いは、もはや木々と人の戦争と言っても良いだろう。

切り倒した木がたった一年で再び大木に戻ってしまう様な地を、人類は必死に開拓し続けていた。

兵士や冒険者が魔物を倒し、追い払い、その隙に樵達が全力で木を切り倒す。

当然ながらイルミーラの最大の産物は、切り倒された木を加工した木材だ。

森、浅層部分ではあっても大樹海の木々を加工した木材は質が非常に高く、大陸全土で需要がある。

それから魔物の素材や、大樹海という環境が生み出す品々も、利用価値は非常に高い。

僕もこの、大樹海産の素材が目当てで、イルミーラに流れ着き、住み着いた。

イルミーラは決して大国ではないけれど、豊かな国だと言えるだろう。

勿論その豊かさは危険と引き換えのものだけれど、だからこそ冒険者や樵達は大いに稼ぎ、またその稼ぎを盛大に散財した。

彼等の為の娯楽施設、酒場や娼館、劇場や闘技場等も数多く、独特の文化が発展している。

そして僕の住処があるのは、そんなイルミーラの中でも森に近い、謂わば前線の町の一つ、アウロタレアの歓楽街だった。


「よぉ、ルー坊。今帰りかい？　どうだい何か食ってかないか？」

「あら、ルービットじゃない。随分と疲れた顔してるわね？　うちでお風呂入ってく？」

僕がアウロタレアの歓楽街に住み着いてから、もう二年近くが経つ。

顔見知りもそれなりに多く、先に声を掛けてきたのが酒場の主人であるグリームで、次に声を掛けてきたのは売れっ子娼婦のビッチェラ。

グリームは休憩で外の空気を吸いに、ビッチェラは客の見送りに顔を出していたという辺りだろうか。

因みに娼館でお風呂に入るというのは、当たり前だがそういった行為が付属してくる。

まぁさて置き、僕は二人に手を振って否定の意を示し、帰路を急ぐ。

僕の住処はアトリエと店も兼ね備えており、冒険者相手にはポーションの類や便利な錬金アイテムを、娼婦を相手には化粧品や性欲を高めるお香なんかを販売している。

或いは性病の予防や治療の薬を求められたり、避妊や堕胎を行う為の秘薬を錬金する事も度々だ。

要するに歓楽街に根を張る様なやり方で、僕はこの地で錬金術師として生計を立てていた。

色々と声を掛けてくる歓楽街の住人達に、頷いたり首を横に振ったりしながら、僕は自分の住処に辿り着く。

そこは左右を大きく目立つ娼館に挟まれた、地味な色合いの建物。

元はこの建物も娼館だったが、左右の商売敵に挟まれて経営不振になっていたところを、僕が買い取って改装したのだ。

錬金術師は稼ぎの良い職業だし、また僕の場合は実家であるキューチェ家から支援の資金が出ていたけれども、それでも大きな買い物だった。

でもその時に相手の足元を見て買い叩かず、思い切った大金を積んだからこそ、歓楽街の人々は僕を受け入れてくれたのだと思っている。

建物の元の持ち主であった娼館の経営者は、そのお金を使って新しい商売である酒場を買ったのみならず、所属していた娼婦達にも次の道を探すのに十分な支度金を持たせる事が出来たそうだから。

そういった噂は人の口から口に伝わっていって評判を生む。

懐から鍵を取り出し、防犯用の仕掛けを解除して、僕は漸く我が家、自分のアトリエへと帰ってきた。

けれども僕は荷を解かず、店舗となっている一階を通り過ぎて地下へと向かう。

因みに元の建物は三階建てで、地下は存在しなかった。

だけど僕はこの建物を改装した際、地下にも二階分のスペースを拡張している。

改装を担当してくれた大工には、

「こういうのは改装じゃなくて、殆ど建て直しって言うんだぜ。世間知らずの坊ちゃんよ」

なんて風に言われてしまったが、それでも僕にはどうしても地下室が必要だったから。

地下一階は、店舗で販売する為のアイテムを錬金する為のスペースだ。

錬金し慣れたアイテムは、今更製作に特に危険もないけれど、念の為に周囲に被害を及ぼさない、頑丈な地下で行う。

そして地下二階は、新しい錬金アイテムの研究、開発や、製作に万一の危険が伴う危険物を錬金する場所になっていた。

逆に上の二階、三階は居住スペースとして使っているが、まぁ一人で使うには広すぎるにも程があるので、僕は完全に持て余している。

地下一階も通り過ぎ、研究、開発の為のスペースである地下二階へと辿り着いた僕は、そこでやっと荷を下ろして外套を脱ぎ、

「ただいま。思ったよりも手間取って、少し帰りが遅れちゃったよ」

唯一人の同居人へと声を掛けた。

僕の声に薄っすらと目を開いて反応を返してくれたのは、部屋の真ん中に据えられた巨大な培養槽の中に浮かぶ、小さな人型。

身長は五十センチメートル程で、背中に透明な羽の付いたそれは、一見すればまるで妖精の様にも見える。

そうなると僕は妖精を捕まえてこんな場所に閉じ込めている酷い人間という話になるのだが、勿論そんな事は決してなかった。

残念ながら僕は錬金術の為とは言え、流石にそこまでの非道は行えない。

……尤もこの培養槽の中の存在、ホムンクルスの製作も、見る人から見れば十分に倫理観の欠落した行為に見えるのだろうけれど。

そう、僕にとって我が子とも言うべきこの存在は、人造の生命であるホムンクルスだった。

僕が錬金術への憧れを持った切っ掛けは、前世での出来事だ。

もう随分と昔の事だし間に赤ん坊の時期も挟んでいるから、前世の記憶も大分と曖昧になっているけれど、それでもそれに関してはまだハッキリと覚えている。

その切っ掛けは、ビンゴゲームか何かの景品で貰ったポータブルのゲーム機と、とある友人が譲ってくれた一本のゲームソフト。

内容は、見習い錬金術師の少女が自分の工房を持ち、仲間達に助けられながら一人前へと成長していく物語。

僕は不器用ながらも懸命に生き、成長していくその少女の生き様や、錬金術という不思議で優しい技術にとても心を惹かれた。

まぁ要するに、ドはまりしたのだ。

だけど非常に残念な事に、そのゲームは何らかの行動をとる度に時間が経過し、一定の月日が経つとエンディングを迎えるというシステムで、……それまでその手のものを嗜んでこなかった僕には、どうしてもその少女を最良の結末に導けなかった。

多分それがとても悔しかったのだろう。

僕はいつしか、限られた時間制限から解き放たれてこのゲームをプレイしたい、いやいっそ、自分がその世界を訪れて錬金術を扱える様になりたいだなんて思う様になったのだ。

……結局、その願いはおよそ半分程が叶った事になる。

この世界は、僕が望んだあのゲームの世界ではなかったし、この世界の錬金術は、あのゲームの世界で表現されていたもの程に優しくもない。

けれども僕は、それでも間違いなく錬金術師になったし、その力は誰かの為に役立っているとも、思う。

さて話は少しだけ変わるのだけれど、僕がプレイしたそのゲームでは、後半では少女が生み出したホムンクルスが彼女の仕事を手伝うと言ったシーンがあった。

僕はその錬金術師とホムンクルスの関係が、何故だかとても羨ましかったのを覚えている。

もしかしたら、そう、当時の僕は少し寂しかったのかも知れない。

つまり僕がアトリエの地下でホムンクルスを培養、育てているのは、そんな優しい関係を築ける存在を生み出す為なのだろう。

但しこの世界では、ホムンクルスの製作は多くの錬金術師に見捨てられた技術だ。

何故ならその理由は、この世界のホムンクルスは『フラスコの中の小人』との別名で呼ばれる通り、肉体を維持する為の霊薬に満たされた培養槽の中でしか生きられないから。

培養に必要な素材は多くて、維持の為の霊薬にも費用が掛かってしまう。

それでいて培養槽の外にも出られぬ役立たずを生んだところで何の意味もないと、多くの錬金術師はホムンクルスの製作は愚かな行為だと切り捨てている。

でも僕はそれでも、ホムンクルスを傍に置く事を諦められないし、ホムンクルスを培養槽の外に出せないのは、これまでの錬金術師達の腕と研究が足りないせいだと考えていた。

「今回は森で子熊に出会ってね。凄く可愛らしかったよ。君にも見せたくなるくらい。……まぁ母熊はおっかなかったけどね」

なんて風に、僕は培養槽の中のホムンクルスに話し掛けながら、森の採取で得た成果を整理していく。

僕が付けたホムンクルスの名はヴィール。

成長途中のホムンクルスは男か女、どちらの性に育つかはわからない為、どちらでも使える名を付けた。

だけど僕は、ヴィールは何となく雰囲気が柔らかいから、女の子になるんじゃないかって気がしている。

無論どちらになったとしても、その成長は嬉しいし、一刻も早く外に出してあげたいという気持ちに変わりはないが。

「でも黄金鱒は守り切ったから、素材集めは一歩前進したよ。……そろそろ霊核の試作もしなきゃなぁ」

実のところ、ホムンクルスを培養槽の外で生き延びさせる方法は、幾つか思いついていた。

だがそれを行うには、ヴィールの成長も、手持ちの素材もまだまだ足りない。

道のりは長くて遠くて、焦る気持ちも多少はある。

しかしヴィールは僕の語り掛けの一つ一つに確かに反応を示し、頷き、言葉を発そうとしていた。

まだヴィールの身体は言葉を満足に発せられる程に育ってはいないが、その仕草は可愛らしく、僕はそれで十分に満足だ。

また道のりが長くて遠いからこそ、目標に向かって少しずつ、けれども確実に歩いている今、僕は間違いなく充実していると言える。

マジックバッグの中身を全て整理し終えた僕は、大きく大きく伸びをした。

森の奥深くまで採取に行ったから、丸二日は殆ど寝てない。

疲労は身体にずっしりと溜まっているし、何よりも僕自身が色々と汚れている。

素材の加工は風呂に入って身を清め、一眠りしてからの方が良いだろう。

疲れで加工を失敗すれば、折角得た素材が無駄になりかねない。

それに何より、うっかり疲れを見せてしまった僕をヴィールが、心配そうに見つめていた。

「うん、そうだね。ちょっとお風呂に入ってから、一眠りしてくるよ。急ぎの納品の仕事はないけれど、暫く閉めてたから店も開けなきゃいけないしね」

僕は欠伸を噛み殺しながら笑みを浮かべ、コンコンとヴィールが浮かぶ培養槽を軽く叩く。

すると霊薬に浮かぶヴィールは、僅かに唇を吊り上げてこっくりと頷く。

ヴィールはまだ喋れないから、一体何を考えているのか僕が知る術はない。

でも良い子に育っていると、僕には確信がある。

「おやすみ、ヴィール。また後で」

僕はヴィールにそう告げて、地下の研究室を後にした。

昔、貴族の間で、新たな領地に転封されて一から開発を行わねばならなくなった時、一人だけ人

材を得られるならばどの様な者を選ぶかとの言葉遊びが流行ったそうだ。

勿論その答えは十人十色で、己の意思を完全に汲んでくれる参謀だったり、領民を死なせぬ為の医師、町を設計させる建築家や、危険から守ってくれる腕の立つ騎士等と、貴族達は自分なりの考えをぶつけ合って遊んだとされる。

中には剣を一本与えてくれれば、全ての困難は自らの手で切り開くと豪語した者もいたらしい。

しかしその言葉遊びの中で、皆がそれは確かにそうだと納得する考えを述べた貴族がいたと言う。

その彼が出した答えとは、腕の良い錬金術師を一人連れていく事。

何故なら腕の良い錬金術師は、幅広い知識と技術を保有しているから。

例えば錬金術師は、人の身体に関する知識を持ち、それを癒す事が出来る。

例えば錬金術師は、採取の為に危険な場所へと赴き、自分の身を守る戦闘能力を持つ。

例えば錬金術師は、魔鉄や真銀等の魔力を帯びた魔法金属や、偽魔鉄や王金等の魔法合金を加工する為、簡単な鍛冶仕事ならこなせる技術を持っていた。

……という風に、腕の良い錬金術師ならば一人で何役もこなせると考えられたのだ。

まぁ実際には誰だって得手不得手はあるから、ポーションの錬金は出来ても戦闘は不得手だとか、細工仕事や鍛冶仕事は道具に触れた事もないなんて錬金術師が大半だろう。

けれども『腕の良い』との枕詞が付けられるくらいの実力がある錬金術師なら、確かにある程度は何事でもこなせる、器用な者が多かった。

僕もまた、何でも出来るとは流石に言えないまでも、幼少の頃より錬金術を学び、更に家を出て各地を旅した事もあって、それなりに色々とこなせる方だ。

「はい、口を開けて舌出して、べーってしてね。べーって」

汚れを払う専用の衣服、白衣の様なものを身に纏った僕は、んがっと大きな口を開けた幼い少女の喉を覗き込む。

大きなヘラで舌を押さえ付けると、少女は苦しそうにもがくが、それでも必死に僕の言い付けを守ろうとじっとしている。

ここはアウロタレアの町はずれにある孤児院を兼ねた小さな神殿だ。

祀られている神は、慈愛を司り、女性と子供を庇護する女神、エイローヒ。

エイローヒの神殿は、夫に暴力等を振るわれて逃げ出した女性を匿ったり、親を失った子供を預かり育てる場所として知られている。

この国、イルミーラでは、孤児は決して少なくない。

親である冒険者や樵が魔物に襲われて命を落とす事は珍しくないし、或いは避妊に失敗し、堕胎も厭うた娼婦が出産後にこっそり捨てる事も、残念ながらある。

エイローヒの神殿はそんな子供達を集め、食事を与えて育て、簡単な教育も施して十三〜十五歳になる頃には独り立ちが出来る様に支援をしているが、その経営は寄付金で行われる為、豊かであるとは決して言えない。

当然ながら真っ当な医者に子供達を診てもらうなんて余力は、この神殿にはなかった。

故に医者ではないけれど、多少は人体の知識を持っている僕が、所有する田畑の手入れをしてもらう事と引き換えに、この神殿で育てられている子供達の病に関する相談を受けているのだ。

「ん、はい、良いよ。頑張ったね。偉かったよ」

喉を覗き終えた僕は、その内心を押し隠し、幼い少女に笑い掛ける。

褒められた少女は嬉しそうに、照れ臭そうに、でもちゃんと僕にお礼を言ってから、隣の部屋へと駆けていく。

本当に良い子だ。

それだけにこの結果は、僕の気持ちを暗くさせた。

「……あの、あの子は、サーシャはどうでしたか？」

おずおずと言った風に問い掛ける女司祭のレーダ。

或いは彼女も、その想定はしていたのかも知れない。

でなければ今日、可能ならば急いでサーシャを診て欲しいだなんて言わないだろうし。

だから僕は、本当に心苦しかったけれど、その言葉を言わざるを得なかった。

「ダメかな……。多分、……いや、間違いなく肺根病だよ。完全に肺に根が定着してるから、今はまだ時折咳(せ)き込むくらいだろうけれど、そのうち呼吸が出来なくなるね」

それはとても、残酷で非情な宣告だけれど。

肺根病というのは、この国、イルミーラ特有の風土病である。

異常な速度で広がろうとする大樹海の種が呼吸と共に肺に入り、根付いてしまう病だ。

初期症状は発熱と咳。

身体が大樹海の種を拒絶し、熱で殺して、追い出そうと咳き込む。

この国で育ち、大人になった人間の肺は抵抗力を得ている為、大樹海の種が肺に根付く事はまずない。

しかし他所から移住してきた人間や、抵抗力の弱い子供に関しては、稀に大樹海の種が肺を浸食する事があった。

「あぁっ……、そんな……」

レーダの表情が悲痛に歪む。

肺根病は死に至る病だ。

それも呼吸の為の器官が浸食されるから、この病にかかれば非常に苦しんで死ぬ事になるだろう。

せめて発見がもう少し早ければ、肉体の抵抗力を増す薬を使い、根が肺に定着する可能性を引き下げられたが……、既にその段階は過ぎてしまっている。

そして一度定着してしまった根は、肺から引き剥がす事がとても難しいのだ。

強引な手段でそれを行えば、肺は著しく傷付く。

だからと言って肺を回復しようとポーションや、回復魔術の類を使用すれば、今度は逆に根の成長を助けてしまう。

故に完全に定着してしまった肺根病を、安全に治す手段は唯一つ。

「助ける為には、木枯らしの香が必要だよ。僕の店に、少しは在庫もあるけれど……」

木々を枯らし、枯れた木を喰らう魔物、古木喰いの蜥蜴の毒から加工出来る薬を何度も吸わせるしかなかった。

古木喰いの蜥蜴の毒は木だけを枯らす毒であり、動物や人間には特に影響を及ぼさない。

恐らくだが、古木喰いの蜥蜴は成長の早い大樹海の木々が、密集しすぎない様に間引く役割を担うのだろうと推測されている。

但し当たり前の話だが、間引き役が大勢いれば木々が減りすぎてしまう為、古木喰いの蜥蜴は数が少なく、発見は非常に困難だ。

当然ながらその毒から加工される薬、木枯らしの香は非常に値の張る薬であった。

決して豊かとは言えないこのエイローヒの神殿が、そう簡単に捻出出来る額ではない。


勿論、薬を生産する側である僕ならば、その用意は可能だ。

しかし僕は、完全とは言えない知識で身体を診る事は兎も角、錬金術師としてはプロである。

対価を得ずの人助けは、安易にすべきではない。

例え助ける事は容易くとも、それをしてしまえば際限なく助け続けなくてはいけなくなるから。

あの子は善意で助けてもらった。

ならうちの子も善意で助けて欲しい。

同じ病に苦しむのだから。

なら私だって助けて欲しい。

別の病に苦しんでいるが、苦しいのは同じなのだ。

それなら命を懸けている冒険者だって、回復のポーションを貰う権利はあるだろう。

死に近いのは、病人よりも冒険者なのだから……と。

目の前の誰かを救う事は容易く思えても、それでも救いの手は無限に伸ばせる訳じゃない。

ここで行う善意の人助けは、他にポーションを扱う店にとっては営業妨害に他ならない。

だから余程の理由がなければ、錬金術師は対価を得ずに安易な人助けはしないのだ。

だけれども、人の命がこの国よりもずっと重く扱われた場所で生きた、僕の前世の記憶は叫ぶ。

あんなに幼い少女の命が、それも無残に苦しむ形で失われるのは、その余程の理由にあたらないのかと。

僕は大きく、大きく、息を吐く。

仕方ない。

見捨てられる筈がない。

この手でホムンクルスを、新しい命を完成させようとしている僕が顔見知りの、手を伸ばせば救える無垢(むく)な命を取りこぼすのは、少しも胸を張れる事じゃない。

幼い少女を見捨てた話なんて、とてもヴィールに出来やしないだろうから。

「レーダさん、僕、明日から暫く森に採取に出掛けるんですけど、何か面白いものが採取出来たらお裾分け……、じゃないや。エイローヒ様に寄付しますから、期待してて下さい」

だから僕は考えて、その言葉を捻り出す。

サーシャの為に薬を譲るんじゃない。

採取に行った僕が偶然、木枯らしの香の素材を得て、敬虔にも神殿に寄付をするのだ。

寄付で成り立つエイローヒ神殿の、その寄付の出所を探る様な不心得者は、まずいない筈。

素材を冒険者から買い取るなら兎も角、採取したものであれば元手は掛からなかった。

得た成果の幾らかを神に捧げるという行為は、熱心な信者であれば決してありえない事ではない。

例えば、そう、狩猟を司る神の信者なんかは、狩った獲物を日常的に神に捧げているのだから。


僕の言葉をレーダは正しく理解したのだろう。

はっ、と上げた顔には希望の色が見え、目尻には昂った感情による涙が滲む。

「えぇっ、えぇっ、その敬虔な信心には、エイローヒ様も大いにお喜びになるでしょう。貴方の道行きにエイローヒ様のご加護があらん事を。……ルービットさん、感謝します」

僕は、少なくとも今生だけで考えれば年上になる女性の涙が見てられなくて、その言葉を背にエイローヒの神殿を後にする。

……まぁ確かに、女性と子供を庇護するエイローヒならば、今回ばかりはその庇護対象外の僕にも加護をくれるかも知れない。

尤も僕が信仰を捧げる相手がいるとすれば、それは僕をこの世界に招き、錬金術と出会わせてくれた誰かだけなのだけれども。

エイローヒの神殿を出た僕は、まずは準備の為に自分のアトリエへと戻る。

孤児院の幼い少女、サーシャの罹った肺根病は、恐ろしい病ではあるけれど、今日や明日にも死んでしまうといった類のものではない。

時間はまだまだたっぷりあるのだと自分に言い聞かせ、僕は逸る気持ちを抑え込む。

そもそも今回の採取の目的である、木枯らしの香を製作する為の、古木喰いの蜥蜴の毒は、そう簡単に手に入る素材ではなかった。

イルミーラ国が森と呼び、開拓出来ると定めた範囲は、大樹海の浅層に当たる部分だ。

つまりは大樹海としては育っている最中の、まだ未成熟な場所であると言えるだろう。

故に大樹海で木々を間引く役割を担う古木喰いの蜥蜴は、浅層部分である森ではまず見つからない。

だから古木喰いの蜥蜴の毒を欲するならば、森を越えて中層へ、イルミーラ国が開拓は不可能だと諦めた、本当の意味での大樹海に踏み入る必要がある。

中層へと至るには順調に急げても片道が四、五日は必要だし、下手にトラブルに巻き込まれれば一週間以上かかる場合もあった。

すると当然、それだけの量の食べ物が必要になる。

勿論、森の中でも食材は得られるのだけれど、それを探す方に時間を食われる様では本末転倒だろう。

それに流石の僕も一週間や二週間といった期間を、殆ど寝ずに過ごす事は出来ないから、森の中でもある程度安全を確保して休める手段、道具が必要だ。

また店を長く閉める場合、急な怪我人が出た時等の為に、歓楽街の自警団に纏まった数のポーションを卸しておく必要もある。

そして何よりも、同居人であるヴィールには事情をちゃんと説明しなければならないし、培養槽の霊薬も新しいものに変えておいた方が良い。

中層まで採取に出向くというのは大事だが、定住してそれなりに身の重くなってしまった僕にとっては、その為の準備すらも大事になってしまう。

でもその身の重さは僕自身が望んで手に入れたもので、それを維持する為の手間は、多少煩わしく感じる時もあるけれど、不快では決してなかった。

そして半日程掛けて全ての準備を終わらせた僕は、荷を詰め込んだポシェット型のマジックバッグを腰に巻き、

「じゃあヴィール、行ってくるよ」

培養槽に浮かぶ僕のホムンクルスにそう声を掛ける。

約二週間の遠出は、ヴィールには寂しく、退屈な思いをさせるだろう。

しかしヴィールは、僕が遠出をする理由に理解を示し、まるで励ます様に笑ってくれた。

故に僕は憂いなくアトリエを後にし、アウロタレアの町を出て、危険に満ちた森へと踏み込む。

……さて、一言で森と呼んではいるが、実は森も深度によって危険度が違う。

確かに森は大樹海の浅層部分にあたるのだが、その浅層部分の中でも更に細かい四つの区分があった。

一番危険度が低いのは、当然外側である最外層部。

ここは幾度も人の手が入って木々が切り倒され、それでも大樹海の木々の再生能力に因って未だに森である部分。

人の手が入っているが故にその環境は過酷とは程遠く、魔物も然程出現しないし、出くわしたとしても大して手強い相手ではない。

精々がもう少し森の内側からやって来た、小鬼と呼ばれる身長百二十センチメートル程の人型魔物が数匹くらいで、寧ろ魔物でも何でもない狼の群れの方がずっと脅威的だろう。

なので、そう、小鬼や狼に対応出来る程度の戦闘力を持つ事が、森で活動する冒険者の最低ラインとなる。

それを満たさぬ初心者冒険者が最外層部に薬草摘みに出向いて、そのまま行方不明になるというのも、まぁ決して珍しい話じゃない。

最外層からもう少し森の内側に入り込めば、次は外層部に踏み込む。

言葉の上では最外層も外層も大差ないように思えるかも知れないが、環境は大きく変化する。

鹿や猪なんかの獣もいるけれど、魔物の数が最外層に比べてずっと多い。

最外層ではあまり出会わなかった小鬼も、外層では群れでうろうろしているし、魔蟲（まむし）や植物タイプの魔物も姿を見せ出す。

その次は内層。

魔物の素材を狙って森で戦う冒険者は、この内層を活動の中心にする事が多い。

わかりやすく言えば、内層で戦えるならイルミーラ国の冒険者としては一人前だ。

内層では、獣の姿を見る事はあまりない。

大型の猪や熊等がいない訳ではないのだけれど、同時にそれを容易く捕食する魔物も増えるから。

この内層で活動出来るかどうかの基準とされるのが、中鬼と呼ばれる身長が二メートル程の、隆々とした筋肉を誇る人型の魔物。

中鬼も小鬼と同じく群れで行動し、人型であるせいか、それなりに知恵も回る。

そんな中鬼が十か二十集まっている群れに数人のチームで勝利出来るなら、内層で活動するに戦闘力の面では不足ないだろう。

そして最後は最内層と呼ばれる地域。

ここは大樹海の中層で縄張り争いに敗れた個体が流れてくる場所である。

要するに、まだ森と呼ばれる範囲内にありながら、大樹海の中層に生きる魔物と出くわす可能性がある危険地帯だった。

故に最内層では、どの程度の実力があれば戦闘力が足りるかなんて基準は存在しない。

何しろ大樹海の中からどんな魔物が流れてくるのか、ハッキリとした情報は未だに揃っていないのだから。

ただ比較的最内層で良く見かける、大樹海の中層から流れてきた魔物としては、大鬼と呼ばれる身長が三メートルを超える人型魔物の名が挙がる。

因みに小鬼、中鬼、大鬼等の人型魔物を指して魔人という呼び方もあるのだけれど、多くの人は小鬼や中鬼を人だと認識したくない為、その呼び方を嫌う事も多い。

要するに小鬼、中鬼、大鬼は、中途半端に人に似た姿をしているだけに、人から忌み嫌われる魔物だった。

奴等は人種の女の腹を借りて交配する事があるなんて噂も立つくらいには。

まぁその噂は一部真実であるし、僕としても碌(ろく)な素材が取れない魔物である小鬼や中鬼は大嫌いだ。

それから僕の前世の記憶では、小鬼はゴブリン、中鬼はオーク、大鬼はオーガと呼ばれるモンスターに酷似していた。

隠者の外套のお陰で多くの魔物をやり過ごせる僕だが、それでも全ての魔物から完全に逃げ隠れ出来る訳じゃなかった。
全体から見れば一部ではあるが、視覚や嗅覚に頼らず敵を察知するタイプの、索敵能力に優れた魔物には、隠者の外套だけでは隠れ切れない。

故に森の中で眠らざるを得ない時はその手の魔物から奇襲を受けぬ様に、魔物が嫌う匂いを発する香を焚(た)き、木を背にしながら薄っすらと浅い睡眠を取る。

けれども知恵の回る魔物の中には、自らが嫌う匂いを発する場所にこそ、休息中の人間がいると理解している奴もいるのだ。

夜中、僕がその気配を感じて目を開くとほぼ同時に、魔物除けの香を焚いていた香炉が、投石によってガシャンと割れる。

幸い、香炉を少し離れた場所に置いて香を焚いていたから、その投石は僕自身には影響しない。

咄嗟に周囲を見回せば、樹上に幾つもの光る眼と動く影が見えた。

あぁ、恐らくは猛轟(もうごう)猿だろう。

猛轟猿は体長が二メートル程の猿の魔物だが、恐ろしく身軽で枝から枝へと樹上を跳んで移動する。

腕力が強くて人間の四肢くらいは簡単に引き千切るし、知能も高く、執念深い。

一度敵対すれば、どこまでも執念深く追ってくる。

一匹や二匹なら兎も角、群れに出くわした場合、森の中で出会う魔物としてはＴＯＰクラスに厄介な部類だろう。

なので僕は、眠りを邪魔されて、更に香炉まで破壊されて腹が立つ気持ちはあるけれど、気配を殺してじっと動かない。

先程の投石が香炉を狙ったのは、隠者の外套を着込んだ僕を見付けられなかったからである。

そうでなければ、匂いへの嫌悪感も我慢して、この場に飛び込んで直接僕を狙った筈。

猛轟猿はそのくらいに賢い魔物だ。

少しでも動けば、猛轟猿の思うつぼだろう。

彼等は僕を見付けられなかったからこそ、香炉を破壊して動揺を誘おうとした。

まぁ勿論、純粋に魔物除けの香の匂いが嫌いだった事もあるだろうけれども。

猛轟猿はまだ、僕がこの場にいるとの確証を得ていない。

だから彼等の執念深さは、まだ発揮されはしない筈。

僕は静かにゆっくり手を動かしてポシェットの、マジックバッグの中身を漁って万一発見された時に備えながら、猛轟猿が諦めるのをじっと待つ。

もし戦えば、猛轟猿の群れを殲滅する事は、簡単とまでは言わないが十分に能うだろう。

けれども今回の目的は、魔物を退治する事じゃない。

猛轟猿の骨は、偽魔鉄という名の魔法合金を作るのに適した素材だ。

少しばかり惜しいと思う気持ちがないではないが、中層を目指している今は、この程度の相手に構う時間と体力が惜しいから。

……そして夜が明け朝になる頃には、猛轟猿達も諦めたのか、その気配は消えていた。

僕は立ち上がって尻に付いた土を払うと、再び中層を目指して歩き出す。

結局僕が中層へと辿り着いたのは、最初の予定通りに五日後の事。

幾度か魔物とのニアミスはあったが、大きなトラブルはなく必要最小限の時間で辿り着けた。

因みに大樹海の浅層と中層の見分けは簡単だ。

まず空気の濃さが全く違うし、潜む生き物の気配の強さも違う。

ついでに一本一本の木々のサイズも、中層に来ると一回り以上大きい。

さてしかし、本当に大変なのはこれからだ。

ここから先はイルミーラ国でも一流、超一流と呼ばれる極一部の人間しか踏み込めない魔境である。

僕は幾度も中層に来ているけれど、それでも何が起きるかはわからないから、素早く目的を果たしてしまいたかった。

故に僕はまずは手近な木をよじ登り、枝の上でポシェットから取り出した笛をピロピロと吹き鳴らす。

いや、これは別に遊んでいる訳じゃない。

この笛の音は大樹海に広く生息する鳥の一種、尾美黄鳥の鳴き声を再現したものなのだ。

尾美黄鳥はその名の通り、美しい黄色の尾羽を持つ鳥で、好奇心が非常に強い。

その結果として大樹海の生き物に良く捕食されてしまうのだが、尾美黄鳥は同種の間に精神的な繋がりを持って情報共有しているとされ、仲間が犠牲になる事で知り得た危険には近付かない。

そんな知能の高い鳥でもあった。

当然ながら、彼等はその身に魔力を秘めた魔鳥、つまりは魔物の一種である。

でも全ての魔物が人に対して敵対的な訳では決してない。

僕はこれまで幾度となく大樹海の浅層、中層へと通い、尾美黄鳥に出会ってきた。

そして一度も彼等を傷付けようとはせず、寧ろ友好的に接し続けた結果、僕、ルービット・キューチェという個人は尾美黄鳥達に友人として認められていた。

鳴き声に惹かれ、二羽、三羽とやって来た尾美黄鳥が僕の近くの枝に留まる。

ピロピロと返事をする様に鳴く彼等に、僕は頷いてからポシェットから一粒の飴玉を取り出し、口に含む。

その途端に聞こえてくる尾美黄鳥の鳴き声は、同時に人の喋る言葉として僕の脳裏に響いた。

『やぁやぁ、地を歩く兄弟。今日はどうしたんだい？』

『こんなところまで来たら危ない危ない危ないヨ』

『ばーか、彼は大人しいけど強いんだぜ。前に狼だってぺしゃんこにしてたさ』

……なんて風に実にやかましく。

勿論、笛も飴玉も、錬金術で作ったアイテムだ。

笛は七つ音の魔笛という名のアイテムで、指を動かして演奏せずとも息を吹き込むだけで思った通りの音が出る。

飴玉はさえずりの蜜玉といって、特定の鳥類との意思疎通を可能とするアイテムだった。

何故特定の鳥類のみなのかと言えば、鳥の種類が大きく変われば、また微調整が必要となるから。

但し当たり前の話だが、話をする鳥にある程度の知能がなければ、意思疎通は難しい。

因みに同様の品で、獣や植物との会話を可能にするものもある。

「こんにちは、大樹海の賢者達。今日は一つ教えて欲しい事があるんだ。勿論、教えてくれたらお礼に美味しいものをあげるよ」

そう、僕がわざわざ錬金アイテムを使ってまで尾美黄鳥と話す理由は、彼等から大樹海の情報を得る為だった。

大樹海に広く生息し、同種と情報を共有しているとされる尾美黄鳥は、最高の情報屋と言っても決して過言ではない。

しかも情報の対価は食べ物の類で十分に喜んでくれるのだ。

「この辺りで、枯れてしまった木を見なかった？」

僕は尾美黄鳥達に、そう問う。

先に対価を見せない、渡さないのは、彼等が食べ物に夢中になって情報提供を忘れてしまわない様に。

尾美黄鳥はとても便利な情報屋だけれど、その扱い方には独特のコツがある。

例えば、質問は彼等が理解し易い言葉を用いて行う事とか。

『どうだっけ？　あったっけ？』

『あったよ。あるある。あっちにずっと進んだら、枯れ木あるよ』

ピーピーと、鳴いて枯れ木のありかを教えてくれる二羽の尾美黄鳥。

僕が探す古木喰いの蜥蜴は、木に噛み付いて毒を注ぎ込み、それを枯らす。

その後は一ヵ月程掛けて枯れた木をゆっくりと喰らい、それからまた別の木へと移動する。

だから古木喰いの蜥蜴を見付けるならば、未だ食われてる最中の枯れた木を探すしかない。

『でもでも、大きなアイツ。ウネウネの蛇の縄張りだ！　ダメだよ。食べられちゃう！』

しかし最後の一羽は心配気に僕に対して警告を発した。

……成る程。

どうやら目的の枯れ木の付近は、大蛇の縄張りになっているらしい。

尾美黄鳥は僕がある程度の魔物なら対処出来ると知って、それでもこれ程に心配しているという事は、その大蛇はかなりの大物なのだろう。

非常に有用な情報だ。

枯れ木の位置は勿論、大蛇の存在が予めわかった事はありがたい。

蛇は奇襲が得意だし、何よりも隠者の外套ではやり過ごせない可能性がある。

その存在を知らなかったら、不意を打たれて不覚を取る可能性もあっただろう。

僕はポシェットの中から白パンを取り出し、三つに割いて尾美黄鳥達に差し出す。

彼等は大喜びで白パンを啄(ついば)み、

『凄い！　白い！　ふわふわ！』

『良い匂い！』

『ありがとう！』

大騒ぎをしながらそれを平らげていく。

その姿は実に愛らしく、尾美黄鳥達がパンくず一つ残さずに全てを胃に収めるまで、僕は彼等を見守った。

◇◇◇

魔力を秘めた生き物である魔物には理解し難い不可思議な生態のものも少なからず存在するが、それでも魔魚や魔鳥と言った分類がある事からもわかる通り、多くは姿形からある程度の能力を推察可能だ。

例えば魔魚の多くは淡水か海水かは兎も角として水を泳ぐし、魔鳥の多くは空を飛ぶ。

勿論中には水陸のどちらでも活動出来る魔魚や、空を飛ぶより地を駆ける方が得意な魔鳥も存在するかも知れない。

しかしその場合でも、例えば陸で活動する為にヒレではなく四肢が発達していたり、地を駆ける為に羽が小さく足が大きい等の特徴は、姿形から見て取れるだろう。

では蛇という生き物はどうだろうか。

蛇の特徴は、鱗の生えた細長い身体をしており、地を這(は)って移動する。

脱皮を繰り返して、古い自分を脱ぎ捨てて成長するその姿に、人は不死性を感じる事もあるそうだ。

また毒を持つ場合が多く、鼻の付近に穴が開いた種の蛇は熱を感知する能力もあるらしい。

それから蛇の下顎は、地の振動を捉えるそうだ。

……なんともまぁ厄介な生き物だと言える。

幸いにも事前に尾美黄鳥から大蛇の存在を聞かされていた僕は、慎重に歩を進める事で先に相手を発見出来た。

今、僕の視界の先では、巨大な大蛇が一本の大樹に巻き付き、だらりと身体を弛緩させて休んでいる。

彼我の距離はおよそ四、五十メートル程はあるだろうか。

だけどこれ以上は近寄れない。

僕がどんなに慎重に、気配を殺して、足音を立てずに近寄ろうとしても、これ以上に近寄れば地を踏む振動を察知されてしまう予感があるから。

大蛇をやり過ごして先の枯れ木を目指す事も、多分無理だろう。

相手の大きさは、……大樹に巻き付いている為に測り辛いが、ザッと体長が十五メートル程もある様に見えた。

あの大きさなら相手が熊でも、一飲みに餌にしてしまえる筈。

大樹海の中層に棲む魔物の中でも、恐らくは強者の部類に入る一匹だ。

鱗に牙、毒腺と、さぞや質の良い素材が取れるだろうけれども、……流石にまともに戦って狩りたいとは思えない。

太い胴を振り回すだけで、周囲の木々ごと僕なんてぺしゃんこになるだろうし、蛇の魔物を相手に毒がない事を期待する方がどうにかしている。

勿論鼻の下には穴があるから、熱を感知するのだろうし、蛇の魔物は場合によっては石化の魔力すら有する場合もあるのだ。

更に攻撃面の脅威だけでなく、蛇のしなやかで強い筋肉は打撃を通し辛いし、油分を纏った鱗は剣の斬撃をも滑らせるだろう。

手札を惜しまずに戦えば、多分殺し切れるだろうけれど、ここで体力とアイテムを消費しすぎるのは決して上手い手ではなかった。

僕の目的は古木喰いの蜥蜴から毒を採取して持ち帰る事で、その道行はまだ半分にも到達していない。

そう、つまりは帰りの為のリソース、体力やアイテムを、不測の事態に備えて温存しておく必要がある。

確かにあの大蛇は道を塞ぐ障害であるが、道を通る方法は障害の除去のみではないのだ。

僕はポシェット、マジックバッグの中から、白と黒に塗られた手のひらサイズのボールを取り出し、右手に黒を、左手に白のボールを握った。

今、僕が大蛇に対して有する最大のアドバンテージは、向こうがこちらに気付いてないという一点。

要するにこれ以上近付かなければ、僕は一度だけだが大蛇に対して奇襲攻撃が仕掛けられる。

だったらその一度の機会を最大限に活かし、その一度で勝負を決めに掛からない手はないだろう。

「せーの……」

蛇に聞こえないように小声で呟きながら、けれども身体は大きく振り被って、右手の黒いボールを大蛇の顔に目掛けて、真っ直ぐに投げる。

ボールを狙った場所に投げるコツは、正しいフォームで投げる事なんだそうだ。

この世界には野球なんてないけれど、うろ覚えの前世の記憶は選手の名前は出てこなかったが、どんな投げ方をしていたのかその姿だけは何となく覚えていたから。

振り被る際の軸足は目標に対して直角に、踏み出した足はつま先を真っ直ぐに向ける。

こうする事で腰が回転し、その力は肩、肘、手首、指先まで伝わって、しなるように腕を振ってボールは放たれた。

その瞬間、大蛇は何かを感じたのだろうか？

ピクリと体を震わせて動く予兆を見せたが、けれども実際に動き出すより僅かに早く、矢のように飛んだ黒いボールが大蛇の顔にぶち当たる。

距離は多少遠かったが、的が大きかった分、何とか命中してくれた。

そして衝突の衝撃を受けたボールはシャっと潰れ、その中に封じられていたもの、真っ黒に粘つく液体が、大蛇の顔に張り付く。

その効果は覿面だった。

余程に驚いたのだろうか、大蛇は巻き付いていた大樹を凄まじい音と共にへし折り、地上に落ちて頭を、胴を、尾を振り回して大暴れし始めたのだ。

しかしどんなに暴れたところで、顔に張り付いた液体は落ちない。

あの液体の正体は、粘度の高い油を素材に錬金術を用いて作った塗料。

べったりと張り付けばそう易々とは落ちない代物だ。

またあのボール自体も錬金術の産物で、マジックバッグと同じく見た目以上に、手のひらサイズのボールでありながら、その中身はバスタブを一杯に出来る量の塗料が詰められていた。

それ故に大蛇は塗料に視界を塞がれたのみならず、鼻やその近くに開いた穴、熱を感知する器官までもが潰された為、外界からの情報が全て遮られた形になる。

因みにボールの名前はカラーボールと言って、マジックバッグを参考に完成させた僕のオリジナルの、使い捨て錬金アイテムだ。

驚きと混乱に暴れ回る大蛇が、周囲の木々を薙(な)ぎ倒す。

そして狙った訳ではなかろうが、大蛇の横を駆け抜けようとしていた僕に対しても、尾が直撃する角度で飛んでくる。

だから僕は念の為に握っていたもう一つの、左手の白いボールも、その向かってくる尾に思い切り投げ付けた。

黒いボールの中身は粘度の高い塗料だったが、白いボールの中身は粘つくどころでは済まない巨大斑蜘蛛(まだらぐも)、ヒュージスパイダーの糸だ。

ボールが砕けると同時に広がった糸に絡め捕られ、動きが封じられた大蛇の尾。

尤もこの大蛇程に巨大な魔物であるならば、いずれは無理矢理にでもその拘束を引き千切ってしまうだろう。

だがそれでも構わない。

少しの間だけでも大蛇が動けなくなれば、僕が傍らを抜けるには十分である。

足を止めずに駆け抜けて、僕は大蛇を後に、尾美黄鳥に教えられた枯れ木を目指す。


目指す枯れ木は、それから目的の古木喰いの蜥蜴は、すぐに見つかる。

何故なら古木喰いの蜥蜴は、隠れる様子すらなくもしゃもしゃと暢気(のんき)に枯れ木を齧(かじ)っていたから。

そこに何かを警戒する気配は、全く感じられない。

と言うのも大樹海に生きる魔物は、木々の間引きを行い環境を整える役目を担う古木喰いの蜥蜴を、余程の事がない限りは襲わないのだ。

なので逃げ出す様子もない体長一メートル程の蜥蜴の上顎を、僕は手袋を付けた手でわしっと掴む。

ぎょろりと古木喰いの蜥蜴の目が動いて僕を見るが、逃げ出す様子も、抵抗する事もない。

それどころか口を開かせようと力を込めれば、面倒臭そうに自分から口を開ける。

古木喰いの蜥蜴とはその様な、温厚というよりも寧ろ物臭な魔物であった。

木を齧る為に頑丈に発達した歯の中でも、四本の犬歯は毒を削ぎ込む穴の開いた管牙となっている。

そんな古木喰いの蜥蜴の牙に空き瓶を押しあてれば、ジワジワと漏れた毒液が瓶の中に注がれていく。

勿論、古木喰いの蜥蜴は面倒臭そうに抵抗もしない。

古木喰いの蜥蜴の毒を得るには、殺して毒を発する腺を抉り出すのが一番手っ取り早いだろう。

何せ古木喰いの蜥蜴はこんな風に、抵抗らしい抵抗もしないのだから。

危険な大樹海の中では、一つ所に留まる時間は短ければ短い程良い。

けれども当たり前の話だが、古木喰いの蜥蜴を殺してしまえば数は減る。

物臭な古木喰いの蜥蜴同士が広い大樹海の中で遭遇する事は滅多になく、それはつまり繁殖の機会が非常に少ない事を意味していた。

大樹海の中に天敵がおらず、命が脅かされない古木喰いの蜥蜴は、子孫を残す事に関しても物臭だ。

だから大樹海の外からやって来る唯一の天敵である人が、古木喰いの蜥蜴を殺しすぎれば絶滅する可能性は充分にある。

故に今では、古木喰いの蜥蜴を殺して毒を得る事は禁じられていた。

十数分はそうしていただろうか。

瓶の半分程が毒液で満たされたところで、僕は古木喰いの蜥蜴を解放する。

これだけの量があれば、木枯らしの香が十人分は作れるだろう。

この毒は少量でも畑に撒けば十年はそこで何も育たなくなる程に強力な危険物だから、欲張って集めすぎるのもそれはそれで問題だ。

「うん、よし。ありがとう。助かったよ」

僕は瓶に栓をして密閉してから、礼を言って古木喰いの蜥蜴の背を二度、軽く叩く。

古木喰いの蜥蜴はパチパチと瞬きをしてから、グプッと鳴いた。

言葉が通じた筈はないけれど、だけど僕にはその鳴き声が、古木喰いの蜥蜴からの返事に聞こえる。

これを無事に持ち帰れば、サーシャは助かるだろう。

ポシェットの中に瓶を仕舞って、僕は改めて気合を入れ直す。

そう、サーシャを救えるのは、これをアウロタレアの町まで持ち帰れたらばの話だ。

今回の目的を達成するまでの道のりは、もう後半分。

その半分こそが重要で気を付けなければいけないのだと僕は自分に言い聞かせ、隠者の外套のフードを目深に被り、息を潜めてその場を去った。

木々を切り倒して人の領域を広げても、管理をせずに放置すれば再び森に飲み込まれてしまう。
故にアウロタレアの町からも、森とは逆側、東に向かっては人が管理する農地が広がっている。
イルミーラ国の政策として、民は自らの土地を保有する事が許されているし、また町の外の土地を購入する為に必要な金額はかなり安い。

国としても、生えてくる芽を抜いて土地を管理し、更に食料を生産してくれる農民は、幾らでも増えて欲しい存在なのだ。

尤も幾ら広い土地を保有して耕したところで、大規模に森が広がって飲み込まれてしまえば、全ての努力は無に帰してしまうのだけれども。

さて、その様に町の郊外ならば土地の値段が安いお国柄なので、僕も少しばかりの田畑を持っている。

田畑と言っても育てているのは麦や野菜の類ではなく、錬金術に必要な薬草と、それからこの世界では一部の地域でしか栽培されていない穀物である稲だった。

勿論、僕の本業は錬金術師であり、採取となれば長く森に籠る事も少なくないから、とてもじゃないが田畑の世話には手が回らない。

だからそんな僕の代わりにこの田畑の世話をしてくれているのが、エイローヒの神殿で育てられている孤児達だった。

「こら！　リックにミカ！　手伝いに来たならちゃんと手伝え‼　手伝わないなら神殿に帰れ‼」

そんな怒鳴り声が辺りに響く。

普通の畑で育てる陸稲もあるけれど、僕が保有する田畑で育てている稲は、水田に育つ水稲だ。

水を満たした田に踏み入れば、当然ながら泥塗れになる。

でもまだ幼い孤児達には、そんな事ですら面白かったらしく、手伝いを忘れて泥遊びを始めてしまう。

そんな幼い孤児達を、年長者である少年、サイローが叱り飛ばしたのだ。

物凄い剣幕のサイローに、幼い孤児達は怯えて泣き出す。

けれどもサイローが叱るのも無理はない。

水田を荒らして僕が怒り、もう孤児の手伝いは不要だと言い出せば、困るのはエイローヒの神殿だった。

先日の木枯らしの香は別としても、僕はエイローヒの神殿に暮らす孤児達の健康管理をしているし、そこそこの額の寄付だってしている。

そうする事で歓楽街の人々の信用を得ているという面もあるけれど、基本的には僕は厚意でそれ等を行っていた。

正直なところ、田畑を管理するだけならば人を雇った方が確実だし、何よりも安上がりだろう。

アウロタレアでも名の売れ出した錬金術師である僕に雇われたいという人間は、それなりに存在するから。

孤児を生み出す要因であり、孤児の就職先でもある冒険者や娼婦は、僕にエイローヒの神殿への寄付を続けて欲しいと望むだろう。

しかし仮に僕が神殿への寄付を打ち切ったからといって、既にアウロタレアの町に根を張った僕の仕事が減る事はない。

信用は仕事を得る切っ掛けの一つにはなっただろうが、それを広げて育てていったのは僕自身の力である。

サイローはその辺りを正しく理解しているからこそ、幼い孤児達を厳しく叱りつけたのだ。

邪魔をするくらいならもう帰れと。

勿論僕も、そんなに簡単にはエイローヒの神殿を見限ったりはしないけれども、それでも良くない態度が続けば仕事を任せるという選択肢はなくなる。

なのでサイローは正しい。

正しいのだけれども、間近で他人が叱られていると、どうにもソワソワしてしまう。

特に叱られる側が幼い子供で、更に泣いてしまったのなら余計にだ。

でもここで僕が口を挟めば、年長者としてのサイローの立場を潰す事になるし、叱られた側であるリックとミカの為にもならないだろう。

故に僕はハラハラ、ソワソワしつつも黙って彼等のやり取りを見守り続ける。

しかしそれにしても、サイローは実に賢い子供だった。

確かに彼は孤児達の中では年長者だが、それでもまだ十三歳の少年でしかない。

なのに僕とエイローヒの神殿の関係を、しっかりと客観的に見れている。

その辺りを理解する為には、人を雇う為の相場を知っていなければならないし、ある程度の計算能力も必要だ。

何よりも、誰かから与えられる事が、決して当たり前ではないのだと認識していなければならない。

つまり元々に地頭が良いだけではなく、エイローヒの神殿でしっかりとした教育を受けている証左であろう。

……僕も似た様な年齢で家の状況を察し、飛び出して旅をしたけれど、そこは前世の記憶があったから、正しく子供だったとは言い難い。

周囲にもあの頃の僕を子供扱いする人間はいなかったし。

まぁ僕の事はさて置き、やがてリックとミカが十分に反省すると、サイローは僕に向かって作業が遅れた詫びを言い、それから水田の稲の世話を再開する。

何と言うか本当に、サイローは出来すぎなくらいにしっかりとしている子供だった。

午前中の水田での作業が終われば、孤児達の大半には小遣いを渡して帰らせる。

午後からは薬草畑の手入れがあるが、中にはそれなりに貴重な薬草も生えている為、年少の孤児達には流石に任せられない作業だ。

残ったのは僕と、今日来た孤児の中では唯一の年長者であったサイローのみ。

僕とサイローは手を洗ってから木陰に座り、持ってきた弁当を広げた。

メニューは僕が握った米のおにぎりと、グリームの酒場で購入した鶏肉の揚げ物。

稲作はこの世界ではずっと東の国で細々と行われている程度で、食味も前世の記憶にあるものに比べれば良くはない。

とは言え本来ならば簡単には手に入らない米を、こうして気軽に食べられるだけでも、十分に贅

沢な事である。

育てた米を売る訳じゃないから、稲作に関しては完全に僕の趣味の様なものだ。

今はそこまで手が回っていないが、そのうち品種の改良も行いたい。

大きく口を開けておにぎりを齧れば、程好い塩気と米のうま味が口の中に広がる。

次に鶏肉の揚げ物もガブリといけば、口の中に広がる脂の美味さが、米と非常に良く合った。

実に満足だ。

一つ目のおにぎりをあっと言う間に平らげて、二つ目に手を伸ばす僕は、そこでふと首を傾げる。

一緒に食事を取っているサイローが、何故だか食が進まない様子だったのだ。

別におにぎりが口に合わないという訳じゃないだろう。

この米という穀物は、食べ慣れていない人は炊いた際の独特の匂いに拒絶感を示す人もいるけれど、少なくともサイローはこれまで幾度も美味しそうに食べていた。

だから米のせいでは決してない。

また鶏肉の揚げ物に関しても、嫌う方が難しい贅沢な食べ物である。

ならば一体どうしたと言うのか。

胸の内に疑問を抱きながらも、二つ目のおにぎりを口に運ぶ。

何やら悩みがある風にも見えるが、言ってくれねばわからない。

さりげなく聞き出してやるのが一番なのかも知れないが、上手い言葉は思いつかなかった。

だったらせめて、食事の為に口を動かした方が多少なりともマシだろう。

「なぁ、ルービット兄ちゃん」

待つ事暫く、漸くサイローが重い口を開く。

出てきた言葉遣い、仕事中ではないから気安いもの。

だけどその声色には、深い迷いが見て取れた。

僕は口の中身を飲み込んでから、一つ頷き、彼に話の続きを促す。

するとサイローはまた少し躊躇（ためら）ってから、

「ルービット兄ちゃんが、中層まで行けるくらいに強いって、本当？」

そんな風に聞いてきた。

この問い掛けは、本題の前振りだろうか？

少しばかり返事に困る質問だ。

大樹海の中層は正しく魔境で、辿り着けるのは一流、或いは超一流と呼ばれる一握りの実力者のみ。

でも僕がその一流、超一流の実力者かと問われれば、少しばかり自信はない。

剣は使える。

採取の際に身を守る技術として、幼い頃から剣術は学んだ。

多分イルミーラの冒険者の、中堅クラスの剣士並には僕は剣が振れるだろう。

拳も使える。

旅の最中、剣にも錬金アイテムにも頼れない場面は多々あった。

そんな時でも、握った拳だけは手を切り落とされない限り使えるから、打撃も投げ技も、それなりには鍛えている。

尤も、素手で魔物に立ち向かおうと思える程では決してないが。

魔術も使える。

この世界での魔術とは、魔力によって起きる現象、魔法を人の手で再現出来る様に編み出された技術だ。

例えば竜が炎のブレスを吐くのは魔法で、風の精霊が竜巻を起こすのも魔法、地に溜まった魔力が迷いの霧を発生させても魔法だが、人がそれを再現すれば全て魔術となる。

錬金術は単に素材を混ぜ合わせたり火で熱するだけでなく、魔力を用いて反応を促進したり、変化させるので、錬金術師は魔力の扱いには長けていた。

故に当然、僕は魔術が扱える。

……しかしそれでも、僕はそれ等の力を積極的に振るって、森を越えている訳じゃない。

あれやこれやと製作した錬金アイテムを一切使わず、森を越えて中層に至れるかと問われれば、僕は全く以て自信がなかった。

何より、試してみたいとも思わない。

だけどそれでも、僕が幾度となく中層に赴き、生きて帰ってきている事は事実だ。

そうでなければ、僕はサイローと同じ孤児であるサーシャを救えなかった。

なのでサイローの問い掛けは、肯定するにも躊躇いがあるし、否定するのも嘘になってしまう為、僕は返事に迷ってしまう。

でもサイローは、僕の浮かべた曖昧な笑みを謙遜と取ったのか、

「なのにルービット兄ちゃんは、何で冒険者にならないんだ？　中層に行けるくらい強かったら、冒険者なら幾らでも稼げるのに」

そう言葉を続ける。

あぁ、成る程。

少し、サイローが何に悩んでいるのかが見えてきた。

サイローの悩みはさて置くとして、僕が冒険者にならない理由は単純だ。

「冒険者組合に登録すると発生する義務と制限が面倒だからだよ。恩恵の方も、僕にはあまり関係ないしね」

それは僕が錬金術師であるから、ではなく、冒険者になるメリットが全く以てないからである。

実のところ、錬金術師をしながらでも冒険者になる事は可能だ。

このイルミーラで冒険者になるには、国が冒険者を管理する組織である冒険者組合に登録すれば良い。

冒険者組合では冒険者に対してのパーティーの紹介や、冒険者としての訓練、依頼の斡旋、持ち

帰った獲物の解体や買い取り等のサービスが受けられる。

　但し、冒険者になると冒険者以外とは一緒に森に入れなくなるし、依頼料や買い取りの価格からは、二割が冒険者組合に徴収されてしまう。

　勿論それは冒険者組合を維持する為の必要経費なのだろうけれど、二割と言うのは中々に大きな数字だ。

　また僕にとってはこれが最大のデメリットなのだが、冒険者が狩ったり採取した成果は、冒険者組合に一度は全てを買い取ってもらわなくてはならない。

　自分がそれを必要とする場合にも、価格の二割の徴収を受けた後、わざわざ買い戻す必要があるのだ。

　要するに収穫物を懇意にしている商人に直接売り捌き、冒険者組合の利益を損なわない様にする為のルールだった。

　勿論その利益があるからこそ、冒険者に戦闘技術や森での活動を指導する教官や、依頼を整理して斡旋したり、獲物の解体を行う冒険者組合の職員が雇えるのだから、必要な事ではあるのだろう。

　しかし僕は別にパーティーの仲間を必要とはしてないし、解体だって自分で出来る。

　依頼の斡旋も、寧ろ今でさえ手が足りてないのだから、余計なお世話でしかない。

にも拘らず二割の徴収を受け、自分で得た素材すら錬金術に使用する為に余計な手間が掛かるなんて、面倒臭いにも程があるだろう。

　幾度か冒険者組合からは、所属してくれないかとの誘いを受けたが、その度に丁重にお断りしていた。

また僕以外にも、冒険者組合には登録せずに直接商人と契約しているケースがある。

だからサイローは僕に強いのに冒険者をやらないのは何故かと聞いたが、寧ろ実力があるからこそ冒険者になる意味が薄い場合は多いのだろう。

そんな言葉を並べれば、サイローの顔に浮かぶ迷いの色は、より濃さを増していた。

その顔を見て、僕は自分の予想が正しいと確信する。

「サイローは、冒険者になるの？」

彼の年齢は十三歳。

まだ十三歳ではあるのだけれど、男である彼がエイローヒの庇護を受けられる年齢はそろそろ終わる。

エイローヒが子供であると定めた十三歳が終われば、サイローはエイローヒの神殿を出なければならなくなるだろう。

因みに女性であるならば十五、六歳までは孤児として神殿に留まれるし、或いはもう少し年を経てもエイローヒに仕える神職の見習いとしての道もあった。

……不平等感はあるけれど、その辺りはエイローヒが女性と子供を庇護する女神である以上は仕方のない事だ。

前世の倫理観を振りかざす方が間違っている。

そしてエイローヒの神殿を出れば、当然ながらサイローは自身で生計を立てていかねばならない。

実はイルミーラでは、男児がなりたがる憧れの職業は樵である。

斧を使って木々を切り倒す樵は、イルミーラでは森と戦う人の力の象徴だ。

しかし樵になる為には、腕っぷしと優れた道具、先達である樵達との繋がりが必要だった。

樵の仕事は、決して一人で出来るものじゃない。

単に木を切るだけと思うかも知れないが、闇雲に切れば倒れた木に誰かが巻き込まれる可能性もある。

それにそもそも、人間は切り倒した木を一人じゃ運べないだろう。

道具に関しても、森の木々は、浅層ではあっても大樹海の木々だ。

鈍らな斧では切り倒すどころか、傷一つ付ける事すら難しい。

魔法金属や魔法合金製の斧を用いろとまでは言わずとも、イルミーラで樵をするなら、一級品の鋼の斧が必要だった。

孤児であるサイローには、樵達の信頼を得られる環境も、一級品の鋼の斧を用意するだけの金も、望んでもそう簡単には得られないものである。

となれば次に挙がる選択肢として、冒険者が出てくるのは、……まぁわからなくもない話だろう。

但し僕には、サイローが冒険者になると聞いて、どうしても惜しいと思ってしまった。

いや、これは別に冒険者を馬鹿にする訳ではなく、サイローにはもっと他に向いた道があるのではないかと思ったからだ。

「冒険者になれば、武器や防具は最初の頃は貸してもらえるって聞くし、一杯稼げば神殿にも寄付出来るしさ」

けれども実態を知らずに薄っぺらに冒険者に憧れて言い出したなら兎も角、サイローの事だから
それは充分に考えて、今も悩みながら出した結論なのだろう。

貸してもらえる武器が最低限のもので護身用にしかならない事も、防具もサイズが合うものはそ
うそう回ってこない事も、多分サイローは知っている。

同じ身体を張る職業でも、樵よりも、兵士よりも、冒険者はずっと死亡率が高い事も。

知った上でサイローがそれを選ぶなら、僕には口出しなんて、出来る筈がなかった。

エイローヒの神殿が伝手を使えば、或いは見習いとして商家に奉公に出る道もあった筈。

もしくは僕だって頼まれたなら、一人や二人なら田畑の管理者として雇いもするだろう。

水田だって薬草畑だって、周囲の土地を買い取ればもう少しばかり広げる事は可能だし。

でもサイローはそれ等の伝手を自分で使わず、他の孤児達に残す道を選んだのだ。

その決意に水を差す権利なんて、僕にある訳がないじゃないか。

「……サイローなら、良い冒険者になれるよ。薬草の摘み方も丁寧だしね。採取が出来るのと出来
ないのとじゃ、稼ぎは結構変わるよ」

だから僕には、彼の背を押す事しか出来ない。

最外層部でしっかりと採取に励み、金を貯めて装備を整えられたなら、サイローが生き延びられ
る可能性はグッと増す。

それまで狼やゴブリンに、命を奪われなければの話だが。

真面目で聡(さと)いサイローならば、意外とどうにかするかも知れない。

良い仲間を見付け、熱心に訓練に励んで腕を磨けば、最低限の装備でも狼やゴブリンはどうにかなる。

彼には間違いなく、才覚はある筈だから。

「うん、ありがと。ルービット兄ちゃん。そう考えたら、ここの手伝いさせてもらえてるのって、本当に運が良かったんだなぁ」

僕の言葉にサイローは笑みを浮かべて、おにぎりを思い切り頬張る。

やはり彼は、誰かに背を押してもらいたかったのだろう。

今のサイローは、少し迷いの晴れた顔をしていた。

僕がサイローの背を押したのは、決して間違った判断ではなかった筈だ。

……なのに今、僕の胸は、とても重い。

「森の最外層で取れる素材、今度教えるよ。それから何かあった時の応急手当のやり方と」

装備を僕が買い与える事だって出来なくはないが、身の丈に合わない持ち物を持てば周囲から目を付けられるし、仲間とも歩調を合わせ難くなる。

真面目に働いてくれたお礼と、冒険者になった時の祝いとして、剣の一本を贈るくらいが精々だろうか。

本当は身を守れる鎧(よろい)の方が良いのだろうけれど、鞘(さや)に納められる剣と違って、鎧はどうしても目立ってしまうから。

「あっ、だったら、図々しいお願いだけれど、剣の振り方も教えて、……教えて下さい。一人で棒を振っていても、いまいち強くなれた気がしなくって」

頭を下げるサイローに、僕は頷く。

彼がエイローヒの神殿を出るまでには、あと数ヵ月の猶予がある。

僕だって仕事があるから、付きっ切りで教える訳にはいかないけれど、基本的な剣の振り方と、訓練の仕方を教えるくらいは可能だ。

了解を得た事を無邪気に喜ぶサイローの表情に、僕は自分の胸をそっと押さえた。

およそ八十度まで熱した湯が千二百ミリリットルに、手で千切った赤薬草の葉を十グラム入れる。十分間、沸騰しない様に湯の温度を保ちながら掻き混ぜ、その際にゆっくりと魔力を注ぐ。

次に塩を一グラム加えて、再び先程までと同じ様に魔力を注ぎながら五分間掻き混ぜる。

すると赤薬草の葉から薬効が抽出され、そこに魔力が作用して変質が始まるので、不要となった葉を引き上げていく。

葉を引き上げ終わったら、変質によってポーションとなりかかった湯に、擦ってペースト状にした白蜜花の花弁を溶かす。

白蜜花の花弁を加えるとポーションへの変質が一気に加速するので、火から遠ざけて冷やす。

その状態で暫く待つと、透き通った深紅の液体が出来上がるから、上澄みの四百ミリリットルのみを慎重に空き瓶へと移す。

これで服用すれば人体の回復能力を大幅に高め、即座に傷を塞いで癒す回復ポーションの完成だった。

そして回復ポーションとはしなかった残りの液体に、白蜜花の蜜、牛の乳を加えて煮詰めながら練っていくと、手荒れや吹き出物、火傷(やけど)や霜焼け等に効果のある軟膏(なんこう)になる。

上澄み以外にも回復効果は十分にあるのだが、即効性が多少薄れてしまう為、こうして軟膏に加工するのだ。

尤もそこまでこだわって回復ポーションを作る錬金術師は少ないらしく、わざわざ上澄みを別にせずに混ぜて売っている場合が多い。

もっと酷い場合には不要となった赤薬草の葉を取り除いてなかったり、魔力の注ぎ方が荒すぎて変質が雑だったり、温度管理が適当で苦みやえぐみが出てしまったポーションが平然と売られていたりもするので、上澄みを分けてない程度なら随分とマシな方だろう。

勿論、僕の店に置いている品は全て自分で作っているから、そうした低品質の品は一切ない。

回復ポーションの出来は場合によっては人の命に直結するから、可能な限り品質の良い物しか売りたくはないのだ。

因みに、僕はポーション製作は得意な方である。

ポーションの製作には魔力の操作も重要だけれど、同じくらいに温度管理や投入する素材の分量が正確である事も重要だった。

度、ミリリットル、グラムと言った、前世の記憶があるからこそ知る細かい温度や量や重さの単位は、ポーションの製作に極めて有効な代物だ。

僕の錬金術の習得速度が早かったのは、これらの細かな単位を正確に測る事の大切さを知っていたという事も、理由の一つだろう。

まぁそう言った訳で、大っぴらに宣伝をしている訳ではないけれど、僕の店のポーションの売り上げは非常に良かった。

カラカラと入り口のドアに掛けていたベルが鳴り、客の入店を告げる。

「あぁ、やっと開いてたよ。久しぶりに顔を見れたね。元気にしてたかい？　ルービット」

入ってきたのは大柄な褐色の肌を晒した、赤い髪の若い女。

物の言い方は豪快にして、その実気遣いは繊細な、女戦士のバルモアだ。

彼女はこの店の、常連客の一人だった。

「こんにちは、バルモア。確かに少し久しぶりかな。ちょっと森に行ったりしてたからね」

相手は客だが、必要以上に謙った態度は取らない。

お客様は神様じゃなく、僕と客は対等だ。

お金を受け取るに相応しい品を置いているのだから、それ以外を求めるなら別の場所に行って欲しい。

それが僕の方針である。

実際、ポーションを買いに来る客である冒険者には荒くれ者も多いから、あまり丁寧な対応をすると舐められる事もある。

こちらを舐めて妙な要求をしてくる者には相応の対処をしなくてはならなくなるから、店が下手に出るのは、双方にとって益がない。

尤も目の前のバルモアは、こちらを侮る様な真似は一切せずに、色々な商品を買ってくれる良客だからそんな心配は一切ないけれども。

高い商品に関しては言葉遊びで値切る真似をしてくる事もあるけれど、商品の説明をすれば価値を認めた上で購入するか否かを検討する。

それから彼女は、確かに戦士ではあるけれど、冒険者という訳じゃない。

イルミーラの王都に拠点を構え、各町にも支店を持つ大きな商会、クラウレ商会と契約している傭兵だ。

バルモアはアウロタレアを拠点に森にも潜るが、隊商の護衛でイルミーラの各町や、隣国であるツェーヌまで旅する事も多いと言う。

要するに腕の立つ女傑であった。

「二週間以上も店を閉めといて、ちょっと森にね？」

そう言って意味ありげに笑うバルモア。

彼女は僕が大樹海の中層まで行ける事を知っていて、またバルモア自身も傭兵仲間と組んでではあるが、同じところに辿り着ける一流と呼ばれる人間の一人だ。

僕が曖昧な笑みを浮かべれば、彼女はそれ以上は追及をしない。

互いに腹を探り合っても、傷付け合うだけで何の得もない事をバルモアは良く知っている。

カラカラと笑う彼女の表情には、嫌味も妬みも全く含まれず好意的で、話をしていて心地良い。

僕はバルモアが必要としそうなポーション類を見繕い、

「まぁ、個人的に欲しいものがあったから採りに行っただけだよ。それよりも今日は何が欲しいの？　ポーションを作ったばかりだから軟膏もあるよ。靴の修理なら少し時間を貰うけれどね」

彼女の前に並べながら用件を問う。

ポーション類は補充したばかりだから大抵の注文には応えられるが、バルモアが愛用している僕の作った錬金アイテム、履く疲労軽減のブーツに関しては、素材の関係もあって修繕には少し時間が必要だ。

すると僕の問い掛けにバルモアは少し表情を曇らせ、

「あぁ、今日はブーツじゃないんだ。ないんだけど、そうだね。……少し、相談させてもらって良いかい？」

歯切れ悪くそんな言葉を口にする。

バルモアにしては珍しい反応だった。

まるで藁にも縋りたいのに、期待よりも諦めが勝ってしまったかの様な、そんな表情をする彼女。

だから僕は黙って頷き、バルモアの言葉の続きを待つ。

もしかすると、二週間以上も店を閉めていた事を知っていたのは、僕を頼ろうと何度か店に足を運んだからではないだろうか。

そんな風に思いながら。

事はバルモアと三人の仲間の傭兵が、魔物の素材を得る為に森の最内層に潜っている時に起きたそうだ。

非常に運の悪い事に、中層から流れてきた魔物であるオウルベアと、最内層でも特に手強い魔物の一種であるダイアウルフの群れに、同時に襲われてしまったらしい。

因みにオウルベアは頭が梟（ふくろう）、身体が熊の魔物で、体長が四メートル程あって非常に力が強い。

また視界が広く、首が百八十度回転して後ろを見られる等、索敵性能にも優れている。

ダイアウルフは馬程もある狼の魔物で、体長は二メートルから三メートル。

動きは素早く、牙も鋭く、何より群れで連携の取れた狩りを行う。

更には咆哮（ほうこう）には魔力が込められていて、まともにそれを浴びれば身体は竦（すく）み、力が萎（な）える。

オウルベアだけでも、ダイアウルフの群れだけでも、バルモア達は余裕で撃退しただろう。

それくらいにクラウレ商会と契約した傭兵達は、特にバルモアは腕が立つ。

しかしオウルベアとダイアウルフというのは、偶然にしてはあまりに噛み合いすぎた悪意のある組み合わせだった。

力が強く個体としての戦闘力が高いオウルベアと、素早く連携に長けたダイアウルフの群れが同時に襲い掛かってくるとなると、流石のバルモア達も無傷で捌き切る事は出来なかったそうだ。

仲間内で最も腕の立つバルモアが単身でオウルベアを抑え、その間に残る三人がダイアウルフの群れを蹴散らしたのだが、数が多く素早い狼達を前衛の二人が食い止め切れず、後衛の弓手が牙を受けて指を負傷する事態となってしまう。

『幸い』千切れ掛けではあっても指はまだくっ付いていたから、弓手は回復ポーションを使用する事で傷を塞いだ。

でも後になって考えてみれば、それがいけなかったのだろう。

傷が塞がりこそしたものの、弓手の指は動かなくなってしまった。

弓手が使用したのは、ごく普通の身体の回復能力を高めて傷を塞ぐポーションだ。

異常なまでの回復を見せるけれど、肉体の回復能力が増したところで治らない損傷は、やっぱり治らない。

例えば骨折した場合にそのままの状態で回復ポーションを使うと、場合によっては曲がったままに骨がくっつき、機能が回復しない事がある。

または完全に指や四肢が千切れ飛んでしまった場合も、回復ポーションで傷を癒したところで、傷口は塞がっても新しい指や四肢は生えてこない。

骨折の場合はキチンと骨を真っ直ぐな状態に戻して固定してから、回復ポーションを使わなければならないし、千切れ飛んで欠損してしまった場合は再生を可能とする別のポーションが必要だった。

「町に戻ってから回復魔術の使い手にも診せたんだけどね。この傷はもう治ってしまってるから、再生は出来ませんよ。なんて風に言うのさ」

苛立(いらだ)ちを吐き捨てる様にバルモアは言うが、でもその回復魔術の使い手が言った言葉は別に間違っちゃいない。

傷を治して日が経っていれば、既にそれが正常な状態だと身体が認識してしまっていて、改めて指を切り飛ばして再生したとしても、動かない指が生えてくる可能性が低くはなかった。

ポーションであれ回復魔術であれ、再生を試みるには高い対価が必要となるから、気軽に一度試してみようとは言えなかったのだろう。

回復も再生も、肉体の治癒を行う為に良く誤解されがちだが、基本的には全くの別物だ。

何度か述べた通り、回復は身体の回復能力を脅威的に高めて治癒効果を齎(もたら)す。

だけど再生は回復とは全く違って、身体の回復能力は一切関係なく、損傷前の状態を復元する効果があった。

両方とも同じ様に身体の治癒は行われるが、その意味合いが全く違う。

魔術であろうとポーションであろうと、回復を上級にしたものが再生という訳ではない。

例えばトレーニングで起きた筋肉痛を癒やす場合、回復ならば痛みは消え、トレーニングの目的である筋肉の増量も行われる。

しかし再生で筋肉痛を癒やした場合、トレーニングを行う前の、正常な状態に戻るのだ。

今回のケースは身体の回復能力に頼って一度は不完全でも回復してしまった結果、再生で復元すべき損傷前の状態が不完全なものとなっているのだと予測される。

要するに処置を間違えたその弓手が悪いのだけれど、弓を扱う者にとって指は命に等しい。

もしこのまま指が機能を取り戻さなければ、傭兵を続ける事なんて出来ないだろう。

自己責任と言えば自己責任なのだが、仲間が怪我を負い、それを回復してしまった現場にも居合わせたバルモアが、諦め切れずに可能性を探す気持ちは、多少なりとも理解が出来た。


バルモアがこうして僕に相談を持ち掛けてきたのは正解だ。

今の話を聞く分に、弓手が傭兵を続けられる可能性がある方法は、僕が知る限りでも三つある。

一つ目はその回復術師が忌避した、改めて損傷させてから再生を行う方法だが、損傷させる場所は指じゃない。

再生で指が動く可能性を高めるなら手首から先を、或いは更に確実を求めて片腕を完全に切り落としてしまってから、改めて再生を行う。

随分と滅茶苦茶な方法に思えるだろうが、より大きな損傷を受けたショックで、不完全だった指の状態を身体が、というよりも脳が忘れてしまうのだ。

この時、再生を行う前に、切り落とした腕を本人の目の前で完全に焼いてしまい、機能が不完全だった腕は完全に消えたから、再生されるのは全てが元通りの腕だと暗示を掛ける。

精神的に大きな衝撃を与えて、脳が覚えた不完全な状態を塗り潰し、都合の良い事実を上書きしてしまう。

その上で再生を行ったならば、割合に大きな確率で元通りに指が動く腕が復元される筈だ。

非常に乱暴な方法だけれど、これが一番元通りに戻る方法でもあった。

当然ながら、この方法を取る場合は失血やショックで命を落としたりする事がないよう、僕がいる時に僕のアトリエで行わねばならない。

二つ目は穏当に運動訓練を行う事だ。

これは何故指が動かないかという原因次第なのだが、今動かなかったからと言って、未来永劫ずっと動かないかと言えばそうとは限らない。

外側は治癒していても、中はまだゆっくりと治癒中である可能性は、実は大いにある。

だから正しく動かす為の訓練を行う事で、指の動きや感覚が戻ってくる可能性は皆無じゃなかった。

因みにこの運動訓練には、再生ではなく回復のポーションを併用して行うと、動きの戻りも多少早くなるだろう。

でもまぁ時間は非常に掛かるし、微細な感覚は失われたままの事が多いし、何もかも全くダメな場合もあるのだけれど。

流石に運動訓練は僕じゃ見切れないので、腕の良い医者を探す必要がある。

三つ目は、もう動かない指なんか捨ててしまって新しい指に変える事。

これは勿論最終手段だが指を切り捨てて、義肢、義手よりも小さな義指を装着……、というより手に完全に接合させる。

義指の材料は王金と呼ばれる、受けた魔力を増幅する魔法合金を使用し、増幅された魔力を利用して曲げ伸ばしを行う機構を組み込む。

扱いに熟達すれば、所持者の魔力に応じて本物の指よりも自在に、微細に動く代物だ。

本人の魔力操作の訓練次第にはなるけれど、以前よりも素早く弓を引く事だって不可能ではないだろう。

ただこの方法の最大の問題は、王金と呼ばれる魔法合金を用いる為、義指の価格がとんでもないものになる事だった。

いやまぁ、幸いにも指一本で済むのなら、手や腕を義手、義肢にしてしまうのに比べれば安いのだけれども。

滔々と治療法を語ってみれば、バルモアは少し引いていた。

まあ指どころか腕を切り離して燃やせと言ってみたり、最高級の魔術師の杖や、魔道具の材料に使われる王金を使った義指の話をすればそれも当然かも知れない。

錬金術師なら兎も角、幾ら腕が立つとは言え一介の傭兵には、些か刺激が強い内容だろう。

ただ彼女の表情は、引いてはいたが先程よりもずっと明るいものだった。

「いや、大人しい顔してるルービットに、思ってたよりもずっと過激な事を言われて驚いたけれど、希望があるなら挑まない手はないだろうさ。すぐにでもラールを、弓手の野郎を連れてくるよ」

そう言うバルモアに、僕は頷く。

僕の顔の話にはちょっと異論があるけれどもさて置き、どの道を選ぶにしても早ければ早い方が良い。

切り落として再生する場合でも、義指を製作する場合でも、僕にはそれなりの益がある。

そして治癒が終わって再び森に挑むのならば、やはり回復なり再生なりのポーションを買っていってもらえれば、僕の店は儲かるだろう。

ついでに言うならば、やはりバルモアは暗い顔より、明るく覇気のある表情をしてくれていた方が魅力的だ。

◇◇◇

僕だけじゃなく、店を営む錬金術師の多くはそうだろうと思うのだけれど、持ち込まれた素材を買い取る事はあっても、逆に素材を売ったりはしない。

もう少し具体例を出すならば、冒険者達は冒険者組合に全ての素材を売却するから兎も角として、樵が仕事の際に偶然にも貴重な薬草を見付け、飲み代を稼ごうと店に持ち込んでくるケースは稀にある。

こう言った場合は、素材の質にもよるけれど、僕は買い取りを厭いはしない。

流石にポケットに押し込んでクシャクシャにしていたら断るけれど、丁寧に採取して、丁寧に運ばれたものならば、相応の値段で買い取っている。

しかし逆に、冒険者が貴重な薬草の納品依頼を受け、それが見つからなかった為に錬金術師の店から同じ薬草を買い取って納品し、ペナルティを避けようとする様な場合は、当然ながらすげなく断っていた。

何故ならここはあくまでも錬金したアイテムを売る店で、素材のやり取りを目的とした場所ではないから。

まぁそうやって断ったら冒険者に根に持たれ、僕の保有する薬草畑に盗みに入られた事もある。あの時は防犯トラップに引っ掛かって捕まえた冒険者の身柄をどうするかで、冒険者組合とのやり取りが大変だった。

何でも冒険者組合としては、依頼遂行中の犯罪行為に対しては自分達でペナルティを与えたかったらしく、国に仕える別の組織である衛兵に身柄を突き出されると困るのだとか。

勿論、そんなの僕の知った事ではないので衛兵に突き出したが、その際に冒険者組合とは少し揉めた。

なので僕は冒険者組合に対しては、あまり良い感情を持っていない。

……と、過去の話はさて置き、僕の店では素材を売る事はしてないって話なのだけれど、でも実は例外が二つある。

一つ目は僕と交友のある同業者が、何らかの事情で薬草等が足りずに頼ってきた場合。

例えば急に何らかの病の治療薬が必要になったが、材料が足りずに困っているという様な時は、同業の誼で助け合う事がある。

これは困った時はお互い様であるし、何よりも素材の不足が命に関わるケースがあるというのも大きな理由だった。

次に二つ目の例外が、魔法合金の販売に関してだ。

魔法合金を素材と称するかどうかは意見の分かれるところではあると思うのだけれど、ポーションや錬金アイテムの様に完成した品ではないから、まぁ素材の分類に入れておこう。

では一体、魔法合金が何なのかを説明しようと思うと、実は先に魔法金属の説明をしなければならない。

魔法金属とは、鉱脈に自然の魔力が溜まり、それ自身が魔力を持つ様に変質した金属の総称である。

当然ながら魔法金属は非常に希少だが、その中でも目にする機会があるとするなら、魔鉄と真銀になるだろう。

変質した金属は単に魔力を保有するだけでなく、それぞれに常識を超えた特性を有し、魔鉄ならば他から魔力を加えられねば変化をしない。

だから魔鉄を鍛える時は、ハンマーを振るう鍛冶師以外にも、金属に対して魔力を注ぐ役割を担う者が必要となる。

つまり魔鉄で武具を鍛えたならば、魔力の籠った攻撃以外では、決して破壊されないものになるのだ。

魔鉄とは逆に真銀は、他の魔力を寄せ付けないという特性を持つ。

真銀の元となる金属は銀である故に柔らかいが、呪いを払う魔除けの守りとして、真銀の短剣は需要が高い。

また実際、放たれた魔法も真銀製の武器ならば切り払う事が可能だろう。

尤も、幾ら他の魔力を寄せ付けないとは言っても、真銀が保有するよりも多くの魔力を一度にぶつけられてしまったら、容易く壊れてしまうのだが。

だが先程も述べた通り、魔法金属は非常に稀な条件の下で生まれる希少な品だ。

故にその代替品として金属に人工的に魔力を付与し、様々な特性を持たせたのが魔法合金と呼ばれる代物だった。

そして当たり前の話だが、金属に人工的に魔力を付与するといった技術は、錬金術の分野である。

「上質の偽魔鉄百二十キログラム相当に、王金も一キログラム相当って……。また凄い量だなぁ。ティンダルさん、僕の事を逆さにして振れば何でも出てくるマジックバッグだとでも思ってるのかな」

アウロタレアの町で一番とされる鍛冶師、ティンダルから届いた注文票を見て、僕は大きく溜息を吐く。

基本的に素材の販売をしない僕の店だが、鍛冶師からの魔法合金の注文に関しては受け付けている。

とは言え魔法合金の錬金は決して簡単なものではなく、これでもかと言わんばかりの要求量に、僕は思わず眩暈を感じた。

代替品として求められて生み出されたとは言え、魔法合金も決して安いものじゃない。

錬金の為に必要な素材は貴重なものが多いし、王金の様に、受けた魔力を増幅するという、どんな種類の魔法金属も持たない特性を発揮する魔法合金もある。

そもそも王金なんて、元になる金属が金なのだから、一キログラムの金なんてそれだけでも物凄い貴重品であるとわかるだろう。

因みに王金を錬金する為のレシピの一つは、融解した金に黄金鱒の鱗、軟伸樹の乳液を加え、固まる前に魔力を注ぎながら混ぜ合わせて練る。

金の融解温度は結構高いので、作業は暑いし、魔力もポーション製作の時の様にゆっくりではなく、多量に注ぎ続けなければならないのでかなりの重労働だ。

幸い、黄金鱒の鱗に関しては在庫があるので、軟伸樹の乳液を採りに行くだけで王金の素材は揃う。

だが問題はこの百二十キログラムという馬鹿げた量の偽魔鉄の注文だった。

偽魔鉄は素材の確保が最も簡単な魔法合金である。

必要な素材は鉄と、魔力を秘めた生き物、つまりは魔物の骨や爪、牙等。

特性は偽魔鉄の名の通り、魔鉄と同じく他から魔力を加えられねば変化をしない事。

要するに魔力が関与しなければ不壊なのだ。

……とまぁ、これだけを聞けば偽魔鉄は非常に有用な代物に思うだろう。

実際に有用である事には違いなく、この偽魔鉄の武具に身を包んだ百の兵が、五百の敵兵を打ち破った例もある。

但しこれは敵兵に魔術師がおらず、魔力を使った攻撃が一切行われなかったからの話だ。

偽魔鉄は確かに魔力を加えられなければ破損しないのだが、金属そのものの強度は魔物の骨や爪、牙等、不純物が混ざっている分、鉄に比べて大きく劣る。

また魔力の籠った攻撃を行う存在は、実は意外に多い。

その最たる例が、その身に魔力を秘めた存在、そう、魔物である。

つまり偽魔鉄は、魔物に対しては脆く壊れ易い金属でしかなかった。

なので偽魔鉄は、特に魔物を相手にする事が多いイルミーラでは、あまり需要のない魔法合金だ。

……それを百二十キログラムも発注するだなんて、ティンダルは一体何に使う心算なのだろう？

しかし客の事情を詮索する訳にもいかないので、さて置くとして、問題は求められている偽魔鉄が上質である事だった。

魔物の骨や爪、牙等を素材として必要とする偽魔鉄だが、魔物といっても種類も様々で、保有する魔力の量も大きく違う。

故に魔力の保有量が多い魔物の骨等を素材として使えば、少量で鉄を偽魔鉄に変化させる事が出来、不純物の少なさから金属としての強度の低下を抑え得る。

　或いは魔力の保有量が多いだけでなく、強度も高い魔物の素材を使えば、金属としての強度の低下を抑えつつ、偽魔鉄が保有する魔力の量を増やす事が出来るのだ。

　要するにティンダルが求めているのは、そういった魔力の保有量が多く、強度も高い偽魔鉄という事である。

　因みにあまりに強すぎる魔物の素材を使った場合、鉄よりも強度の強い魔法合金が出来たり、全く別の特性を持つ魔法合金が出来たりするので、故郷であるイ・サルーテでは今も盛んに研究されているらしい。

　勿論、その様に強い魔物の素材は、滅多に手に入るものではないのだけれども。

　さて、流石に別種の魔法合金を生み出せる程ではなくとも、上質の偽魔鉄を作るのならば、……最低でもダイアウルフくらいの魔物を素材として使う必要があるだろう。
　世間一般の基準は兎も角、僕が上質であると納得し、ティンダルが満足するだろう偽魔鉄の品質はそのくらいだ。
　猛轟猿も厄介な魔物ではあるけれど、あの魔物の強さは知能や執念深さ、群れの大きさといった要素が大きいので、個体の格で言えばダイアウルフには劣る。

欲を言えば中層から流れてきた魔物を狩れればよりベターだが、いずれにしてもその辺りの素材を欲するならば、最低でも森の最内層で魔物を狩らねばならない。

という訳でティンダルからの発注書を受け取ってから四日後、僕は森の最内層に辿り着く。

本当はわざわざ自分で魔物を狩りに来ずとも、冒険者組合を通して冒険者に依頼を出すという方法もあったし、或いは既に商会に卸された素材を購入しても良かった。

採取に繊細さを要求される薬草の類なら兎も角、魔物の骨や牙、爪なんて、多少手荒に扱ったところで質の低下なんて問題にならない。

寧ろ手荒に扱った程度で傷が付く様な弱い素材は、今回はまるでお呼びではないのだ。

そもそも骨も牙も爪も、偽魔鉄に錬金する際には粉々になるまで磨り潰すし。

しかしそれでも敢えて僕が自分で森に潜った理由は唯一つ。

僕がまだ知らぬ何かとの出会いを求めて。

依頼を出しても、商会で買い求めても、ダイアウルフくらいの魔物を望めば、その通りの素材しか手に入らないだろう。

合格ラインのものは手に入っても、それを大きく越える様な何かは手に入らない。

例えば積極的に大樹海の中層から流れてくる魔物を狙おうと思えば、やはり自分で足を運ぶのが一番だった。

尤も、幾ら中層の魔物の素材が欲しいからと言って、前に出くわした様な大蛇、後で調べて判明した名前だと、ホーンド・サーペントの様な大物は流石に勘弁願いたい。

何せあの化け蛇は、消化液を兼ねた毒液を吐き出し、鉄だろうと何だろうと問答無用で溶かしてしまう様な魔物だったのだから。

勿論、例えそんな化け物であっても、僕のホムンクルスであるヴィールの完成に必要ならば、どんな手を使ってでも狩って素材を剥ぎ取るけれども。


……息を潜め、気配を殺し、隠者の外套の効果によって隠れ潜みながら、僕はそろりそろりと森の最内層を歩く。

探すものは、土の地面や木々に残された、魔物の痕跡。

大樹海の中層で縄張り争いに負けて流れてきた魔物がいるなら、元より森の最内層に棲む魔物の縄張りを侵した事で争いが起きる。

直接的に争う場合もあれば、木々に傷を付けてその威を見せ付け、敵わぬと知らしめて追い払うケースもあるだろう。

だが何れにせよ、何らかの痕跡は残る筈。

当然ながら、中層から流れてきた魔物が存在せず、森の最内層の魔物同士で縄張り争いをしている事もある。

でもその場合でも、最内層で縄張りを保有するクラスの、ある程度の要求を満たす魔物は見つかるのだから、別に悪い話では決してない。

それにこうして周囲を観察しながら歩いていれば、

「あぁ、黒蜜の実が、一、二、三……、五つも落ちてる。悪くないね」

思わぬ余禄に出会う事もあるのだ。

黒蜜の実は、完全に熟れて地に落ちた実は、食べると噎せ返ってしまう程に糖度が高い果実だが、逆に木に生っている状態だと非常に渋くて苦い。

どちらもそのまま食べるには適していないが、地に落ちた実は絞れば上質の蜜が採れ、木に生った実を加工すれば非常に強力な虫除けが作れる。

この実が生る木自体が珍しい事もあって、どちらもそれなりに貴重な品だった。

特に地に落ちた実から採れる蜜は、ポーションや霊薬の類に加えても効果に影響を与えずに甘味のみを追加する為、苦みやえぐみの強い薬を飲み易くしてくれる。

錬金術師としては使い勝手の良い素材なのだ。

故に、今は普通のものを口に出来ない僕のホムンクルス、ヴィールにも、悪影響を与えずに甘味を感じさせる事が可能だった。

何時もアトリエで待たせてばかりのヴィールに、良い土産が出来たと思う。

木をよじ登り、未成熟の実も幾つかポシェットに収納し、僕は枝に腰掛ける。

ポシェットから水筒を出し、中身を一口ごくりと飲んでから、僕は周囲を見渡す。

実はさっき拾った地に落ちた黒蜜の実の内、二つが熟れかけではあったけれども、本来ならばまだ木から落ちる程ではない代物だった。

また地面には、踏み潰された実の残骸も。

そして木の幹には、まるで巨大な拳で殴り付けたかの様な、大きな傷跡が刻まれている。

恐らく熟れ切ってない黒蜜の実は、魔物が木を殴り付けた衝撃で落ちたのだろう。

更に付近の地面には、その魔物が残したと思わしき足跡が幾つもあった。

木に刻まれた傷跡の高さや、足跡の大きさから察するに、それを成したのは恐らく二足歩行を行う身長が三メートルを大きく超える人型の魔物。

そうなると僕に思い当たる魔物は、一種類しか存在しない。

巨大で、桁外れの怪力と生命力を誇る魔人。

悪食で、何でも口に入れるし、何時でも腹を空かせている。

狂暴凶悪、されど時に道具を用いる知恵を持つ。

その魔物は、前世の僕の記憶では物語なのでオーガと呼ばれ、この世界では大鬼と呼ばれていた。

つまり僕が目的とする、大樹海の中層から流れてきた魔物だ。

……そうなるとさっきの黒蜜の実は、大鬼が齧ってあまりの甘さに噎せ返り、怒り任せに踏み散らかして、木を殴り付けたのだろうか？

まぁ熟れた黒蜜の実を齧るなんて、上白糖を口一杯に詰め込むどころか、直接胃袋に流し込むような行為であるから、幾ら悪食の大鬼であっても辛かったのだろう。

その光景を想像し、僕は少し愉快になって笑う。

しかし丁度、僕が笑いを溢した瞬間だった。

森の木々の向こうでドカンと大きな音が鳴り、次いで大気を震わせんばかりの騒音、魔物の咆哮があがる。

彼等は森の最内層で戦うのに、十分な実力を持っていた。

六人組のパーティーを組んでの話とは言え、猛轟猿やダイアウルフの群れを退けた実績がある。

何より、大樹海の中層から流れてきた魔物、大鬼を狩った事すらあるのだ。

彼等は準備を怠らなかった。

森の中ではどんな不測の事態が起こるかわからぬと、装備は可能な限り良いものを揃え、また回復のポーション等も決して切らさない様にしていた。

彼等は希望を持っていた。

今はまだ、森と呼ばれる範囲を抜けられぬ身ではあるが、いずれは大樹海の中層へと辿り着き、一流と呼ばれる冒険者になりたいと。

イルミーラの国中にその名を轟かせたいと思い、また何れはそう在れると信じていたのだ。

ならば一体何が悪かったのか。

一体何が足りずに、こんな事になってしまったのか。

今、彼等の誰もが感じているその疑問に答えるならば、彼等は、そう、きっと運が足りず、運が悪かったのだろう。

「ローニャッ！」

パーティーのリーダーである戦士、シルヴァスが警告の叫びをあげる。

彼は剣の腕こそ並ではあるが、盾の扱いに長け、どんな魔物でも食い止めて見せると豪語していた。

しかし今、シルヴァスがあげたのは、その自信に満ち溢れたものではなく、焦燥に満ちたまるで悲鳴の様な叫び声。

何故ならシルヴァスの前にも敵はいて、彼はそれを食い止めるのに精一杯で、他の前衛達はまた別の相手に苦戦していて、後衛に襲い掛かるそれを誰も止める事が出来ないから。

ローニャと呼ばれた彼女は、咄嗟に手にした杖で振り回された拳を受け止め、あまりの膂力の違いに吹き飛ばされる。

彼女は魔術杖式と呼ばれる発動方式の魔術を使う魔術師だ。

魔術杖式は、文字通りに魔術の術式を刻んだ杖を用いて魔術を使う。

そしてその杖は、今、ローニャの手の中で粉々に砕け散った。

こんな事はありえない。

彼等の誰もがそう思う。

だって彼等の目の前には、森の最内層では本来ならば一体しか現れぬ筈のハグレの大鬼が、何故か五体も並んでいるから。

六人掛かりで一体を仕留めるのがやっとの化け物が、五体も……。

このままなら、まずは戦う手段を失ったローニャが大鬼の怪力に引き裂かれるだろう。

けれども、もしかするとローニャはそれでもまだ、他の仲間達に比べれば幸運なのかも知れない。

だって真っ先に死ねば、他の仲間達が一人ずつ殺されていく姿を見ずに済むし、どうせ誰も逃げられやしないのだ。

最終的には、皆仲良く大鬼の胃袋の中に納まる。

でもそんな彼等に、まだ幸運が残っているとするならば、それは……。


「うわ、何だアレ」

僕は思わず顔を顰(しか)めてそう呟く。

轟音と咆哮を聞き、そちらに向かって全力で駆けた僕が見たのは、五体もの大鬼が冒険者のパーティーを蹂躙(じゅうりん)しつつある光景だった。

ゴブリンやオーク、もとい小鬼や中鬼といった魔人種の魔物は、群れを作る魔物である。

まぁ狼も猿も、蟻(あり)や蜂も、群れを作るから別にそれ自体は魔物として珍しい特徴ではないのだけれど、魔人種は他の種類の魔物に比べて、社会性が高いらしい。

なので実は、大鬼も例外ではなく、群れを作る魔物だ。

しかしそんな大鬼の群れが存在するのは大樹海の中層での話で、森の最内層で大鬼が群れるという話はあまり聞いた事がない。

何故ならば、森の最内層に流れてくる大鬼というのは、群れの長に挑んで敗北し、群れを追放された挑戦者か、或いは挑戦者に敗れ去った前の長だから。

大樹海の中層から森の最内層へと流れてくる魔物に、比較的ではあるが大鬼が多いのは、狂暴な大鬼は群れの中で長の座を巡って頻繁に争い合うからである。

だから森の最内層へと流れてくる大鬼は、単独で、また雄しかいないのだ。

……では一体、目の前で冒険者を襲う五体もの大鬼は何なのか。

考えられる可能性があるとするなら、大樹海の中層でも上位に位置する様な魔物が、大鬼の群れを襲って壊滅的な被害を与えたとしよう。

そうなると僅かな生き残りでは群れが保有していた縄張りを維持出来なくなり、揃って森の最内層へと逃げ延びてくる事も、あるかも知れない。

尤も、大鬼の群れを壊滅させられる様な魔物は、幾ら大樹海の中層と言ってもそんなにいるものでは……、否、あぁ、あぁ、いた。

僕はふと、そんな魔物に思い当たる。

森を抜けて然程行かぬ、大樹海の中層の比較的浅い部分に、そんな強力な魔物がいた事を思い出す。

そう、僕が先日、古木喰いの蜥蜴の毒を得た時に、錬金アイテムを使って何とかやり過ごした巨大な化け蛇、ホーンド・サーペントならば、大鬼の群れを十分に壊滅せしめる筈。

まさかとは思うのだけれど、僕に顔に塗料をぶちまけられ、更にはヒュージスパイダーの糸で絡め捕られ、怒り狂ったホーンド・サーペントが暴れて周囲の魔物の縄張りを荒らし回ったなんて事が、……もしかしてあったりするのだろうか？

いずれにしても、取り敢えず彼等を助けよう。

冒険者の生き死には自己責任との言葉があるが、流石にこれを見捨てるのは寝覚めが悪い。

流石に命が風前の灯火となっている今の状況ならば、彼等から獲物の横取りだなんて言葉は出ないだろうし。

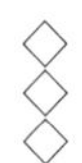

吹き飛ばされて動けない魔術師だろう女性に、大鬼がその手を伸ばす。

捕まえて引き裂く心算か、或いは頭から丸齧りにしたいのか。

どちらにしても僕はそんな光景を見たくないので、咄嗟に取り出した白のカラーボールをその大鬼目掛けて全力で放る。

この世界の常識では兎も角、僕の中でアイテム投擲術は錬金術師の必須技能だ。

狙い違わず命中した白のカラーボールは、衝突の衝撃で簡単に壊れ、中に詰まったヒュージスパイダーの糸を大鬼に浴びせた。

「ゴガァァァァァァッ！！！」

驚きと怒りに満ちた、大鬼の咆哮。

けれども、もうあの大鬼に可能なのはそうやって吠える事くらいで、腕の一本すら動かせないだろう。

何せホーンド・サーペントの巨体ですら、一時的に拘束してしまえる糸である。

幾ら藻掻いたところで、大鬼程度が抜け出せる様な代物じゃない。

「何だっ⁉」

別の大鬼の拳を盾で捌きながら、戦士らしき男が叫ぶ。

今の一瞬の攻防を見る限り、かなり良い腕だ。

人と大鬼では膂力の桁が違うけれど、あの戦士は大鬼の拳を盾で受けながらも、その力と押し合わず、押し負けずに上手く受け流している。

彼がいるなら、前衛はもう少しの間は耐えられるだろう。

「助けます。不要ですか？」

既に手出しをした後で、今も残る大鬼と後衛の間に割って入りながらだが、僕は一応問い掛けた。

もしも不要と言われたら？

その時は素直に引き下がり、彼等が全滅してから大鬼を狩ろう。

糸に捕獲されて一体減ったところで、まだ冒険者と大鬼の戦力差は大きな隔たりがある。

だがその懸念は不要だったらしい。

僕が振り回される大鬼の腕を掻い潜った時、

「すまないっ、助かるッ！」

件の戦士が僕に向かってそう叫ぶ。

だから僕は、大鬼の懐に潜り込みながら、

「風よ炎よ」

その文言を口にして、右拳を突き出す。

以前にも言ったかも知れないが、僕は体術に関しては多少の心得がある。

「我が前に集いて弾けよ」

だけど当たり前の話だが、素手で大鬼と喧嘩して勝てる程じゃあ、決してない。

「爆破」

故に僕は魔術に頼る。

僕の右拳は大鬼の、まるで鋼の様にガッチリとした腹筋に触れ、ほぼ同時に行った意思を込めた発語に、その魔術は発動した。

ボンっと音を立て、腹の中で発生した爆発に、内臓を盛大に潰された大鬼が色んな穴から血を噴き出しながら倒れていく。

幾ら大鬼が厚く固い皮膚と、隆々とした筋肉で身を守ろうとも、腹の中身を直接爆破されれば耐え切る事は不可能だ。

どうせ僕の目的は、大鬼の骨や、或いは角である。

不要な内臓は、別に潰してしまっても構わなかった。

「えっ、嘘っ、装填術式って、正気なの?!」

後ろから、多分先程倒れていた女魔術師だろうけれど、少し失礼な物言いが聞こえてくる。

因みに装填術式というのは、僕が使った魔術の発動方式、より正確に言えば発動を簡易化させる方法の事だ。


魔術とは、この世界に起こる神秘的な現象、魔法を人の手で再現する技術だ。

複雑な術式を準備して、必要な魔力を満たせたならば、出来ない事は殆どないとすら言われている。

けれども当たり前の話だが、そんな凄い力である魔術の行使は、決して簡単なものではない。

ある程度は魔力に載せるイメージに任せて省略出来るとは言え、術式を想起して脳裏に展開するにはそれなりに時間が必要だ。

命のかかった戦闘の最中にそれが行えるのは、余程に優れた頭脳と何事にも動じない鋼の精神を持ち合わせた者だけだろう。

またその二つを持ち合わせていたとしても、実際に魔術を使おうと術式を想起すれば、当然ながら動きは鈍る。

つまり魔術は、何らかの方法で簡略化しなければ、戦闘でまともに役立てる事が非常に難しい技術だった。

しかしそれでも、魔法の再現が可能である魔術の力は魅力的だ。

世界には魔物や厳しい自然環境といった、人にとっての脅威が多数存在している。

それ等に抗する為には、魔術の力はどうしても必要なものだった。

すると、そう、必然的に創意工夫がなされたのが、魔術の行使を如何にして簡略するかである。

そして僕が使用するのは、事前に腕や足等に術式を刻み、或いは描き、定められた仕草、意思を込めたキーワードの発語と共に、イメージを載せた魔力を注ぐだけで魔術を発動させる方法。

予め術式を準備する必要がある事から、装填術式と呼ばれる簡略方式だった。

勿論、刺青は一度彫ってしまうと術式の変更が出来ないので、僕は自らの足や腕に、落ち難い塗料を使って術式を描いている。

では一体、何故あの女魔術師は僕の正気を疑ったのか。

魔術の発動の簡略方式は、装填術式以外にも色々とあって、例えばより詳細な術式を刻んだ杖を用いる魔術杖式や、魔法陣と術式が同じページに記された魔導書を見て、目に焼き付けながらイメージし、魔術を行使する魔導書式等がある。

簡略方式にはそれぞれ長所と短所があるけれど、装填術式の最大の欠点はリスクの高さとされていた。

具体例を挙げると、魔術杖式で魔術の発動に失敗すれば、場合によっては杖が壊れる。

それと同じ様に、腕に術式を描いた装填術式で魔術の発動に失敗すれば、場合によっては腕が吹き飛ぶ。

特に、先程僕が使ったのは、自らの拳の少し前、十センチメートル程の場所に小規模な爆発を起こす魔術だったので、僅かでも制御を誤れば、右の手首から先が爆破に巻き込まれただろう。

要するに再生のポーションを常備していて、自前で用意が出来る僕には、そんなに大したリスクじゃないという話だった。

当然ながら、手首や腕が吹き飛べば物凄く痛いので、あまり好き好んで魔術を使いはしないけれども。

一般の冒険者と錬金術師では、物の見方や常識が、少しばかり違うのだ。

瞬く間に二体の同族を減らされた大鬼達の動きが、僕を警戒して鈍る。

それとは真逆に、追い詰められていた冒険者達は、猶予を得て体勢を立て直した。

後一体程倒したら、残りは彼等に任せた方が良いかも知れない。

僕としても、別に五体全ての素材を必要としている訳ではないのだから。

残る一体をどんな手段で仕留めようか。

僕はそれを考えながら、ポシェットの中に手を突っ込んだ。

第二章

アウロタレアの町は十字に大通りが走り、その二本の大通りが交わる場所は広場になっていた。

町の中心部にあたるその広場、中央広場では、定期的に市が開かれる。

週の初めは食料市、週の中は雑貨市、週の終わりは武具市といった具合に。

食料市では東の村々から食料を運んできた村人達や、遠くから珍しい食べ物を運んできた行商人が露店を出す。

雑貨市はその名の通り、色々な物を扱う露店が中央広場に所狭しと並ぶ。

武具市は鍛冶師の弟子達が、自分の作品を駆け出しの冒険者相手に安く売っていた。

そしてそんな市の中でも特別なのが、月に一度の大市だろう。

大市の時は中央広場だけでは収まらず、大通りのそこかしこに色んなものを売る露店が並んで、ちょっとしたお祭りの様になっていた。

またそれとは別に、アウロタレアの町では年に二回の武闘祭、春の中頃に花祭り、秋になったら収穫祭と、大きな祭りも幾つかある。

他の祭りが年に一度なのに、武闘祭だけが夏と冬の二回あるのは、イルミーラらしい特徴だ。

イルミーラの民は、強さを貴ぶ。

これは一般の民ばかりでなく、貴族ですらもそうなのだとか。

貴族は謂わば武家であり、王はそれを取り纏める頭領の様なものらしい。

国全体が危険な辺境に存在し、開拓によって国土を切り取り維持しているのもあって、統治者に求められるのは領地を守り、更に広げる為の力と知恵だ。

故に領主は、祭りの中でも特に武闘祭を重視し、優秀な成績を残した強者を召し抱えたり、民の戦意を高揚させる事に熱心だった。

まぁさて置き、今日は祭りでこそなかったが、月に一回の特別な日、大市が開催される日。

僕はこの、大市の日が好きだった。

尤もそれは僕だけでなく、アウロタレアの町の住人ならば大抵はそうであろうけれども。

こんな日に店なんてやってられないので、閉めてしまって僕は大通りや、広場をのんびりと歩く。

別にこれと言って欲しい物がある訳じゃない。

でも大市の露店を見回っていると、人の物に対する価値、評価は様々なんだなと感じさせられて面白いのだ。

例えば掘り出し物は、露店の主にとってはそこまで価値が高いと感じられないから、本当は高価な物が安く売られている。

勿論、露店の主もその価値を知った上で、見抜ける人に売ろうとしている場合もあるだろう。

故に売られている物を見、売っている人を見、その意図を見抜くのがとても楽しい。

また時には僕が全く知らなかった物まで、大市では露店に並んでいる事があるのだ。

未知との出会いは森だけでなく、町にだって転がっていた。

僕はそれを知った時、まるで目が開かれた気分がしたものである。

アトリエの培養槽から動けないヴィールも、大市で購入したお土産はとても喜ぶ。

物自体が嬉しいのかどうかは謎だが、それを選ぶに至った経緯や、その日にあった出来事なんかは、とても楽しんで聞いてくれる風に感じる。

何時かは大市にも連れ出してあげたいと思うのだけれど、今はまだその目途は立ってない。

完成のイメージは頭にあるが、そこに辿り着く為の道が、まだ薄っすらとしか見えていない状況なのだ。

必要な物は多くの素材。

魔力を豊富に秘めていて、生態に適応して悪影響を与えない素材が欲しかった。

勿論、そんな都合の良い素材は、どんな錬金術師だって欲しいだろう。

もし仮に伝説に名を残すばかりの魔法合金、竜鋼辺りが手に入れば全ての問題は解決するのだけれど、流石に大市にそんな物が売っていよう筈はない。

だが当然の話なんだけれど竜鋼は売っていなかったが、僕は一つの露店を見付け、足を止める。

その露店は大通りの端っこに、いかにも所在なさげにポツンとあった。

一体その露店の何が気になったかと言えば、売りに出された品と値段、それからどう見てもこういった場に慣れていなさそうな、露店の主の女性に対して。

「すいません、その短剣、見て良いですか？」

僕がそう声を掛けると、居心地が悪そうにしていたその、二十歳程に見える女性は、ぱぁっと表情を明るくする。

淡い金髪の、美人と言って差し支えのない整った容姿。

それからその抜ける様な肌の白さから察するに、恐らく彼女は北東に広がる大帝国の出身だろう。

氷の帝国、ズェロキアの人々は、その容姿から雪人と呼ばれる事がある。

何でも遠い祖先が、雪の精霊と人の間に生まれた子だとの言い伝えが残っているから、そんな呼び方をされるらしい。

けれども僕が気になったのは、彼女の容姿ではなく、微かに香る嗅ぎ慣れた匂い。

「えぇ、是非見ていって下さい！　良い物の、筈なんです！」

なんて風に、勢い良く言う彼女の許可を得て、僕はその売りに出されていた品である、短剣を手に取る。

造りは平凡で、取り立てて見るべきところはない。

この短剣を打った鍛冶師は、甘めに採点しても並の腕前だ。

しかしその刃を構成する金属は、

「良い偽魔鉄だね。魔力の具合から察するに、そこそこ良い魔物の骨を混ぜてる。でもそれ以上に、錬金術師の腕が凄い。混ざり方が本当に均一だから、金属自体の強度がそんなに落ちてないし、保有魔力にムラがない」

実に見事な魔法合金、偽魔鉄だった。

刀身を念入りに観察しながら、僕はそう評価する。

ちょっと信じ難いくらいに見事な偽魔鉄だ。

もしかしなくても、これを作った誰かは、僕より魔法合金を製作する腕が良い。

それは正直な話、少しショックを受けるくらいに衝撃的な事だった。

何故なら僕は、自分より上手く魔法合金を製作する錬金術師なんて、故郷であるイ・サルーテの、錬金術師協会の導師級にしか会った事がなかったから。

「これは、貴女が？」

そう問う僕の声は、もしかしたら震えていたかも知れない。

でも彼女はそんな僕の内心には気付いた風もなく、

「はい、そうなんです。旅の間、ずっと使ってきたから思い入れのある品なんですけれど、どうしてもこの町に暫く滞在するお金が必要で……」

困った風に笑みを浮かべてそう言った。


成る程、どうやら彼女にも、何らかの事情があるらしい。

僕は観察し終わった短剣を返して、一つ頷く。

「大銀貨五枚って、物凄く安いね。偽魔鉄製の武器は本当なら金貨で取引されるものだし、この金属の質なら、金貨を四枚か五枚の価値は付いてもおかしくないのに」

勿論、彼女だってそんな事はわかっている筈。

思い入れのある品を、ありえないくらいに安く売ってでも、すぐさまお金が必要な事情が彼女にはあるのだろう。

でもだけど、そうだとしても……、

「だけどこの品は、この町では売れないと思う。うぅん、この町と言うか、この場所では売れないかな」

僕は首を横に振り、彼女に向かってそう告げる。

その言葉に、彼女はその綺麗な顔に一杯の疑問符を浮かべ、こてんと不思議そうに首を傾げた。

金貨一枚は大銀貨十枚、大銀貨一枚は銀貨十枚、銀貨一枚は大銅貨十枚、大銅貨一枚は銅貨十枚で、銅貨一枚あれば安い黒パンが一つ買える。

また金貨と大銀貨の間には、金貨の半分の価値がある、半金貨、或いは金片と呼ばれるものがあり、銀貨と銅貨の間にも半銀貨、銀片が同様に存在していた。

この大陸では、西方も北方も南方も東方も中央も、貨幣の価値はおおよそ同じだろう。

地域によって、国によって、貨幣のデザインは違っても、大きさや重さは殆ど変わらず、どこに持っていっても金貨は金貨、銀貨は銀貨として価値が保証されるのだ。

あぁ、勿論、それが異常な事であると、前世の記憶を持つ僕は思っている。

だけどこの大陸では昔からそうなっており、今更それに疑問を持つ人は、多分殆どいない。

……まぁさて置き、彼女が半額どころか、本来の価値からすれば一割か二割の値段で露店に置いているにも拘らず、買い手が付かないのには理由がある。

それは確か以前にも述べた気がするけれど、大樹海という魔境と密接に関わる国であるイルミーラでは、偽魔鉄の需要が低いからだった。

偽魔鉄の弱点は、魔力を帯びた攻撃だ。

魔力を帯びた攻撃を受ければ、不壊の金属から単なる質が悪く脆い鉄に成り下がってしまう。

そして魔物は、その殆どがその攻撃に魔力を帯びる。

一応は人間も魔力をその身体に秘めるのだけれど、魔物と違って人間は全員がその魔力を活用出来る訳じゃない。

故に偽魔鉄は、人と戦う為に用いられる金属だった。

特に短剣に加工してあるなら、その使用目的は護身用。

山賊だの海賊だのに襲われるかも知れない旅のお供としてはそれなりに心強いが、森で魔物との戦いに明け暮れる冒険者達には不要な品だ。

つまり幾ら品が良く、また安くても、求められていない物は買われないという話である。

先日、偽魔鉄の大量注文を受けた僕が言ってもあまり説得力はないが、あれは何でも、この町の領主が装甲馬車を仕立てる為に必要としていたらしい。

非常に特殊な事例だった。

また値段が安すぎるのも、品が粗悪ではないかと疑われ、買い手を遠ざける要素の一つだ。

この短剣に使われている偽魔鉄の品質を見抜ける人間なんて、アウロタレアの町にはそうはいない。

僕と、鍛冶師のティンダルを加えても、多分両手の指で数えられる。

……あぁ、もしかしたら、僕のホムンクルスであるヴィールも、先日散々偽魔鉄を見たから、もしかしたら見抜けるかも知れない。

でも本当に、その程度の人数だろう。

目の肥えた旅商人が訪れて気紛れに買い求める、そんな事が絶対にないとは言わないが、彼女が露店を出すこの場所は、西門近くの大通り。

西門は森に向かう為の門だから、訪れる客の層はどうしても冒険者が中心だ。

そうした理由から、僕はこの短剣は売れないと判断し、言葉を選びながらも彼女に告げる。

それは大きなお世話なのかも知れないけれど、僕としても本当に良い品があんまりな安値で売られようとしていて、しかも誰も買わないだなんて事態を放って置きたくはなかったから。


「そう、なんですか……」

僕の言葉に、彼女は酷く衝撃を受けた様子だった。

物が良くても売れないなんて事は、想像の埒外(らちがい)だったのだろう。

その気持ちは、僕も少しだがわかる。

故郷の、イ・サルーテで学ぶ錬金術師達は、良い物が良いと正しく評価され、良い物を作る事こそが世界に対する貢献だと教えられ、考えていた。

謂わば錬金術師の理想に浸って育つ。

僕は前世の記憶を持っていたから、理想と現実が違うという事は知っていた。

だけどそれでも、旅に出たばかりの時、イルミーラに辿り着いてアトリエを開いた時、理想と現実はこんなにも違うのかと驚いたものだ。

例えば、イ・サルーテでは水洗式のトイレや下水設備がごく普通に存在したのに、他の国々、イルミーラのトイレは、なんと汲み取り式だった事とか。

自分のアトリエには錬金術による処理システムを搭載したが、他所でトイレを借りる時は未だに僅かな躊躇いを感じる。

「うん、だから正直、このままその短剣を売ろうとするのは、よした方が良いと僕は思う」

些か以上に踏み込みすぎている気はするけれど、僕は彼女にそう提案した。

勿論、金を稼ぐ為の対案は用意している。

一つは、ティンダルの鍛冶屋に行ってこの短剣を見せる事。

僕が一緒に付いていくか、それとも彼女に僕の名前を教えておけば、少なくとも見もせずに追い返されたりはしない。

そして短剣を一目でも見れば、ティンダルなら彼女の腕を正しく把握するだろう。

或いは、魔法合金の製作以外にも技術があるなら、僕のアトリエで少しの間なら働いてもらっても良かった。

僕は彼女から学べる事があるだろうし、もしかしたら彼女も僕から学べる何かがあるかも知れない。

当然、給金は正しく支払う心算である。

また彼女の用事がどうしても急ぎで、働いている時間なんてないのなら、この短剣を僕が買い取っても良い。

森で僕がこの短剣を武器として使う事はないだろうけれど、偽魔鉄を製作する見本として、アトリエに飾るだけでも刺激にはなりそうだから。

但しその場合は、こんな安売り価格でなく、正しく見合った価格で譲ってもらうけれども。

僕がそれを、どの様に伝えるべきかと、少し言葉を選んでいた時、

「あの、ありがとうございます。ここまで詳しく話してくれるなんて、錬金術師の方なんですよね？　あの、だったらお願いがあるんです！」

だけど彼女が先に口を開く。

多少躊躇いながらも、目を逸らさずに真っ直ぐこちらを見つめて。

「私は、このディーチェ・フェグラーは、ローエル師の言い付けでこの町に住む、『ルービット・キューチェ』という錬金術師の方を訪ねて参りました。生業を同じくする方でしたら、彼の所在をご存じではないでしょうか？　ご存じでしたら、どうか教えて下さいませんか？」

そんな言葉を口にした。

……えっ、僕？

ディーチェ・フェグラーという名前には残念ながら心当たりはなかったが、彼女が出したもう一つの名前、ローエル師に関しては心当たりがあった。

ローエル師は、僕がイ・サルーテの、錬金術師協会で学んでいた頃の導師で、恩師と呼ぶべき一人だ。

見た目はとても温厚そうな、ちょっと小さいお爺ちゃんである。

そしてそのローエル師こそが、僕が知る限り最も魔法合金の製作に長けた人物だった。

イ・サルーテに本部を置く錬金術師協会は、錬金術師を支援、或いは管理する組織だが、同時に錬金術師を育てる教育機関であり、錬金術を発展させる研究機関でもある。

錬金術は魔力によって成り立つ技術である為、この世界の定義に当て嵌めるならば魔術の一種だ。

故に誰もが習得出来る技術という訳では決してない。

少なくともある程度の魔力の保有量と、それを扱える才能を持つ事が、錬金術を扱う為の必須条件である。

またそれ等の知識を持っていたとしても、幅広く深い知識がなければ、やはり錬金術は扱えない。

要するに錬金術は非常に便利で優れているけれど、あまりに難しい技術だった。

それ故に、個々人が知識を秘匿していては、昔ながらのやり方で師が個人的に弟子に口伝で伝えるばかりでは、錬金術は発展せずに少しずつ失伝し、いずれは消えてしまうだろう。

そんな危機感が錬金術師達を集めて知識を共有し、才能ある次の世代に伝える組織、錬金術師協会を成立させたのだ。

各地に支部を建てて才ある者を集め、錬金術とそれを扱う為のモラル、或いは守るべきルールを教え込む。

圧倒的多数である、錬金術師でない者達から危険視されぬ為、危険な技術を管理し秘匿する。

そうやって勢力を拡大したからこそ、各国は錬金術師協会を無視出来なくなり、錬金術師を一方的に搾取しないようになった。

勿論、その国に住む以上は稼ぎに応じた税金や、人頭税なんかも支払うけれども、少なくとも城に繋がれて、延々とポーションを作らされ続けるといったような事は、今の時代にはない。

現在の錬金術は、錬金術師協会があるからこそ成り立っていると言っても、然程に過言ではないだろう。

但し、人が集まれば派閥が出来る。

それは錬金術師であっても変わらず、錬金術師協会の中にも派閥はあって勢力争いは行われていた。

僕が生まれたキューチェの家は、イ・サルーテに七家しかない領地持ちの錬金術師の家系だ。

他の国で言うならば、貴族の様なものだろう。

錬金術師が領地を持っているからといって、権威を持つと言われてもピンと来ないかも知れない。

だからわかり易く言い換えると、キューチェの家はイ・サルーテの国土で採取出来る素材の、七分の一を独占している。

当然、残りの七分の六は他の六家が。

山、森、湖、川、沼地に採取に入る為には、その地を保有する七家に許可を得なければならなかった。

許可を得る為には金銭を支払うか、或いはその七家を支持する派閥に入る事が手っ取り早い。

またイ・サルーテの農地では、およそ食料品が三、薬草が七の割合で育てられており、薬草の品種改良も盛んだ。

しかしその薬草を、どれだけの量を国外に輸出し、どれだけの量を錬金術師協会に納めるかは、土地の保有者である七家の権限において決まる。

……とまぁ、その様な感じで領地持ちの家の権威は強く、錬金術師協会内には七つの派閥が存在して、それぞれ競い合っているのだ。

尤も派閥争いと言えばイメージは悪いが、その競い合いがあるからこそ、錬金術の発展が促進されている面もある。

七家としても錬金術の、錬金術師協会の為に尽力を惜しんではいない。

例えば、錬金術師協会に納める薬草は、全て七家からの寄付という形になっている。

それを育てる土地、人手を考えれば、七家の財政には大きな負担になっているにも拘らず、錬金術師協会の創設からこれまで、一度も対価を受け取った事はないんだとか。

とは言っても、やはり一般の錬金術師から見れば七家の人間は派閥のトップに近い存在だ。

それに加えて僕は錬金術の習得速度が非常に早かった事もあって、周囲からは一歩引かれ、良くも悪くも特別扱いを受けていた。

勿論、それは仕方のない話だろう。

だけどローエル師を含む一部の導師達は、僕の実家がどうあれ、僕の年齢がどうあれ、その時の実力に応じて、一人の錬金術師として扱ってくれた。

その時、周囲の態度に多少うんざりしていた僕にとって、その真っ当な扱いが実に心地良かった事を、今でもハッキリ覚えている。

そしてそんな導師達の中でも、特にローエル師は僕に自分の研究に関わらせてくれたりと、色々と目を掛けてくれた人だ。

僕がキューチェの家が割れぬ様にイ・サルーテを出ると決めた時も、非常に惜しんでくれたし、それでも背中を押してくれた。

紛れもなく、恩師と呼ぶべき人である。


さて、そんなローエル師からの手紙を読み終えた僕は、

「……成る程ね」

思わず溜息を一つ溢す。

恩師からの手紙には、これを運んできてくれた彼女、ディーチェを暫く匿って欲しいと書いてあった。

可能ならば、金の稼ぎ方を教えてやって欲しいとも。

何でも彼女は、北方の帝国、ズェロキアの貴族であるフェグラー家の庶子らしい。

ディーチェの父は彼女を愛し、平民となっても自由に生きられる様にと、錬金術師の道を後押ししてくれていたそうだ。

しかしその父が病に倒れ、フェグラー家の実権をディーチェの異母兄が握ると、その兄は彼女を家に呼び戻そうとした。

凍らぬ地への南下を悲願とするズェロキアは、常にと言って良い程に、他国と戦争関係にある。

故に錬金術師として確かな実力を身に付け、イ・サルーテでもローエル師の愛弟子として名が知られつつあったディーチェを、その戦争に利用して家の名を上げたかったのだろう。

ローエル師の得意分野は、魔法金属や魔法合金の取り扱いだ。

それを彼女が身に付けているなら、軍の強化にはもってこいの人材という事になる。

勿論そんな事は、良く転がっている話であった。

身に付けた技術を祖国の為、家の為に役立てる。

それは咎められる事でも何でもない。

錬金術はとても強い力だが、たった一人の錬金術師の存在で戦争の結果が決まる訳じゃないのだ。

何故ならそれ程までに影響力の大きな技術は、錬金術師協会が管理し、秘匿しているから。

だからディーチェが望むのであれば、ローエル師は惜しみつつも彼女を送り出しただろう。

……そう、ディーチェが望むのであれば。

けれどもディーチェは、実家への帰還を拒む。

ローエル師から学んだ技術を戦争に利用されたくなかったのか。

或いはそもそも彼女は異母兄に不信感を抱いていたのか。

その辺りの事情はわからない。

でも当人が拒んだにも拘らず、その異母兄は七家の一つであるクローネン家を通じて、錬金術師協会にディーチェの身柄を引き渡すように要請したそうだ。

クローネン家は大国であるズェロキアの貴族に恩を売るチャンスだと錬金術師協会に働きかけ、その動きに危機感を覚えたローエル師は、キューチェ家を頼ったらしい。

そこで僕の詳しい近況を知ったローエル師は、ほとぼりが冷めるまでの間、僕にディーチェを預ける事を思い付いたんだとか。

まぁ要するに、ディーチェ・フェグラーという女性は、ちょっとした厄介事だった。

フェグラー家に関しては、まぁ別にどうでも良い。

何せズェロキアとイルミーラは非常に行き来がし難い位置関係にあるから、ローエル師か僕の実家が口を割らない限り、彼女の居所がバレる心配はまずないだろう。

そもそもイルミーラとイ・サルーテですら、船を使っても二ヵ月か、最悪三ヵ月は移動に掛かる。

だからディーチェがイルミーラにやって来た時点で、追手の心配は然程にないのだ。

しかしそれでも、匿って欲しいと願われたなら、宿を手配してそれで終わり、という訳にはいかない。

匿うならば、どうしても僕のアトリエに彼女を住まわせる必要があった。

すると必然的に、僕のホムンクルスであるヴィールの存在はバレるだろう。

店で雇う程度なら兎も角、完全に同居をするともなれば、同じ錬金術師であるディーチェに誤魔化し切れるとは到底思えない。

ついでに、これまで見知らぬ女性と同居なんてした経験のない、僕の気持ち的にも色々と厄介である。

だけど、僕はもう一度ローエル師からの手紙に目を通して、一つ頷く。

そう、恩師の頼みを断る心算はやっぱりなかった。

ローエル師は僕ならばと見込んで頼ったのだ。

ディーチェはそんなローエル師を信じ、船で二ヵ月、三ヵ月と掛けてこの辺境までやって来た。

見捨てるなんて選択肢を取れる筈がない。

一体ヴィールには、彼女の存在をどうやって説明しようか。

またディーチェにも、ヴィールの存在をどうやって説明し、また口止めしようか。

それは大いに悩ましいけれど、吹き込んできたディーチェ・フェグラーという名の新しい風は、僕の歩みを一歩進めてくれるかも知れない。

そんな期待を少しだけ持ちながら、僕は返事を待っている彼女に向かって、笑みを向ける。

「えっ？　えっ……？　ええええええっ⁉」

本当に驚いたのだろう。

ディーチェのあげた驚愕の声が、地下二階の研究室中に響く。

尤もこの研究室は中で何が起きても外に影響を及ぼさぬよう、非常に頑丈なつくりになっているから、全力で叫んだところで何の問題もない。

彼女を驚愕させたのは、勿論ホムンクルスであるヴィールの存在だ。

最高の設備が用意された錬金術師協会の本部ですら、現在、ホムンクルスは一体も存在していない。

にも拘らず西の果ての辺境に、しかも個人のアトリエの地下で、ホムンクルスが製作されているのだから、そりゃあ驚きもするだろう。

ただ僕に言わせれば、設備に関しては兎も角として、貴重な素材は大樹海という魔境と接する、このイルミーラの方が得られる機会が圧倒的に多い。

イ・サルーテの七家に管理された採取地も決して悪くはないのだが、それでも大樹海には遠く及ばなかった。

故に新しい何かを研究するなら、僕はイ・サルーテよりもイルミーラの方が有利だとすら思っている。

反応が面白かったのか、それとも初めて見る僕以外の人間に興味を惹かれたのか、ヴィールは培養槽の中から楽しそうにディーチェを見ていた。

ヴィールが好反応を示してくれた事は、何よりもありがたい。

当たり前の話だが、僕の中では出会ったばかりのディーチェよりも、自らが生み出したホムンクルス、我が子であるヴィールの存在の方がずっと重いのだ。

仮にヴィールが拒絶反応を示していたら、一度匿うと決めた以上は匿うにしても、少なくとも研究室への立ち入りは断る事になっただろう。

「この子はヴィール。見ての通り、僕のホムンクルスだ。ヴィール、こっちはディーチェ。暫く一緒に暮らす事になるよ」

双方にお互いを紹介すれば、ディーチェはまだ衝撃が冷めやらぬ様にコクコクと頷き、ヴィールは嬉しそうな笑みを浮かべて、くるりと培養槽の中で一回転する。

どうやら思った以上に、ヴィールはディーチェを気に入ったらしい。

何だか少し妬けるけど、ヴィールが楽しいのであればそれは何よりだ。

「僕の今の研究は、この子を外の世界で生きていける様にする事。でも煩わしい騒ぎにヴィールを巻き込みたくはないから、この子の存在は内緒にして欲しいんだ」

僕は採取等で森に出掛け、ヴィールを一人にしてしまう事も多いから、事情を知る錬金術師がアトリエにいてくれる事は、考えてみれば実にありがたい事である。

勿論、ヴィールの存在に関しての口止めは必須だった。

もしかするとホムンクルスを培養槽の外で活動させる技術は、錬金術師協会に秘匿される可能性も皆無じゃない。

そうなった時、完成品であるヴィールは僕の手の及ばない場所に持っていかれてしまうだろう。

だからヴィールの存在は秘匿し続けるか、仮に公開するにしても十分な根回しが必要だ。

まぁ世の中には魔物を使役したり、妖精と契約して連れ歩く人も稀にいるから、ホムンクルスである事を隠すのは、そんなに難しくはない筈。

完成の目途も立っていないのに、気にしすぎている部分はあると思うけれども、完成してから秘匿したのではもう遅いから。

口止めの言葉に頷くディーチェを見て、僕は安堵（あんど）に胸を撫（な）でおろす。

断られるとは思ってなかったが、もしも断られてしまったら、僕にはどうしようもなかった。

精々ディーチェのほとぼりが冷めた後、アトリエを売り払って拠点を変えて行方を晦（くら）ますくらいしか手はなかっただろう。

でもそんな僕の心配を余所にディーチェは、

「ルービットさん、凄いです。凄いですよ！　ちゃんと動いて、ちゃんと生きてます！」

とても興奮した様子で当たり前の事を言う。

そりゃあホムンクルスなんだから、生きていて当然だ。

寧ろ死体が培養槽に浮かんでたら、ちょっとではなく、大分引く。

余程に大切な人の遺体なら、もしかしたら腐敗を防ぐ為にそうやって保存している人がいるかも知れないけれど、しかし目の当たりにするとやはり少し怖いだろう。

或いは怪談のネタとしてなら、割とありそうなシチュエーションでもある。

攫われた子供を探して錬金術師の館に踏み込んだら、地下にはずらりと子供の躯が浮かぶ培養槽が並んでた……、なんて風に。

「ローエル先生には、ルービットさんのところに行けば、きっと今まで見た事ないものが見れると言われたのですけれど、本当に見た事もないものが私を待ってました！　是非、是非、この子が外に出られる研究、私にも手伝わせて下さい！」

大はしゃぎでそんな事を言うディーチェが、果たして口止めの件をちゃんと覚えてくれているのか、思わず心配になってしまったが、同時に少し懐かしさも感じる。

もしもこの場に、ローエル師がいたならば、多分きっと、ディーチェと似た様な申し出をしてくれただろう。

ローエル師も普段は落ち着いていたけれど、新しい発見があった時は、こんな風に無邪気にはしゃぐ人だった。

「魔法金属や、魔法合金の分野でなら、私、きっとこの子の役に立てると思うんです」

ディーチェが培養槽に手を当てると、ヴィールがガラス越しに手を合わせている。

どうやらヴィールも、ディーチェの協力に否やはないらしい。

実際のところ、それは頼もしい申し出だ。

ヴィールが外で活動する為に、僕が作ろうとしている霊核は、多分魔法合金を素材とする事になる。

故に僕よりも魔法合金の扱いが上手いディーチェの存在は、実にありがたいどころか、運命的なものすら感じてしまう。

勿論、同時に同じくらいの悔しさも味わっているのだけれども。

だけど大切なのは、ヴィールが外の世界を歩ける様になる事だ。

その技術を完成させる道が開けるのなら、必要以上に独力に拘る必要はなかった。

もしかしたら、僕のヴィールが完成した後、ディーチェも自分のホムンクルスを作りたがるかも知れない。

それは多分、とても素敵な事だろう。

「ありがとう、ディーチェ。じゃあ僕が考えてる外でヴィールの存在を維持する方法、霊核について説明するから、意見があったら教えて欲しい」

そう言って、僕は握手を求めて手を差し出す。

本当はこの後、ディーチェを歓迎する料理を作ろうと思っていたけれど、そんなものは後回しだ。

何せ錬金術に関して意見をぶつけ合う事程、楽しい時間は他にないから。

「ねえ、ルービット、本当に困ってるのよ。どうにかならない？」

一度視線を伏せてから、彼女はちらりと上目遣いで僕を見る。

その声は甘い媚を含み、兎にも角にも艶っぽい。

彼女の名前は、フレシャ。

この歓楽街でも有数の高級娼婦にして、歌姫だ。

そんな美貌と美声で知られた彼女に、こんな風に甘い声でねだられたなら、大抵の男は脳がとろけてしまったかの様に二つ返事でＯＫしてしまうのだろう。

勿論、僕だって男だから、フレシャ程の美女に頼られたら嫌な気分にはならないし、力になってあげたいかなとは思う。

でも残念ながら、僕は色々と詰め込めるポシェットは持っているけれど、何でもかんでも願い事をかなえてあげられる程に万能じゃない。

「うん、ならないよ。というかどうにかなるなら、最初から品物を渡してるしね。……事情も聞いたから、助けてあげたくはあるんだけれど」

そもそもフレシャはこの店で良く買い物をしてくれる上客だから、誘惑なんてされずとも、可能であれば力になっている。

だけど彼女は、僕の断りの言葉に少し悔しそうな顔をした。

まぁそれはさて置き、しかしながら残念な事に、

「でも今は素材が足りないんだ。他は兎も角、森蜂の蜜が手元にないからね。鈴音の蜜玉は作れな

い」

そう、フレシャの望みに応じるには少しばかり素材の在庫が足りなかった。

幾ら錬金術師でも、無から有は生み出せない。

回復のポーションもマジックバッグも、全ての錬金アイテムは素材があるからこそ、製作が出来る。

彼女の欲しがっている鈴音の蜜玉とは、口に含んで溶かし、ゆっくりと摂取する事で使用者の喉を最良の状態に、或いはそれ以上に保つ錬金アイテムである。

簡単に言えばのど飴だ。

歌姫でありながらも時に客の飲酒に付き合わなければならない事もあるフレシャは、初めて僕の店を訪れた時からずっとこの鈴音の蜜玉を愛用していた。

しかし今回、彼女はそんな鈴音の蜜玉を、可愛がっている下働きの童女につまみ食いされてしまったらしい。

鈴音の蜜玉の服用は三日に一度、フレシャにはひと月分として十個入りの小瓶を金貨一枚で売っているが、まさか童女もそんなにも高価な代物だとは夢にも思わなかったのだろう。

うっかりと机の上に置きっぱなしにされた蜜玉に、まだ幼い童女は好奇心を抑えきれずに口にしてしまい、その味の虜になって全て食べ切ってしまったと言う。

童女も悪いとは思ったのだろうが、鈴音の蜜玉を錬金するのに使う森蜂の蜜は、大人でも一度舐め出すと夢中になって止まらないと言われる味なのだ。

幼い子供の理性で歯止めを掛ける事は不可能だろう。

因みに大樹海の浅層である森に棲む蜂、森蜂の蜜なら兎も角、中層以降に棲む樹海蜂の蜜の場合、加工せずにそのまま口にすれば依存症に陥るとすら言われるので、取り扱いには非常に注意が必要となる。

フレシャは管理を疎かにした自分も悪いからと、下働きの童女には躾(しつけ)の意味合い以上の罰は課さなかったらしい。

盗み食いが許されると思われても困るから、それに対する罰は与えるにしても、流石に金貨一枚もする鈴音の蜜玉は、幼い子供には弁償等不可能だから。

「だけどあの蜜玉がないと、本当に困るのよ。お客様は最高の私を求めて店に来るのに、それを提供出来ないのは、とても困るわ」

彼女の言葉に、僕は頷く。

自分を必要としてくれる客に、求められても応じられないと言うのは、プロとしては辛いだろう。

実際、僕も今、フレシャの要求に応じられない事が少しばかり辛い。

だが鈴音の蜜玉や、その素材である森蜂の蜜は、あまりに高価な品なので、僕も在庫を抱えていたりはしなかった。

勿論、常連客である彼女の分は常に用意をしてきたけれど、金貨と引き換えにする様な代物を気軽に買えるのは、この歓楽街でも一番の美姫と名高いフレシャくらいのものだ。

何でも彼女とは一緒に食事をするだけでも大銀貨が何枚も必要で、それ以上を求めるならばフレシャに気に入られた上で、金貨を積む必要があるんだとか。

要するに彼女が必要とする分量以上を作っても、鈴音の蜜玉は売れ残る品なのだ。

まさか足りなくなるなんて事態を想定していなかったから、余分に作るなんて発想はなかった。

……まぁ、仕方ない。

手元に素材がないからすぐに対応出来ない事は仕方ないとしても、可能な限り早めに鈴音の蜜玉を補充する必要があるだろう。

「今から森に行って森蜂の蜜を採取してくるけれど、往復で六日は掛かるから、最短でも一週間は待ってね。うぅん、代用出来そうなもの、何かあったかな」

僕は立ち上がってゴソゴソと戸棚を漁りながら、フレシャに向かってそう告げる。

菓子として作った黒蜜の飴に、効き目がゆっくりと出る分、体力の消耗も然程にしない回復のポーションを選んでカウンターに置く。

喉を専用に癒す為の品ではないけれど、今の状態を保つ役には立つだろう。

パッとフレシャの顔に喜色が浮かぶが、その一瞬後、彼女はとても申し訳なさそうな表情を浮かべる。

困っているのは事実だとしても、僕に無理をさせたかった訳でもないのだろう。

代替手段が手に入ればありがたいくらいの、軽い気持ちだったのかも知れない。

だから僕が即座に森に向かうと決めた事に驚き、次に喜び、最後に申し訳なさを感じてしまったらしい。

「ごめんね。ありがとう、ルービット。出来る限りのお礼はするわ。店に来てくれたら、私が相手するから、ね？」

なんて事を言い出すフレシャだが、残念ながら、本当に非常に残念ながら、僕はそれは望まない。

その申し出に魅力を感じない訳では決してないのだけれど、多分彼女に一度嵌まると、もう抜け出せなくなってしまいそうだから。

僕は曖昧に笑って首を横に振り、フレシャの申し出を断った。

するとやっぱり、彼女は少し悔しそうな顔をするけれど、僕はそれを見なかった事にして、気持ちを採取に切り替える。

……さて今回の目標である森蜂の蜜は、その名の通りに森蜂が森の中で集めた蜜を蓄え、自分達の魔力を加えて変質させたものだ。

甘味としても極上である他、ポーション程ではないが身体の回復能力を高め、傷を癒やす効果もある。

また食しても加工して肌に塗っても美容に良いとされ、そちらの方面での需要が非常に高い。

ねっとりと重く、黄金色に輝く様、或いはその貴重さから、砂金蜜とも呼ばれていた。

しかし当たり前の話ではあるが、有用で貴重なものは簡単には手に入らない。

森蜂は魔蟲、つまり魔物の一種であるが、単体ならば然程の脅威にはならないだろう。

大きさは握り拳よりも少し大きな程度で、毒針は些か危険だが、度胸と冷静さを持ち合わせていれば成り立ての冒険者にだって狩れる魔物だ。

飛行はしているが速度はあまり早くなく、寧ろ中途半端に大きな分だけ、普通の蜂よりも武器で捕らえ易い。

妙に硬かったりもしないので、森蜂は鉄の剣で切り付けたなら、普通に真っ二つにして倒せる魔物だった。

但しそれは、森蜂が単体だったらの話。

森蜂は仲間が殺されると数十匹掛かりで報復し、巣を狙われたなら数千、数万の数で防衛を行う。

また森蜂の巣の近くには、漂う濃厚な蜜の匂いに惹かれて来た人、獣、魔物を餌とする為、多様な種の魔蟲が集まりコロニーを形成している。

ヒュージスパイダーの糸は触れれば熊でも絡めて捕らえるし、保護色で周囲の風景に紛れる迷彩蟷螂(かまきり)は、不意打ちで捕まえた相手を決して逃がさずにその頭部に齧り付く。

要するに森蜂の蜜を欲するならば、数千の森蜂に加えて他の魔蟲もやり過ごし、或いは殲滅して巣に辿り着かねばならないのだ。

森蜂の巣を中心に作られる魔蟲のコロニーは森の中でも特に危険な場所として知られ、イルミーラの冒険者達は森の中で甘い匂いを感じたら、欲張らずにすぐにその場を離れろと厳しく教えられているらしい。

今から僕が向かうのは、そんな危険な場所だった。

だが確かに森蜂の蜜の採取は困難だが、決して不可能という訳でもない。

と言うより完全に不可能だったら、そもそも味も効能も、その価値自体が知られていないだろう。

例えば超一流の斥候技術の持ち主ならば、身体に泥を塗って自らの匂いを誤魔化せば、気配を殺して魔蟲達のコロニーを抜ける事も出来る。

或いは多彩な術を操る優れた魔術師ならば、魔蟲達の無力化も可能だ。

または冒険者達が大勢集まれば、犠牲者を出しながらも魔蟲を倒し尽くして巣に到達する事だって能う筈。

それで労力と被害に見合った成果が得られるかどうかは、全く別の話だが。

僕は別段に超一流の斥候技術の持ち主だったりはしないが、それでも隠者の外套の効果を発揮させれば、時間を掛けてゆっくりと魔蟲のコロニーの突破は可能だ。

そのくらいに、僕が開発し、愛用している隠者の外套の性能は高い。

もし仮にこの隠者の外套を本職の斥候が使ったならば、それはもう誰にも発見出来ないだろう。

要塞や王宮であっても容易く忍び込めるだろうし、そうなると軍の司令官であっても、王であっても、暗殺し放題である。

錬金術師協会から自らが使う物以外の製作を禁止と言い渡されたのも、まぁ仕方のない話だった。

……さて、アウロタレアの町から森に潜って、およそ二日と半日くらい歩けば、目的の場所は見えてくる。

尤もこれは、僕が単身かつ身を隠す錬金アイテムを持ち、更にこの森を歩く事に慣れているからこそ可能な速度で、パーティーで活動する普通の冒険者は、移動にこの倍近い時間が掛かるらしい。

森の深さで言うならば、外層を抜けて、内層に少し入り込んだ辺り。

そこには半径数キロメートルの、森の広さから考えれば極々僅かな範囲だが、アウロタレアの冒険者達が魔蟲区と呼んで区別し、恐れる場所が存在している。

勿論、もともと森は、それも内層であれば危険に満ちていて当たり前の場所だ。

けれども魔蟲区の危険性は最内層以上とも言われ、内層で活動が出来る様になった一人前と評される冒険者が、油断から迷い込んで帰ってこなくなってしまうケースは、決して少なくないと言う。

でも多くの冒険者が恐れて避ける場所だからこそ、魔蟲の対処が可能な一部の例外にとっては、魔蟲区は非常に稼げる場所である。

例え森蜂の巣には辿り着けず、蜜を得られなかったとしても、周辺の魔蟲の素材はどれも需要が高い。

僕も多用する素材であるヒュージスパイダーの糸は、粘着性のトラップにも使えれば、加工の仕方でサラリとした肌触りの丈夫な繊維に。

そしてその繊維を編めば、大陸中の貴族が求める雲絹と呼ばれる最高級の布地になる。

因みに蜘蛛絹でなく雲絹なのは、その布がまるで空に浮かぶ雲の様に軽い事と、後はイメージをより良くする為にそう呼ばれるのだろう。

他にも星蟲と呼ばれる巨大なテントウムシは、軽くて頑丈な鞘羽が革鎧や盾の補強に使われる高級素材で、迷彩蟷螂の鎌も、特殊な刀剣の仕上げに砥石として使われるらしい。

当然、ここに錬金術が絡めば魔蟲素材の利用法はもっと増える。

だから魔蟲区では他の採取者と出会う場合も、実は割とあったりするのだけれども、今日は誰もいないらしい。

魔蟲区への進入路に印がない事を確認してから、僕は取り出した緑の旗を地に突き立てて先に進む。

この旗は、魔蟲区内で採取を行っている者がいると、後から来るかも知れない採取者に伝える為の目印だ。

旗の色が緑なら、魔蟲区内でこっそりと採取を行っていると報せ、旗の色が紫なら、魔蟲区内で狩りをしていると後続の採取者に知らせる。

魔蟲区内で誰かが戦えば、魔蟲達は殺気立ち、その活動を活発化してしまう。

故に誰かが緑の旗を立てていたなら、後続はそれを発見してから数時間は、魔蟲区内で狩りをせずに待機するのが暗黙の了解だ。

さもなくば、先に魔蟲区内に入った誰かが、殺気立った蟲に囲まれてしまうかも知れないから。

また誰かが紫の旗を立てていたなら、自殺目的でないのなら、魔蟲区内へ忍び込むのはもう暫く待った方が良い。

少しずつ蜜の匂いが濃くなる森の中を、僕は姿勢を低くしてそろりそろりとまるで亀の歩みの様にゆっくりと進む。

この時最も重要なのは、足が地に触れた時に発生する振動を消す事だ。

森の中では、多少の物音は風や、その風が揺らした葉鳴りの音に紛れて消える。

流石に金属同士が擦れ合う様な物音は厳しいが、その手の音は金属鎧を着込んだりしない限りは鳴りやしない。

但し足音、というよりも地に伝わる振動だけは、地中に潜む魔蟲達に感知されてしまう恐れがあった。

彼等は獲物が上を通るのをじっと待ち構え、振動でそれを敏感に感知して、地中から飛び出し奇襲攻撃を加えてくる。

故に足は殆ど上げずに、けれども地を擦らず、体重をゆっくり移動させて、一歩ずつぬるりと歩く。

早く危険地帯での作業を終わらせてしまいたいと、気持ちは急く。

少しでも刺激すれば周囲の全てが敵に回るという緊張感は、何度味わっても慣れる事がない。

でも急いた気持ちに突き動かされて移動が雑になってしまえば、それこそ本当に魔蟲達に襲われてしまう。

木々の間に張られたヒュージスパイダーの巣を、糸に触れない様に身を低く屈めて潜り抜ける。

ヒュージスパイダーの糸腺は幾らあっても困らない素材だけれど、今は森蜂の蜜以外に浮気をしている余裕はなかった。

視界の隅に落ちている白い物は、魔蟲に喰い尽くされた何らかの生き物の骨。

恐らくは魔物か獣のものだろう。

人間の骨であれば、近くに服か、武器や防具が落ちている筈。

何れにしても、それが何であるかなんて確認に行く余裕がある訳ではなく、僕は一歩一歩確実に前に進み続けて、漸くそこに辿り着く。


何千、何万の森蜂達が、森中から集めてきた蜜は溢れかえり、地に滴って巣を支える大樹の糧となる。

魔力を帯びた森蜂の蜜を吸い続けた大樹は少しずつ変質し、木の皮ですら柔らかく甘味をたっぷりと蓄えた蜜樹と化す。

その蜜樹の一部を幼虫が喰らって成長し、また同時に巣の規模を広げていく。

しかし蜜樹も食われる以上に、森蜂に与えられる蜜の滋養で成長し、決して枯れる事はない。

辺りには脳が痺れたのかと錯覚してしまう程に、甘い匂いが満ちていた。

ブブブッと羽音を鳴らして、無数の森蜂が辺りを舞っている。

もうここに至っては、人は二本の足で歩く事も許されない。

地に伏せ、飛び回る森蜂達にぶつからない様にしながら、這って前に進むのみ。

そして蜜樹の下、森蜂の巣から蜜が滴り落ちてくるそこに辿り着けば、僕はポシェットから空の瓶を取り出して、落ちてくる蜜をそっと受け止める。

そう、森蜂の蜜の採取とは、こうして溢れた蜜を分けてもらう事だ。

勿論、巣を破壊すれば大量の蜜を得られるだろう。

だけど森蜂の巣を失えば、それを中心とした魔蟲のコロニーは消滅する。

……否、単に消滅するだけでなく、散らばり、場所を移して、予測の出来ない危険地帯が森のあちらこちらに広がってしまう。

更に森蜂が新しい巣を作り、蜜樹を育て、同じ様に蜜が採取出来る環境を構築するには、長い時間が必要になる。

つまり欲に駆られて森蜂の巣を荒らす事は、多くの人に多大な被害を与える行為だ。

仮に一時的に大量の蜜を得、多くの財を築いたとしても、魔蟲のコロニーに出入りが可能な一流どころを全て敵に回せば、まぁ長生きは出来ないだろう。

その場で動かずじっと待ち、瓶を蜜が満たしたら、厳重に封をしてポシェットに戻す。

当然、動きはゆるゆると、森蜂達の注意を惹かぬ様に。

瓶を交換し、再び蜜が満ちるのを待つ。

二本、三本と瓶に一杯の蜜を得たら、僕はやはり来た時と同じ様に地を這ってその場を離れる。

立ち上がれるのは巣からある程度離れて、森蜂達が見えなくなってからだ。

溢れ落ちた蜜なのだから、幾らでも採取可能に思うかも知れないが、採りすぎると蜜樹が得る蜜が減ったと察するのか、森蜂達の索敵活動が活発になるのだ。

つまりは、そう、僕は森蜂に蜜を分けてもらう側なのだから、あまり欲張るのは良い事じゃない。

僕は這わねば蜜樹に近付けないのは、蜜を得る許しを請う為だとすら思う。

得る物は得たが、決して帰りも気を抜かず、ゆっくり、ゆっくりと、僕は一歩ずつ魔蟲のコロニーを出口に向かって歩く。

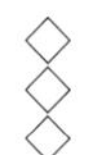

僕のアトリエにディーチェが住む様になって少し。

彼女は実に素早く周囲の環境に溶け込み、また受け入れられた。

まず最初にディーチェを受け入れたのは、少し予想外だったのだけれど、歓楽街の娼婦達。

どうやら娼婦達には、幾ら錬金術師であっても男が相手では言い辛い、或いは言ったとしても理解され辛い悩みや要望があったんだとか。

アトリエに住むからには当然とばかりに僕の仕事を手伝い始めたディーチェは、そんな悩みや要望の受け口として歓迎され、また彼女自身の人当たりの柔らかさもあって、娼婦達と信頼関係を築いたらしい。

そして次に彼女と親しくなったのは、こちらは順当であろうけれども、エイローヒ神殿の孤児達。

庶子とは言え貴族家での教育を受けたディーチェの所作は美しい。

更に彼女自身も容姿が整っていて、この辺りでは殆ど見かけぬ雪人なのだから、孤児達にとってはまるで物語に出てくるお姫様の様に見えたのだろう。

だけどそんなお姫様みたいなディーチェが、自分達と一緒に田畑の手入れに勤しんでくれるのだ。

孤児達は大はしゃぎで彼女に纏わり付き、真面目に仕事をしろとサイローに叱られる。

でもそんなサイローですら、ディーチェと作業を共にする時は、顔を真っ赤にしてしどろもどろになっていた。

尤も流石に錬金術師だけあって、田畑の手入れも孤児達に比べれば的確で早い。

特に薬草畑の手入れがディーチェのお陰で早く終わる様になり、僕はその分、サイローの剣の訓練を見る時間が増えた。

けれども彼女にも不得手はあって、冒険者とは少しばかり相性が悪い風にも見える。

ディーチェの方は冒険者の粗野な雰囲気が苦手というよりも、その死に近しい生き方に戸惑うのだろう。

逆に冒険者達は、明らかに育ちの良い彼女にどうして接して良いかわからないらしい。

露骨にディーチェを口説きにかかる冒険者もいるけれど、そう言うのは論外としても、少しばかり問題だ。

冒険者からの要望は、時に彼等の命に関わる為、可能ならば些細な事でも言って欲しい。

勿論、値下げの要求など、無意味で理不尽なものは無視するけれど、時には冒険者が僕の想像もしないものを必要としている場合もある。

錬金術師と冒険者の視点の違いを知る事は、アウロタレアの町で商売をするなら重要だった。

しかしこればかりは慣れも要る。

僕だって最初は、冒険者に密かに腹を立てていた。

特に回復のポーションの代金をケチって、森で死に掛けている冒険者達に会った時なんかは、特に。

だが彼等には彼等の理屈があって、例えば良い装備を少しでも早く手に入れたくて節約していたり、借金を返す為に仕方がなかったりする場合もあった。

それで死んでしまえば何にもならないというのは、正論ではあっても外様の意見でしかないだろう。

まぁ中には単に娼婦に入れ込んでいるだけだったり、自信過剰から来る準備不足の事もあるが、仮にそうであっても僕が口を挟む筋合いではない。

恐らくは、この町で暮らすならば何れはディーチェも理解をする。

共感は難しくとも、薄っすらとでも冒険者という生き物の考え方がわかる様になるのだ。

その頃にはきっと、冒険者達からもディーチェに対する壁はなくなっている筈。

但しその分、ディーチェと親しくなってから口説き落とそうと企む輩は増えるだろうけれども。

さてそんな風に環境に馴染みつつあるディーチェだが、ある日このアトリエの店舗スペースを一部貸して欲しいと言ってきた。

何でも自分の作った錬金アイテムを並べて売りたいらしい。

そして売り上げの三割は、場所代として納めてくれるとも言う。

広い店舗スペースは少し持て余し気味だし、別に僕に否やはない。

寧ろ余っているスペースを貸すだけで場所代を取るのも申し訳ない気持ちすらするのだけれど、僕とディーチェの恩師であるローエル師は、彼女に金の稼ぎ方を教えてやって欲しいと手紙に書いていた。

稼がせてやって欲しいでなく、稼ぎ方を教えてやって欲しいと。

ならば三割が妥当かどうかはさて置いて、ディーチェの思うままに品物を売って、そこから場所代を払うのも良い経験だ。

そんな風に思って僕は許可を出したのだけれど……、もしかしたら少し、否、大分と早まってしまった気もする。

「ここはこんな風に、入り口からも見える風に斜めに置くのはどうでしょうか?」

「良いと思うわ。でもこっちの棚の物は、出来ればあまり見えて欲しくないのよね。でもそうすると見栄えが……」

「ねぇ、ルービット、ここの棚も動かしても良いかしら?」

真剣に、だけどどこか楽しそうに相談しているのは、ディーチェだけでなく娼婦のビッチェラとフレシャ。

その不思議な組み合わせに、僕は思わず首を傾げる。

だってビッチェラもフレシャも、歓楽街ではＴＯＰクラスの人気を誇る娼婦だが、だからこそ僕はこの二人が一緒に行動しているところを、今まで見た事がない。

一体どう言った形で二人が繋がり、ディーチェとも繋がっているのか、少し気にはなったけれども、君子危うきに近寄らずとの言葉が脳裏に浮かんで、僕は質問をグッと飲み込む。

「別に棚くらいは好きに動かしてくれて良いけれど、別に商品なんてどこに何が置いてあるか、わかり易かったらそれで良いじゃない」

でも質問一つを飲み込んだくらいで、危機を逃れた気分になってしまった僕が甘かったのだろう。

どうやらこのままだと自分が棚を動かす羽目になりそうで、迂闊にも、本当に迂闊にも、僕はそんな言葉を口にする。

棚や商品の配置に拘る暇があるなら、一つでも多くのポーションやアイテムを作って並べたい。

それは間違いなく僕の本音であるのだけれど……。

「そうかも知れませんけれど、折角場所を貸してもらえるなら、拘ってみたいです」

「もう、何言ってるの。そんな適当なの、ダメに決まってるじゃない」

「わかり易いって大事よ。でも思わず買いたくなる様な見た目も大事なの。その方が買い物をする方も楽しいわ」

そんな風に女性に三重奏で非難の眼差しを向けられると、もう逆らえる気が全くしない。

僕は彼女達から目を逸らし、このタイミングで誰か客でも来てくれないものかと入り口を見る。

しかし勿論、そんな都合良く助けの手はやって来ない。

元より頻繁に人が出入りする店ではないのだ。

ちらりと視線を戻せば、三人は錬金術で作れる化粧品の話で盛り上がっていた。

あぁ、確かにそう言えば、イ・サルーテでは女性の錬金術師は、皆が化粧品を自作したり、レシピの交換なんかもしていた気がする。

成る程、確かにその辺りの商品は、ディーチェの方がずっと多くの種類を作れるだろう。

化粧品を選び易くする並べ方も、僕にはさっぱりわからないけれど、三人の女性達にはわかるのだろう。

だったらまぁ、多少は店舗スペースのレイアウトが変わるくらいの事は、笑って受け入れるべきである。

何しろ今のディーチェは、ついでにビッチェラとフレシャも、とても楽しそうな良い表情をしているから。

◇◇◇

「いぃいいぃぇええぇぇぇいっ！」

裂帛(れっぱく)の気合と共に手に持った木剣を振り下ろし、しかしそこで動きを止めずに即座に一歩引いて盾を構えて踏ん張るサイローー。

生命力の強い魔物は、例え刃でザックリと切り裂いたとしても、息の音が止まる前に反撃を繰り出してくる事が時折あった。

死にかけた魔物の一撃でも、否、死にかけだからこそ、その反撃は容易くこちらの命を奪い得る。

だから僕がサイローに指示する動きは、常に攻撃と防御がワンセットだ。

相手の攻撃を受け止めたと仮定したサイローが、大きく踏み込みながら盾を振り上げ、つまり相手を弾き、木剣を振ってトドメを刺す。

勿論その後は即座に防御姿勢を取って、それからサイローはちらりとこちらを見て、僕の反応を窺った。

悪くはなかったと、素直にそう思う。

今と同じ動きが出来るなら、実戦だったとしてもゴブリン、もとい小鬼程度には殺されないだろう。

僕が訓練を指導し始めてから僅か二ヵ月と少しでここまで動ける様になっているのは、サイローが本当に真面目に訓練に取り組んだ結果だ。

後はこれを反復し、初陣で心が乱れた状態でも同じ動きが出来る様に、身に沁み込ませれば良い。

「良いと思うよ。小鬼相手を想定してるなら、今ので十分に相手を殺せる。だから次は、狼を相手にする動きの練習だね」

尤も先程の動きはあくまで小鬼を相手にする事を想定したもので、森の最外層に出現するもう一つの脅威、狼の群れを相手取る場合は必要な動きが変わる。

サイローが冒険者となるまでの短い時間で、僕に教えられるのは最外層で活動する為に、生き延びる為に必要な、最低限の技術だ。

ある程度の自信はサイローの成長を促すだろうが、過信が出来る様な代物では決してなかった。

例えば、小鬼は人間よりも非力だから、あんな風に踏ん張れば攻撃を受け止められるが、中鬼や猛轟猿が相手ともなれば、軽く吹き飛ばされてお終いだろう。

膂力や体重の差をひっくり返し得る技術は、そう容易く身に付くものではない。

だけど最低限の技術でも、森の最外層で活動が出来れば、取り敢えずは冒険者として生きていける。

薬草を採取し、狼の毛皮を剥げば、食うに困りはしないだろう。

食って生きる事が出来れば、不測の事態で大怪我でもしない限りは、少しずつでも経験を積んで、更なる技術を磨く事も可能だった。

だからこそ今のサイローにとっては、その最低限の技術が何よりも必要なものだ。


「よし、終了。日暮れも近付いてきたから、今日は終わりにしとこう」

それから一時間程、僕の終了の言葉に、木剣を振っていたサイローが崩れる様に地に座り込む。

するとそれを待っていたかの様に近付いてきたディーチェが、僕とサイローに飲み物が入った水筒を差し出す。

口を付けてグイと呷(あお)れば、水で割った果汁が喉をするりと滑り落ちて、心地の良い清涼感を与えてくれる。

ふと横を見れば、ディーチェから飲み物を受け取るサイローの顔が僅かに赤い。

それは動き回って疲労し、息が上がっているからというだけではなさそうで、僕は思わず笑みを浮かべた。

勿論、それをからかう心算はないのだけれど、どうやら普段は年長者として気を張っているサイローは、優しくしてくれる年上の女性に弱いらしい。

優しく心地良い風に吹かれる、穏やかな時間が流れている。

田畑の手入れをディーチェが手伝ってくれる様になったから、以前よりも多少ではあるがサイローの訓練を長く見る事が出来る様になった。

そのお陰で訓練は予定よりも少し早いペースで進んでいて、この分なら剣を使っての戦い方だけじゃなくて森の採取に関しても、もう少し深いところまで教える猶予が取れそうだ。

僕がもう一口、水筒を傾けて中身を飲みながらそんな事を考えていると、不意にゾクリと背筋が粟立つ。

吹いていた風の中に、僅かな違和感を感じた。

「ディーチェ！　サイロー！」

咄嗟に二人の名前を呼べば、彼等は一体どうしたのかと不思議そうに首を傾げる。

でも今は、のんびりと詳しく説明している時間が足りない。

何故なら僕の予想が正しければ、ここも決して安全ではないのだから。

「走って！　町に戻るよ！　サイローは孤児達を集めて絶対に神殿から出さない様に。ディーチェはアトリエで回復のポーションを出来るだけ多く用意して！」

今吹いている風は、西からの風。

その風に濃く含まれた木々の気配が、町から東の郊外にいるにも拘らず森の只中に……、否、まるで大樹海の中層にいるかの様な心持に僕をさせている。

もしもこの感覚が僕の勘違いでないのなら、そんな事が起きる現象には唯一つしか心当たりがない。

これは多分、きっとそうだ。

「大樹海の氾濫(はんらん)が迫ってきてる」

走りながらも僕の言葉を耳にしたサイローの表情は緊張で青ざめ、逆にその言葉の意味がわからなかったのであろうディーチェは、やはり不思議そうな顔をしたまま。

とは言え、彼女もすぐに悟るだろう。

大樹海がどれ程に恐ろしい魔境であるかと、それからその脅威に抗うイルミーラという国の本気を。

◇◇◇

時間帯は既に夕暮れ時。

とは言えまだまだ人通りの多い大通りを、僕は東門から西門を目指して駆け抜ける。

勿論サイローとディーチェは、東門から街に入った時点で別れた。

二人は全力で走る僕にはついてこれないし、何よりも彼等には他にやってもらう事がある。

好奇心旺盛な孤児達を纏め上げて神殿に待機させるなんて真似はサイローにしか出来ないだろうし、ディーチェには僕が不在の間、アトリエとヴィールを守ってもらわなきゃならない。

僕が中央広場を通り過ぎた時、カーン、カーン、カーンと大きな鐘の音が町中に響く。

どうやら町の守備隊が、森から攻め寄せる魔物の群れを発見したのだろう。

鳴り響くこれは、市民に迫り来る街の危機を知らせる鐘の音なのだ。

「は、氾濫だ！」

鐘の音にも負けぬ大声で、どこかの誰かがそう叫ぶ。

その途端、人々は一斉に動き出した。

冒険者や兵士、戦える者は武器をその手に西門を目指し、戦えぬ者は一刻も早く家族と合流し、その無事を確認しようと家へと駆ける。

だけど不意に、鳴り響いていた鐘の音が、止んだ。

僕は思わず舌打ちをして、ポシェットの中に手を突っ込む。

何故なら、そう、僕の視界はもう既に西の防壁に設置された見張り塔を捉えており、そこで鐘を鳴らしていた兵士の胸を、魔物の爪が貫くところがハッキリと見えてしまったから。

「風よ」

グッと踏み込み、僕はその言葉を唱えた。

兵士を手に掛けた魔物の正体は、恐らくは人狼だろう。

アウロタレアの町を覆う防壁の高さは六メートル。

見張り塔はそこから更に上に六メートルの高さがあるから、そこまでの高さを登れる魔物は決して多くない。

人狼は大樹海の中層部に生息する人型の魔物、魔人の一種だ。

知能は小鬼や中鬼と比べてもずっと高く、独自の文化らしきものを築いて暮らしているんだとか。

人と殆ど変わらぬ姿と、狼頭の半獣半人の姿を自由に切り替えられるらしく、人の姿ならば武器を使うし、半獣半人の姿ならば尋常ならざる身体能力を発揮する。

また欠損部位すら再生する程の強い自己回復能力も備えており、大樹海の中層でも比較的強者の部類に入る魔物だろう。

「我が足に集い」

そんな強力な魔物が、先行して町に入り込んでいる理由は唯一つ。

内部から門を確保し、外から攻め込む魔物の群れを中に引き込む心算だろう。

そうなってしまうと町を囲む防壁を利用して戦えない守備隊は、魔物の数と力の前に、あっと言う間に磨り潰される。

その後は、逃げ遅れた人々が魔物の餌として食い殺されて、アウロタレアの町は滅亡だ。

故に僕はそれを防ぐ為に、少しだけ無理をする。

「荒れ狂う力と為れ」

狙いは定まった。

覚悟だって決まっている。

予備動作も完了し、詠唱もたった今完成した。

「暴風（ストーム）」

そして僕は最後のキーワードと共に、足に術式を描いた魔術を行使し、思いっ切り空へと跳ぶ。


足元で吹き荒れた魔術の風に、僕の身体は思い切り空へと射ち出される。

そう、射出である。

先程発動させた暴風は、本来蹴りと共に発動させ、相手をグシャグシャに吹き飛ばす為の魔術で、別に自分が空を飛ぶ為に用意したものではない。

だけど魔術はその発動と制御にイメージが深く関与していて、ある程度は思い描いた形で行使が可能だ。

だから僕の身体は多少無理矢理な形ではあっても、狙う目標、見張り塔の上で兵士を刺した人狼目掛けて、真っ直ぐに矢の様に飛んでいく。

グングンと間近に迫る見張り塔に、僕は空中で無理矢理体勢を整え、衝突の瞬間に人狼目掛けて蹴りを放つ。

人狼が迫る僕に気付いたのは、放った蹴りがその胸に触れた瞬間だった。

勿論、回避が出来る筈もない。

狼の顔でも驚愕を表現出来る事を、僕はその時初めて知った。

飛んできた僕の運動エネルギーが、足を通して人狼の胸に全て注がれる。

強い力の通り道になった足は、多分骨か何かが砕けたのだろう。

非常に嫌な音がした。

けれども僕の足以上に蹴りを喰らった人狼は悲惨で、胸を大きく陥没させながら、その身体は吹き飛ばされて防壁の向こうへと落下していく。

人間であれば、間違いなく胸が潰れて即死するだろう深く大きな損傷だ。

だが僕には、その人狼の行く末を、絶命したかどうかを、確かめている余裕はない。

手に握る、予め取り出しておいた二本の再生のポーションを、痛みとショックが襲ってきて動けなくなる前に、まずは大急ぎで自分が一本をのみ、更にもう一本を刺し貫かれて倒れていた兵士の口に流し込む。

兵士は人狼に胸を刺し貫かれながらも、辛うじて即死はしていなかった。

ならば後数秒、再生のポーションが効果を発動し、肉体が損傷を受ける前に戻るまで生きていてくれれば、その命は助かるのだ。

見張り塔から森を見れば、溢れ出した魔物が続々とアウロタレアの町に向かって押し寄せていた。

地を埋め尽くす魔物の多くは、体長一メートル程の、緑や青色の肌をした魔人の一種である小鬼。

確かに小鬼は個体数が多くて群れる魔物だけれど、それにしても地を埋め尽くす程の数は異常としか言いようがない。

次に多い魔物は、中鬼と呼ばれる体長二メートル前後の、隆々とした筋肉をした醜貌の魔人。

更には大量の小鬼や中鬼に紛れられない三～四メートルの巨体、大樹海の中層の魔人である大鬼も、ちらほらと姿が混じっている。

それに加えて人狼が防壁の上で守備隊の兵と戦っていて、西門は森から避難してきた冒険者を収容中で、まだ閉じられていない。

状況は非常に悪かった。

だけど一つだけ良い報せがあるとするなら、

「うぅっ、ぁあっ、俺は、……い、生きてるのか？」

再生のポーションが効果を発揮し、僕の足と刺された兵士の傷を無事に復元、癒やした事だ。

血に塗れた自分の胸元を触りながら、兵士が起き上がる。

色々と無茶をした甲斐(かい)あって、何とかギリギリ間に合ったらしい。

「再生のポーションを使いました。動けますか？　動けるなら、もう一度鐘を鳴らして下さい。さっきの人狼は追い払いました。僕は冒険者の撤退支援に行きます」

この場所を助けた兵士に任せられるなら、僕は他の応援に向かう事が出来る。

再生のポーションを使ったと聞いた兵士は顔色が真っ青になるが、流石にこんな時に個人に代金を請求はしない。

恐らく後で申請すれば、守備隊か、または領主の方から支払いは行われる筈。

どうせ町の防戦が始まれば、回復や再生のポーションは守備隊による安値での買い上げ、つまりは供出が始まるのだ。

当然、僕個人が使用する分は秘匿するにしても、店に並べたポーションは全て買い上げられるだろう。

ここで使うも供出するも、早いか遅いかの違いでしかない。

そしてその違いで一人の命が救えたのなら、錬金術師としては満足である。

氾濫で溢れ出た魔物というのは、どうやら個々の意思よりも大きな何かに突き動かされているらしく、力の差がある相手にも怯えないし、死を目の前にしても怯まない。

本来の小鬼は勝てないと悟ればすぐに逃げるし、人狼は誇り高く、弱者や弱った相手を襲う事はない。

特に人狼に関しては、大樹海の中層で迷って飢えた冒険者が彼等に助けられたって話があるくらいに。

だけど今、アウロタレアの西門、……否、西側の防壁へと攻め寄せている魔物の群れは、普段のソレとは全くの別物と化している。

もしも魔物達に門が、防壁が破られてしまえば、奴等は躊躇う事なくアウロタレアの住人を皆殺しにして、この地を木々に飲み込ませるだろう。

僕は自作のスリングショットに、ポシェットから取り出した赤色のカラーボールをセットして、群れの先頭目掛けてそれを放つ。

ぶつかり砕けたカラーボールは大したダメージを与えなかっただろうけれど、しかしぶちまけられた中身は期待通りの効果を発揮する。

赤いカラーボールの中身は、もはや香辛料としては利用出来ぬ程に刺激が強すぎる、岩唐辛子を細かな粉に加工した物。

軽く細かな粉は広範囲に撒き散らされる為、普段は多少使い辛いそれも、大群相手には使い出が良い。

全力で駆けるところにそれを撒き散らされ、思い切り吸い込んだ魔物達が、小鬼、中鬼、大鬼の区別なく転がり苦しむ。

しかしその苦しむ先頭の魔物達を、後続は躊躇わずに踏み潰して進み、辺りに残留していた岩唐辛子の粉を吸って、やはり一部が行動不能に陥る。

でもやっぱりその一部も踏み潰されて、魔物の群れの足が鈍ったのは、ほんの一瞬。

あまりに凄惨なその結果に、僕の背を汗が伝った。

氾濫で溢れ出した魔物の何が恐ろしいかと言えば、奴等は別に理性を失った訳じゃないという事。

つまり魔人と呼ばれる魔物の特徴である、高い知能は健在なのだ。

にも拘らず、奴等は平気で仲間を踏み潰し、気にした風もなく前に進んでいる。

けれども僕に、気圧されている余裕はない。

少しでも魔物の群れの足を鈍らさなければ、追いつかれた冒険者が引き裂かれて殺される。

勿論、もう既に森の中で逃げ遅れた冒険者が何人も、何十人も殺されているだろう。

故にその犠牲を一人でも減らす為、黄色、透明、白と次々に僕はカラーボールを放つ。

夕暮れ時にカッと輝いた閃光は、黄色のカラーボールの効果。

フラッシュバンを再現しようと模索して、結局音は出せずに強力な光だけを放つ目潰しだ。

透明のボールは娼館に頼まれて作った潤滑油、要するにローションを詰めた物。

肌触りの良いローションはべた付かずに良く伸び、何よりとても滑る。

例え下が土の地面でも、つるりと足を滑らせ転ぶくらいに。

最後に白の中身は以前と同じく、粘着性のヒュージスパイダーの糸。

僕がカラーボールの中でも最も使い勝手が良いと思っている白は、期待通りに多くの魔物を絡め捕り、それを踏み潰そうとする後続の一部も巻き込んで、それなりの時間を稼いでくれた。

まぁ使い勝手が良い分、白のカラーボールはコストも高いが、それでも今は人の命が優先だ。

その頃になると、町中から集まってきた兵士や冒険者達が弓での攻撃を開始した。

一斉に、雨の様に降り注ぐ矢は、大鬼は兎も角として、小鬼や中鬼ならば仕留め得る。

多数を占める小鬼や中鬼の足が矢の雨に鈍れば、流石の大鬼も好き勝手には前に進めない。

そうして稼がれた時間を使い、森から逃げてきていた冒険者達は無事に門の中へと収容されて、西門は固く閉ざされる。

そうなると流石に不利を悟ったのだろう。

防壁の上で守備隊と戦っていた人狼達が、ひと声吠えると次々に撤退していく。

小鬼、中鬼、大鬼、人狼の中で、最も厄介で危険なのは、間違いなく人狼だ。

後の脅威を減らす為、例え一体であっても人狼を狩っておきたいと守備隊の誰もが考えただろうが、奴等の撤退はあまりに素早く鮮やかだった。

町を囲う防壁の外側は、深さ三メートル、幅五メートルの空堀が掘られていたけれど、人狼達は意に介した風もなく飛び越えて駆け抜け、魔物の群れの中に混じってその姿を消してしまう。

門を落とされるという最悪の事態は避けられた。

しかしこれは単なる前哨(ぜんしょう)戦にすぎず、押し寄せる魔物に対して防壁を頼りに耐える戦い、長く苦しい防衛戦は、今これから始まるのだ。

故に、僕は守備隊の兵士に消耗したアイテムのリストを押し付け、現場を後にしてアトリエへの道を歩く。

僕は兵士でも冒険者でもないから、あの場所に留まったとしてもすぐに役割が割り振られる事はない。

……尤も、氾濫の時に大樹海の中層に潜れる人間を遊ばせて置くとも思えないから、暫く待てば防衛戦への参加要請は届くだろう。

だから僕が今するべきは、アトリエに戻ってヴィールとディーチェに状況を説明し、……それから防衛戦で使うアイテムの準備だった。

今回の相手は魔人種が主で、特に厄介なのは人狼の存在だ。

身に宿した魔力による自己回復を行う人狼は、真銀製の武器で傷付ければ回復能力を失うとされる。

だけど魔法金属である真銀は、アウロタレアどころかイルミーラ中を探したって、そんなに多くは存在しない。

つまりは何らかの代替手段が必要になるだろう。

防衛戦は恐らく、短くとも五日は続く。

既に王都へと急を報せる早馬が出ていたとして、辿り着くのに丸一日。

それから軍が招集されて、糧食を用意し、作戦が立てられ、動き出すまでに、普通の軍なら早くて三日はかかる。

しかしイルミーラの軍はちょっと恐ろしくて信じ難い話だが、それを一日でやる事もあるそうだ。

更にそこからアウロタレアに辿り着くのに、強行軍で二日。

つまり最短でも五日は掛かる計算だ。

勿論これは全てが最短で行われた場合の計算で、実際には王都から援軍が到着するには、一週間から十日は必要だろう。

まぁそれでも十分に早い。

イルミーラの強みは、氾濫が起きた際には王都に防衛戦力を残さず、全てを大樹海への対処に割り振れるところだ。

背後、東の隣国であるツェーヌへの警戒を不要と断じ、時には王自らが軍を指揮して氾濫の鎮圧に向かう。

大樹海の氾濫は決して珍しい事ではなく、年に一度か二度は、どこかの前線の町が魔物の群れに襲われる。

それ故に王都は、王が座す都ではなく、前線のどこの町にでも速やかに軍を派遣可能な、イルミーラ軍の拠点であった。

その軍権を握るのが王であるから、そこが王都と呼ばれるだけだ。

なので防壁を頼りに耐え凌（しの）ぎさえすれば、確実に王都から軍は派遣されるだろう。

また近隣の町が同時に襲われてなければ、王都からの軍に先んじてそちらの援軍が来る可能性も高かった。

他国なら近隣の町同士だと、領主の仲が悪くて利権を巡っていがみ合う事も多いが、イルミーラでは人同士で争っている余裕がない。

大樹海という脅威に対しては、多少の損得には目を瞑（つぶ）ってでも、助け合わねば生き残れぬと皆が理解をしているから。

イルミーラという国は強い。

最短で五日。

長くても十日を耐え抜く為に必要な物は何なのか。

僕はそれを考えながら、辿り着いたアトリエの扉を開いてくぐる。

「射て！　射て！　矢を惜しまずに射ち尽くせ！」

防壁の上に並んだ兵士達が、アウロタレアの町を包囲し、攻め滅ぼさんと押し寄せてくる魔物に対して矢を放つ。

まるで雨の様に矢は降り注ぐが、でも魔物の数が大きく減った様子はない。

初日は効果的だった矢の雨も、魔物達が先に死んだ同種を盾にして矢を防ぐという戦法を使い始めてからは、効果が激減してしまった。

普通の魔物はそんな真似は出来ないが、高い知能と自由に動く二本の腕を持つ魔人種は、人と同じ様に道具を用いる。

「登らせるな！　ぶっ殺せ！！！」

垂直の防壁をよじ登り、その上に身を引き上げようとした中鬼の醜い顔に、冒険者が突き出した槍（やり）が突き刺さった。

幾らタフな中鬼であっても、無防備に頭部を貫かれれば即死は免れない。

穂先が顔から引き抜かれれば、中鬼の身体は真っ逆さまに防壁の下へと落下していく。

小鬼一万二千、中鬼六千、大鬼五百、人狼が二十かそこら程。

これが森から溢れ出した魔物の大雑把な予測数らしい。

尤もこれ以外にも、魔物の群れが切り札を隠している可能性は低くないだろう。

本来氾濫で溢れ出した魔物は、そう言った戦力の温存なんて真似はしないのだけれど、今回は別だ。

初手で人狼が門の制圧に来た事と言い、その動きには全体を指揮する者の存在がハッキリと臭った。

そうであるならば、少なくともその指揮者は、小鬼でも中鬼でも大鬼でも、恐らく人狼でもないだろう。

つまり少なくとも何か一つは、魔物側に秘匿された戦力がある。

一方、アウロタレアの町の通常戦力は、兵士が千人に冒険者が千五百人。

それから予備の戦力として換算されるのが、樵の千人だ。

圧倒的な数の魔物に比して大きく見劣りする数だけれど、そもそもアウロタレアの町の人口が一万八千程なのだから仕方がない話だろう。

戦いに携わる者のみでは、人の社会は成立しない。

但しアウロタレアの町にも、通常戦力とは分けて考える特記すべき戦力がある。

例えばそれは、領主が抱える魔術師隊や、町中で負傷者の治療にあたる回復魔術の使い手や、錬金術師達。

勿論、僕もその一人になるだろう。

一部の兵士や冒険者も魔術を使う者はいるだろうが、領主が抱える魔術師隊の実力は別格だ。

単身でも高度な魔術を扱える他、準備には多大な時間が掛かるが、複数人で行使する大規模魔術、戦術級と呼ばれる魔術を行使出来る。

更に回復魔術やポーションの存在は、本来ならば復帰に時間が掛かる傷を負った者を、それが誰であっても短時間で戦場に復帰せしめるのは、人の強みと言えるだろう。

魔物にも回復能力を保有する種は存在するけれど、それはごく一部に限られる。

特にこうした耐える戦いでは、その効果は非常に大きかった。

またアウロタレアの町が保有する戦力ではないが、王都から来る援軍の中には、恐らく四英傑と呼ばれるイルミーラが誇る英雄の誰かが加わるだろう。

四英傑は、僕は目の当たりにした事がないけれど、人を超えた英雄と呼ばれているそうだ。

何でも大樹海の中層を越えた、深層の魔物とすら互角に戦う程だとか。

冗談みたいな話だけれど、実際に氾濫の際には大樹海の深層から魔物がやって来る事もあって、それを四英傑が討伐したらしい。

強さを貴ぶイルミーラの極みに存在する英雄で、国民からもその人気は絶大だと言う。

尤も僕はその四英傑よりも、深層の魔物から得られる素材の方が、何倍も興味をそそられるのだけれども。

数の差は甚大であるにも拘らずアウロタレアの側が魔物を防ぎ続けていられるのは、堀と防壁のお陰である。

幾ら魔人種の魔物は知能が高く、人の様に道具を扱う器用さを持っているとは言っても、流石に攻城兵器を持ち出してくる様な事はない。

例え知能が高くとも、森の中で暮らす魔物に、それを学習する機会がないのだ。

故に魔物達は防壁を虚しく殴り付けるか、必死になってよじ登るしかなく、兵士や冒険者はその隙を突く事で容易く相手を仕留めていた。

けれどもしかし、その戦い方が通用するのは、小鬼か中鬼に限った話だ。

「クソッ、大鬼だ！　何としても食い止めろッ！」

兵士の一人が、焦りに満ちた警告を周囲に飛ばす。

本来の生息域が大樹海の中層である大鬼は、並の人間が相手を出来る範囲を些か超えてしまっている魔物だ。

森の最内層にも流れてくるとは言え、ベテランの冒険者が数人で取り囲んで漸く相手になると言った大物なのだから、決して軽く見て良い相手ではなかった。

知人の女戦士であるバルモアなら、危なげもなく大鬼を仕留めるのだろうし、人狼とだって渡り合えるだろうけれども、彼女程の腕を持つ人間はアウロタレアにもそうはいない。

だから大鬼、人狼に勝てる数少ない人材は、交代で駆け回って何とかその脅威を防いでいる。

そして僕も、その防壁の上を駆け回る一人として駆り出されていた。

防壁の上に手を掛け、グイと身体を持ち上げた大鬼の顔に、兵士や冒険者が、槍や剣を突き立てる。

けれども大鬼の硬い外皮、分厚い面の皮は鉄の槍や剣をあっさりと弾き、偶然にも良い角度で入った一部だけが掠り傷を残す。

大鬼は煩わし気に首を振って、そのまま防壁の上に登ってしまおうと足を掛けた。

僕がそこに辿り着いたのは、正に丁度その時だ。

「風よ、我が足に集い！」

僕は防壁の上を駆けながらも詠唱を行い、思い切り地を蹴って跳ぶ。

戦う兵士、冒険者達の頭上を越え、

「荒れ狂う力と為れ」

見えた大鬼の顔目掛けて渾身の力を込めた跳び蹴りを放つ。

「暴風！！！」

術の発動は、僕の蹴りが大鬼の顔に届くと同時に。

大鬼の外皮は硬くて刃を受け付けず、筋肉は太くしなやかで衝撃を吸収してしまう。

だが僕のこの暴風の術は、人間一人を中空に射出する程の威力があった。

その力をまともに顔に受けたなら、流石の大鬼の首も負荷に耐え兼ねて、ゴキッと鈍く大きな音と共に圧し折れる。

そしてそのまま吹き飛んだ大鬼の身体は、防壁の下、堀を越えて押し寄せる小鬼や中鬼の上に落下し、彼等を押し潰す。

一瞬の出来事に、周囲の兵士と冒険者は静まり返って呆然(ぼうぜん)としていたが、

「救援感謝する！　次っ、小鬼達が登ってくるぞ！　迎撃だ‼」

すぐに誰かが我に返って、僕に礼を、仲間達に指示を飛ばした。

ここはもう大丈夫だろう。

僕はそう判断して、彼等に対して拳を胸に当ててから、次を目指して再び走る。

正直こんな強引な戦い方は僕の柄ではないと思うのだけれども、今は選り好みをしている余裕がない。

アトリエでは、ディーチェが僕の代わりにポーション製作をこなしながら、頼んだ人狼対策にも取り掛かってくれているだろう。

まるで手足が倍に増えた様な、否、それ以上の頼もしさだ。

でも彼女に大きな仕事を背負わせ任せたのだから、僕は更に多く動いて働き、戦わねばならないのは道理だった。

駆けながら見張り塔に視線を向ければ、塔の上の兵士が次に僕が向かうべき場所を指で示して教えてくれる。

走り続けの身体に疲労は少しずつ蓄積してきているが、交代の時間はまだ遠い。

あまりメジャーではないのだけれど氷銅と呼ばれる魔法金属が存在する。

これはその名の通り、銅が魔力を帯びて変質した物なのだけれど、滅多に世間に出回る事はない。

銅は比較的鉱脈が発見され易い金属だから、それが元となった氷銅も魔法金属の中では見つかり易い方なのだけれど、採掘と加工が難しくて危険を伴うのだ。

具体的に言えば、氷銅は強い冷気を発して触れたものを凍らせるから、鉱脈の周辺もガチガチに固まっていて並の人間には掘り出せない。

また加工に関しても、鉱石が溶鉱炉の熱を下げてしまうので、不純物を取り除いて氷銅のみを取り出す事が非常に難しかった。

しかし氷銅はあまりに魅力的な金属だ。

掘り出し、加工する事さえ出来れば、その用途は無数に存在するだろう。

故に錬金術師は自分達の手で銅に魔力を付加し、氷銅の性質を再現しようと試みた。

けれどもその結果出来上がったのは、氷銅とは全く逆の性質を持つ、炎銅と名付けられた魔法合金である。

炎銅の性質は強い熱を発する事。

だがその熱の強さ故に、自身を熔かしてしまう金属。

なので固体として活用する場合は、他の金属を混ぜて本当の意味での合金とし、発する熱を下げて使用する。

特に武器として加工する際は、元々の銅自体が柔らかい金属である為、強度の高い合金に加工しなければならない。

当然ながらこの魔法合金は扱いを誤ると非常に危険で、製作者である錬金術師にも、加工者である鍛冶師にも繊細で高い技量が要求される代物だ。

でも今、このアウロタレアの町には、魔法合金の製作に長けた錬金術師と、託された炎銅を加工しうる技量の鍛冶師が揃っている。

だから今、僕の手には白銀に輝く剣が一本握られていた。

見た目はとても銅には見えないが、刀身から発せられる周囲を焼く熱は、間違いなく炎銅の特徴だ。

「それが一本目だ。全く面倒で、実にやりがいのある仕事だぞ。残りは出来上がった分を順次守備隊に引き渡すからな」

滅多に扱えない魔法合金で武器を打てた事が嬉しいのだろう。

こんな時だというのに、アウロタレアの町で一番の腕を持つとされる鍛冶師、ティンダルは実に上機嫌に見える。

「あの嬢ちゃんにも、炎銅は出来上がり次第どんどん持ってくるように言っといてくれ。あぁ、それから、ルービットよりも良い腕をしてるともな」

なんて風に、要らない一言を付け加えるくらいに。

だけどそんな言葉が出るくらいに、ティンダルは炎銅を、それからそれを作ったディーチェを気に入ったのだろう。

鍛冶にしか、より正確には物作りにしか興味がなく、頑固なこの男にしては実に珍しい事だ。

まぁ、それはさて置き、そう、この炎銅の剣こそが、今この町に攻め寄せている魔物の中で最も厄介な、人狼への対策である。

人狼の強みは身体能力と、それにも増して不死身を思わせる程の再生能力。

戦いが始まって今日で三日目、これまでの防衛戦でも幾度となく人狼との戦いはあったが、けれども傷を負わせて追い払う事は出来ても、殆どが仕留めるまでには至っていない。

完全に殺し切れた人狼は、僅か二体しかいないと言う。

逆にこちらの被害は、それに比してあまりに多かった。

故にどうしても人狼への対策は必須で、僕はその案を守備隊に持ち込み、一部の実力者に炎銅の剣を貸与するという話を取り付けた。

人狼の弱点と言えば真銀の短剣等で知られているが、それは回復能力を封じるだけで一刺しで殺せるという訳じゃない。

勿論、キチンと心臓を刺せれば一刺しで殺せるけれど、そんなのは人間であっても同じである。

そう、つまりはあの不死身とも思わせる回復能力を封じる事が大切なのだ。

真銀が人狼の回復能力を封じるのは、傷付けた魔物の魔力を払ってその能力を働かせなくするからだ。

要するに真銀はどんな魔物に対しても効果を発揮する金属なのだが、残念ながら希少すぎて戦いに用いられる様な代物じゃなかった。

また元の金属である銀が、決して強度の高い金属ではない為、そもそも真銀では傷付けられない魔物も多い。

しかし回復能力を封じるだけなら、他にも幾つか手は存在する。

例えば致死性の猛毒を体内に入れてやれば、幾ら回復能力に長けていても死ぬか、或いは暫くは自己回復どころじゃなくなるだろう。

だがその手の毒物の取り扱いは錬金術師協会や、国の法によって厳しく制限されていた。

氾濫という緊急事態ではあっても、兵士や冒険者に猛毒を配るという事は許可されない筈。

なので採用されたのは、傷口を焼いて自己回復を防ぐという手段だった。

炎銅の剣の発する熱量なら、相手を傷付けると同時に、その傷口及び周辺を完全に焼いてしまう。

すると相手を失血させる事は出来なくなるが、焼け爛れた傷口は回復に掛かる手間が極端に増える。

少なくとも今までの様に、人狼の腕を切り飛ばしても、戦闘中に欠損部位が回復、再生なんて真似は不可能となるだろう。

尤も炎銅の剣は欠点の多い武器だ。

取り扱いを誤れば容易に持ち手を傷付けるし、刀身を納める鞘も熱を封じる特別製の物が必要になる。

何よりコストが高いし、生産にも時間が掛かってしまう。

だから限られた一部の実力者にのみ貸与という形で配り、戦いの後もそのまま使いたいと言う希望者がいれば買い取りに。

そうでなくともまた次の氾濫に備えて、領主か守備隊が買い上げてくれるとの事だった。

素材を提供した僕、炎銅を錬金したディーチェ、剣を鍛えたティンダルの三人が、少なくとも赤字になる事はない。

まぁ買い上げが多ければ大した儲けにもならないだろうが。

でもこうして人狼への対策が目に見える形で行われれば、アウロタレアを守る人間の士気は上がるし、逆に人狼はそれを警戒して動き難くなる筈だ。

援軍の到着にはあと数日。

状況は未だに厳しいが、それでも刻一刻とその時は近付いてくる。

今の調子で戦いが続いてくれるなら、どうにか守り切れるだろう。

そう、戦況に大きな変化がなかったならば。

状況に大きな変化があったのは、戦いが始まって五日目の朝。

そう王都が最速で動いてくれたなら、夜には援軍が到着するかも知れないと皆が期待する日の朝である。

結局近隣の町、スーシュロウやローセントからの援軍は来なかった。

つまり大樹海の氾濫を受けているのは、アウロタレアだけではないという事らしい。

この数日間の戦いで、アウロタレアの西の防壁から森までは、魔物の躯が山の様に積み重なっていた。

一部の魔物は北や南にも回り込んでいたから、そちら側にも幾らかは。

後にして思えば彼等の、特に小鬼や中鬼の役割は、最初からそれだったのだろう。

日の出と共に一斉にそれ等の躯から、血の撒き散らされた大地から芽が出て、見る見る間に大木へと成長して、アウロタレアの町と森を繋げてしまったのだ。

氾濫の目的は大樹海を広げる事。

故に溢れ出た魔物が身体で種を運ぶのは当たり前と言えるだろう。

しかしだからと言って、本来ならば幾ら大樹海の木々と言えども、芽から大木に成長するには数ヵ月から一年の時が必要である。

これは明らかに異常事態で、そしてその異常事態の原因も、さして時を置かずに皆が知った。

ズンッと重い足音を鳴らして、木々よりも更に背の高い何かが、森の向こうから姿を見せたから。

その身体中に苔（こけ）を纏い、巨体を移動させても木々を傷付けない。

また足跡からは草木が芽生えるとも言われる、森の化身。

それは大樹海の深層に棲む強力な魔物である、森の巨人だ。

成る程、確かに森の巨人なら、木々を僅かな時間で成長させられもしよう。

森の巨人が出てくるなら、木々でアウロタレアの町を囲む必要があるだろう。

竜に次ぐ魔力をその身に秘めるとされ、自然の力を強く宿し反映する巨人は、その力を自在に振るえる反面、その力が届かぬ場所には足を踏み入れる事が出来ないらしい。

例えば火の巨人は、その意思で火山を噴火させる事さえ出来るが、火山地帯から離れられないと言う。

森の巨人は、木々のない場所に長く留まれば死に至る。

故に魔物の骸(むくろ)を糧にして、町の周辺に木々を、森を生み出したのだ。

そう、突如として生まれた森は、この巨人が歩く為の緑の絨毯(じゅうたん)だった。

要するに大量の小鬼や中鬼は、この絨毯を敷く為に死を顧みずにアウロタレアの町を攻め続けていたという訳だろう。

大樹海の魔物の理屈は知らないけれど、彼等を殺し続けた側としては実に気分の悪い話である。

だが幾ら胸の悪くなる様な一手でも、それは確かにアウロタレアの町を追い詰める一手だ。

噂のイルミーラの四英傑なら兎も角、大樹海の深層に棲む魔物、しかもあんなにも大きな巨人を、仕留められる戦力は今のアウロタレアには存在しないだろうから。

あぁ、唯一領主の抱える魔術師隊が、戦術級の魔術を行使すれば勝ち目があるかも知れないが、その場合は確実を期す為、巨人が森を抜けてアウロタレアに踏み込んだ後に魔術を放つだろう。

つまりはアウロタレアの半壊はどう足掻いても免れないという話で、仮にそれで巨人を倒せたとしても、同時に生き残りの大鬼や人狼が町に雪崩れ込んでくる。

　実に絶望的な状況だった。

　でも、こんな状況だというのに、僕を支配する感情は、歓喜。

　信じられない幸運に、僕の身は震えが止まらない。

　だって巨人である。

　竜に次ぐ、或いは竜と精霊と並び称される強き魔物、巨人。

　人が立ち入れぬ険しい環境の奥に棲むそんな存在が、最高の素材の塊が、自ら目の前に姿を見せてくれたのだ。

　これが嬉しくない訳がない。

　勿論僕だって、相手が強大である事くらいはわかっていた。

　だけどリスクは尋常じゃなく大きいが、リターンがそれを上回る。

　それに大樹海の中層を越えて深層に赴く事を考えたなら、この場で森の巨人と戦う方がずっと容易い話だろう。

　そもそも、ここで森の巨人が他の魔物と町に雪崩れ込んでくれば、どのみち大勢が死んでしまうのだから。

「バルモア！　大鬼と人狼が来てる。任せて良い？」

　僕は並んで巨人を見ていた女戦士に、そう問う。

　傭兵であるバルモアは、あの巨人を見た瞬間から、どうやってこの町から逃げるかを考えている筈。

けれども僕は、彼女に逃げを打たれると少し困る。

だってアトリエは諦めるにしても、僕のホムンクルスであるヴィールは簡単には逃がせない。

また客人であるディーチェも、危険な目に遭ってしまう。

「ハンッ、ならルービットはどうするのさ」

バルモアは炎銅の剣を抜き、僕に問い返す。

勝ち目があるなら付き合ってやる。

彼女は態度でそう示してくれていた。

「欲しくてたまらなかった素材が、自分から来てくれたからね。ちょっと採取に行ってくるよ」

僕の言葉に、周囲の兵士や冒険者は正気を疑うような眼差しでこちらを見たが、バルモアだけはとても楽しそうに笑って頷く。

そう、楽しいのだ。

行き詰まりを感じていたヴィールの完成も、森の巨人の素材を得れば現実的なものとなる。

いや、いや、或いは、そう、もしかしたら今年中にも、僕はヴィールと一緒にアウロタレアの町を歩けるかも知れない。

そんな未来が目の前に見えてきたのに、怯んでなんかいられる筈がないだろう。

防壁からアウロタレアの町を囲う木々の枝へと飛び移った。

枝を足場にして跳び、次の枝へ。

この数日の戦いを準備運動だと考えたなら、既に身体も精神も十分に温まっている。

今更一人になんて構ってられないのか、それとも単なる自殺にしか見えないのか、わざわざ僕を止めに来る魔物もいない。

否、一体だけ、森の巨人へと向かう僕の前に、立ちはだかった人狼がいた。

ソイツは恐らく、個人的に僕を恨んでいて殺したかったのだろう。

僕には人狼の個体を見分ける事は出来ないけれども、だけどソイツには何となく見覚えがあった。

この氾濫が始まった初日に、僕が見張り塔から蹴り落とした人狼だ。

普通ならばどう考えても致命傷だったと思うのだけれど、流石は人狼と言うべきか、とてもしぶとくて面倒臭い。

でも残念ながら、僕は彼には興味がなかった。

人狼の強い回復能力は研究素材として魅力的だが、今回の戦いにおける僕の功績を考えたなら、一体分の素材くらいは容易に入手が可能だろう。

だから今は目の前に立たれても、少しばかり邪魔なだけ。

飛び掛かってくる人狼の鼻面目掛けて、僕は左手に握った灰色のカラーボールを下手投げで軽く放る。

もしかしたらソイツは、僕の戦い方をどこからか見ていたのかも知れない。

投げられたカラーボールを払い落とさず、咄嗟に身を翻して避けようとして、だけど次いで僕が思い切り投げた回復ポーションの瓶が、中空でカラーボールにぶち当たって諸共にその中身をぶちまけた。

灰色のカラーボールの中身は、強力な酸。

それも僕が失敗作の錬金アイテムを処分する時に使う特別製の。

あまりにも強力すぎるから、素材も残らず溶かしてしまう為、普段の採取には使えやしない切り札の様なもの。

今回の防衛戦も、周囲を巻き込みかねないからと一度も使わなかった。

でも今は、周囲の木々も、人狼も、溶けてしまっても何の問題もありはしない。

叫び声も一瞬で。

流石にぶちまけられた液体を完全に避けるのは無理だったのか、一部を浴びた人狼は苦痛の叫びをあげようとして、身体の一部を失った為にバランスを崩して倒れ伏す。

そう、ぶちまけられた酸の上に。

そしてその後には、酸を浴びた木々も、人狼の身体も、少しも残らず消えてしまった。

これを本当に酸と呼んで良いのか、実は僕にも少し自信はないけれど。

けれども僕の前に立ちはだかる者は、巨人の素材の採取を邪魔する者はもう何も存在しないから、細かい事はどうでも良いだろう。

ズンッ、と足音を響かせて、森の巨人の歩みが僕を前にして止まる。

ちょっと予想外だったのだけれど、僕はどうやら森の巨人に敵として認識されたらしい。

お陰で先制攻撃が難しくなってしまった。

もしかしたら、先程の人狼を仕留めたせいだろうか？

仮にそうだとしたら、先程の人狼は僕に一矢報いたと言っても良いのかも知れない。

まぁ多分、きっと当人は欠片も嬉しくないだろうけれども。

僕がポシェットの中からそのアイテムを取り出すと同時に、森の巨人は大きく大きく息を吸い込む。

その瞬間、背筋が凍った。

生存本能が全力で警鐘を鳴らす。

何とかしなければ、間違いなく即死すると。

本能に突き動かされるままに投擲したアイテムは、黄色のカラーボール。

僕の投げたカラーボールは、森の巨人が息を吐き出そうとする直前にぶち当たって炸裂し、強烈な閃光を放つ。

思わぬ光に驚いたのか、森の巨人は息を吹きながら首を振って光を払おうとする。

その結果は、凄まじいものだった。

まるで大嵐の最中にいる様な、猛烈な風量が辺りを吹き荒れたのだ。

なのにとても奇妙な事に、森の木々はその風にも少しも影響を受けていない。

これは、そう、木々を傷付けないという森の巨人の能力だろう。

その能力がなかったら、巨人の吐息は易々と木々を圧し折って、逆に自らを追い詰めてしまうから。

僕は地面に伏せて何とか耐えたが、それでも全身が冷や汗に濡れている。

もしも目潰しを放つのが遅れていたら、僕は巨人の吐息をまともに浴びて、押し潰されて吹き飛ばされて、グシャグシャの挽肉と化していた。

あまりにスケールが違いすぎて、駆け引きも様子見もする余裕がない。

森の巨人にまともな攻撃を許せば、僕は即死だ。

生き残りたければ手札を惜しまずに切り続けて常に攻勢を保ち、息が切れる前に森の巨人を殺し切るより他にないだろう。

「地の力、水の力、火の力、風の力、そしてこの身に宿りし吠える魂」

だから僕は、巨人が体勢を立て直す前に、さっそく最初の手札を切ると決めた。

左手を胸に当て、呼吸と鼓動を意識する。

「あらゆる力よ、我が血潮に乗ってこの身を巡れ」

吸って、吐き、吸って、吐き、呼吸を繰り返す度に、僕の心臓は鼓動の早さを増す。

熱い何かが身体中を駆け巡る。

これは右手に術式を描いた爆破の魔術や、両足に術式を描いた暴風の魔術とは違い、外ではなく内に、僕自身に作用する魔術。

その効果は絶大だけれど、それだけに危険と負担も大きな、僕の切り札の一つ。

「身体能力強化（ブースト）！！！」

そう、己の肉体の性能を大幅に引き上げる魔術だった。

割と本気で、余程の事がなければ使わない、もとい使いたくない魔術だ。

目を瞬かせながら首を振り、光の残滓（ざんし）を追い払った巨人は、怒りの声をあげて拳を振り被る。

大きな大きなその拳は、例え当たらなくても衝撃で周囲を吹き飛ばした。

小さな人間には逃れようもない、災害規模の攻撃。

ドォンという轟音と地響きが、周辺を大きく震わせ、吹き飛ばされた土砂が周囲に降り注ぐ。

それでも木々だけは無傷というのが、アンバランスで奇妙な光景を生み出す。

しかしその大きな破壊を行った巨人は、驚愕に顔を引きつらせていた。

彼の拳には大量の白い、粘着性のある糸が絡み付いており、抉れた大地からその手を離さない。

そして僕は、地に付いたままの腕を駆け上り、巨人の顔へと肉薄する。

身体能力を魔術で大幅に引き上げた僕は、拳が降ってくるその場に五つの白いカラーボールを残し、大きく飛んで拳を避け、更に木々を足場に中空へ逃げ、衝撃と土砂をやり過ごしてから、巨人の腕へと着地したのだ。

巨人は咄嗟に、人が身体に引っ付いた虫を叩き潰すかの様に、逆の手で腕をバチンと叩くが、やはりそこにも白いカラーボールが残るのみで僕はもういなかった。

尤も動き回る度にブチブチと、筋線維が千切れて悲鳴をあげているから、この動きもそう長くは続かないだろう。

幾らヒュージスパイダーの糸と言えども、巨人の動きを封じる事は不可能だ。

だけど粘つき、簡単には取れない糸は、確実に巨人に嫌気を与えてその意識を僕から逸らしてくれる。

そして間近に迫った巨人の顔に、ありったけの赤のカラーボールをぶつけて、僕はその場を離脱した。

赤いカラーボールの中身は、強烈な刺激物である岩唐辛子の粉。

目に、鼻に、口にと、それぞれそれをぶちまけられた森の巨人の反応は、劇的だった。

声にならぬ悲痛な叫びが、辺りの空気を震わせる。

ヒュージスパイダーの糸を力任せに引き千切って、顔を押さえて崩れる様にしゃがみ込む。

ボロボロと落ちる雨の様な涙。

僕はその様を眺めながら、取り出した回復のポーションを一気に呷る。

無理な動きの連続で、既に身体中の筋肉がボロボロだ。

このタイミングで回復しておかなければ、森の巨人を殺し切る前に身体が限界を迎えるだろう。

さて、下拵(したごしら)えは上々だ。

ここまでは優位に事を運べているけれど、こんなものは森の巨人が我を取り戻して冷静になったら、簡単に吹き飛ぶ程度のものでしかない。

逆に言えば戦いの場で冷静になれない森の巨人は、あまり戦い慣れていないか、或いは余程に人間を舐めていたのだろう。

だから僕はこの優位を保ったまま、早急に森の巨人を殺し切らねばならなかった。

ゴソゴソとポシェットから取り出したるは、どろりとした液体の入った瓶。

これが僕が森の巨人を殺し切る為の、最大の切り札だ。

自然の力を宿す巨人は、基本的には実体のある生物でありながら、その身に宿す自然の力の化身でもある。

例えば火の巨人は、身を浸せる程の水を浴びれば、傷付き弱って、場合によっては死ぬ事さえあった。

これは普通の生物としては実におかしな話だろう。

寧ろ普通の生物は火によって傷付くのが当たり前で、単に水を浴びたところでその身体が傷付きはしない。

要するに火の巨人は、巨大な人でありながら、火としての性質も併せ持つという話だ。

半分が人で、半分が火だと考えれば話が早い。

では森の巨人は何の性質を併せ持つかと言えば、ほぼ間違いなく植物だろう。

土や動物、流れる川も森が有する物ではあるけれど、森を構成する最も大きな要素はやはり植物だ。

森の巨人の攻撃が、土やら何やらは吹き飛ばしても、木々だけは傷付けないのが何よりの証拠である。

勿論、僕には森の全てを殺す事なんて、到底出来やしないだろう。

けれども、ただ一本の巨大な木を枯らし殺す事くらいは、実はとっても容易い。

森の巨人は左手で目や鼻を押さえて痛みをこらえながら、右手の平をバチンバチンと地に叩き付けて、見えぬままにも僕を殺そうと怒りを振り撒いていた。

そこにはもう、森の化身の威厳なんて欠片も残ってないけれど、でもその破壊行為は巻き込まれれば即死するだろう、大きな嵐だ。

だけど僕は、敢えてその嵐の中に自ら突っ込む。

闇雲に暴れるだけの今しか、この化け物、森の巨人を仕留めるチャンスは存在しない。

地に叩き付けられた手の甲に飛び乗って、もう一度巨人の肩まで全力で駆け上がる。

未だ目は見えずとも、皮膚の感覚で僕が飛び乗った事を察したのだろう。

その大きな顔はハッキリと僕の方を向いていた。

勿論、その唇を腫らした大きな口も。

僕は瓶の栓を引っこ抜きながら、その半開きの口に目掛けて、全力で飛び込む。

瓶の中身を少し撒き散らしながら、歯を蹴って、舌を避けて強引に喉の奥へ。

しかし目指す場所は胃じゃなくて、肺。

閉じようとする喉頭蓋を無理矢理抉じ開け、強引に狭い気管に滑り込んで落ちる。

本来なら僕の力なんかじゃ到底こんな真似は出来ないのだが、瓶の中身を少し振り掛けるだけで、森の巨人の身体は力を失う。

そう、この瓶の中身は、森の巨人を殺す毒だ。

より正確に言うなら、植物としての森の巨人を殺す猛毒である。

ほんの僅かな量で、巨大な大木をも枯らしてしまう、植物にとっての猛毒。

それは大樹海の間引き役である、古木喰いの蜥蜴が分泌する毒だった。

この毒の所持に関してはイルミーラの法が少しばかり五月蝿いけれども、マジックバッグの奥底に仕舞っていれば余剰在庫は隠し通せる。

以前にエイローヒ神殿の孤児、サーシャを助けた時に使ったこの毒が残っていたのは、もしかすると女神エイローヒがあの時の行いを評価してくれたからかも知れない。

右肺と左肺に向かう気管の分かれ道で僕は止まり、その両方に向かって瓶の中身を撒き散らす。

実際のところは、古木喰いの蜥蜴も大樹海の一員であるから、その毒が森の巨人に効くかどうかは若干の賭けだった。

もし仮に、十に一つか二つくらいの確率で、この毒が効かなかった場合は、大分無茶をしなければならなかっただろう。

いやまぁ、今の行動自体が既に些かの無茶ではあるけれども。

肺から血中に入り込んだ古木喰いの蜥蜴の毒は、全身を巡って森の巨人を苦しめ弱らせる。

だけど僕は、森の巨人が苦しみ抜いて死ぬのを待つ心算はない。

植物として枯れたからと言って、巨人が生物として死ぬとは決して限らないから、今は弱ってくれれば十分だ。

僕が気管を通ってこの場所に降りてきた理由は、一つは毒を効果的に全身に巡らせる為。

そしてもう一つは、気管がここで二つに分かれる理由は、左右の肺に入る為であり、すぐ傍の心臓を避ける為であるから。

要するにそう、この場所は森の巨人の命にとても近しい場所なのだ。

自然の力を宿す巨人は、自然現象としての弱点を持ちながら、人としての急所も持つ。

そんな風に考えると、とても殺し易い化け物だったのかも知れない。

だから僕は炎銅の剣を引き抜いて、足元に突き立て切り開く。

そう言えば、そう、木々が苦手とするものには、炎もその一つとして含まれている。

枯れて瑞々しさを失ってしまったなら、特に。


僕が巨人の命を奪う事に成功したのは、それから間もなくの事だった。

森の巨人が倒れた事で、生き残った魔物は大樹海へと帰ったか、或いは驚き戸惑っている間にアウロタレアの守備隊に打ち取られたと言う。
要するに氾濫は完全に鎮圧されて、アウロタレアの町は守られたのだ。

それから後の話だけれど、まず驚いた事に王都からの援軍は僕が巨人を倒した夜に本当にやって来た。

だけど彼等はアウロタレアが独力で氾濫を退けたと知ると、すぐに別の町を救援する為に移動してしまったらしい。

たった一晩の休息も取らずに。

イルミーラの国に住む一人としては実に頼もしいけれども、僕は絶対に国軍には所属したくないと、心の底から思う。

アウロタレアの町を取り囲んだ木々は、放って置けば獣や魔物が棲み付き、本当に森が広がってしまう為、大急ぎで切り倒されている。

樵だけじゃ手が足りないからと、冒険者も大勢がその手伝いに駆り出されて。

しかし逆に言えば、今はまだ獣や魔物がいないから、木々の伐採中に襲撃を受ける心配が殆どない。

樵達は稼ぎ時だと大いに張り切り、また苦境を抜けた解放感も手伝って、アウロタレアの町は活気に沸いてお祭り騒ぎだ。

だけど今、僕はそんな大騒ぎの町とは切り離されたかの様な、静けさを保つ場所でお茶を御馳走になっていた。

「改めて礼を言わせてもらおう。君があの巨人を仕留めてくれなかったら、町に出た被害は尋常ならざるものになっていた」

そう言って僅かに、会釈程度に頭を下げたのは、このアウロタレアの領主である貴族、ターレット・バーナース伯爵だ。

そしてその斜め後ろには、一人の護衛。

ここ数年、夏、冬の両方の武闘祭で、素手部門の王者に君臨し続ける男、シュロット・ガーナーだった。

無手の使い手故に魔物相手なら兎も角、対人同士の戦闘ではアウロタレアの町で最強であろう彼の近く、間合いの中で貴族と会談をするのは、幾ら正規の謁見でなくとも妙な緊張を強いられる。

「極上素材が自分からやって来てくれたので、錬金術師として採取に行ったまでです。その結果として町の窮地を救う一助となったのなら、住人の一人としては幸いでした」

でも怯んでいる余裕は、今の僕にはない。

雰囲気に飲まれてしまえば、相手の思うがままにされてしまう。

ターレット伯爵が僕を呼び出した目的は、最初から察しも付いていた。

「そう、その素材だ。君もわかってくれるとは思うが、深層の魔物の素材は莫大な価値を持つ。討伐がなされたとの報告があれば、何時になれば素材が売りに出されるのかと国内外から問い合わせが殺到する程に、ね」

その言葉に、僕は頷く。

勿論、そんな事はわかっている。

わかった上で言わせてもらうならば、それがどうした。

知った事か。

あの森の巨人は僕が討伐したのだから、所有権は全て僕にある。

「そうですね。莫大な価値を持つ素材を大量に得られたので、錬金術師としてはアトリエに籠って研究に励みたいんです。それ以外の事には一切煩わされずに」

だけどそう言って相手の申し出を突っぱねてしまうのは、あまり現実的とは言えない。

素材を譲れという申し出を、断る権利は僕にあった。

あるのだけれど、断ってしまえば素材を欲しがる有象無象は、僕から直接素材を得ようと色々な交渉を持ち掛けてくるだろう。

まさか森の巨人を倒した僕に、襲撃を掛けて素材を奪おうとする馬鹿はいないと思うけれど、店にちょっかいを掛けたり、ディーチェが狙われる事はあるかも知れない。

それくらいならば素材の幾らかはターレット伯爵に譲り、恩を売りつつ、庇護を受けた方が無難だった。

そうなると問題になるのは、どの程度の量をターレット伯爵に譲るかだ。

「……時間が惜しいな。ルービット君、ここからは腹を割って話さないか？　君もどうする事が自分にとって最も無難で利益が確保出来るか、既に理解しているのだろう？」

実のところ、ターレット伯爵も僕に対してあまり強くは出られない理由がある。

というよりも当たり前の話なのだが、僕は氾濫で魔物との戦いに多大な貢献をした。

にも拘らずターレット伯爵が僕から暴利を得ようとし、その結果に腹を立てた僕が町から去ったとすれば、彼の領主としての評判は地に落ちる事になるだろうから。

強さを貴ぶイルミーラで、そんな醜聞は領主としては致命傷だ。

「えぇ、では半分でいかがでしょうか。二つある物は片方を譲ります。但し一つしかない物は僕が貰います。あぁ、その分、骨や血等はそちらが多く持っていって下さっても構いません」

僕の、最初から大幅に譲歩した申し出に、ターレット伯爵は暫し考え込む。

最初から譲歩しているという事は、それ以上は決して譲歩しないとの意思表示だ。

腹を割れと言われたから、その通りに交渉の余地のないラインを提示した。

もしも最初に譲歩の余地を残した提案をしていたならば、交渉の結果としてより多くを持っていかれてしまう事もありえただろうから。

「……何か、何か一つ目玉が欲しいのだよ。国外の王侯貴族には、魔物の素材を権威を示す為の道具に使いたい者も多くてね」

成る程。

僕にとっては素材としての価値が低くても、インパクトのある何かが欲しいと。

そのくらいであれば、先程出した条件である『骨はあちらが多め』の範囲に含めても良いだろう。

「では頭蓋骨は全てそちらに。歯も全て付けて。その代わりに、僕から直接素材を得ようとする様な輩は、そちらで対処をお願いします」

巨人の大きな頭蓋骨なら、迫力は十分にある筈だ。

僕の言葉にターレット伯爵は満足気な笑みを浮かべる。

ターレット伯爵としても、素材のやり取りを金だけで解決出来ない錬金術師は、交渉相手として面倒な部類だった筈。

「勿論だ。住人が不自由なくこの町に住める様に手配するのは、領主である私の務めだからね。ルービット君も何か困った事があったら、遠慮せずに言ってきてくれたまえ」

そう言ったターレット伯爵と僕は、しっかりとした握手を交わす。

先程の言葉は、素材に関してターレット伯爵に譲歩した分、僕が町中の出来事で困ったならば、彼が手助けしてくれるって意味だろう。

ならば十分以上の見返りだった。

何せ領主は、アウロタレアの町中に限れば最高権力者である。

その後ろ盾が得られたならば、……恐らく何かの役には立つだろうし、本当ならば役に立つ様な事態が起きないのが一番だ。

町の外れの、領主の城を出た僕は、大きく大きく息を吐く。

やっと縛り付ける様な緊張が解ける。

去年の武闘祭で見たからシュロット・ガーナーが強いという事は知っていたけれど、あそこまで底知れない化け物だったとは思っていなかった。

勿論サイズが違いすぎるからシュロットは巨人には勝てなかっただろうけれど、それは単に相性の問題であって、僕ではどう足掻いても彼には勝てない。

多分魔術を使う猶予すら、与えてはくれないだろう。

もしもそれでも彼に勝とうと思うなら、コストを度外視して対策の錬金アイテムを開発する必要がある。

尤も領主の護衛であるシュロットと、僕が戦う事なんてありえない話だろうけれども。

まぁそれよりも、一刻も早くアトリエに帰って、森の巨人の素材を研究しよう。

ディーチェも今、森の巨人の素材を使った、新しい魔法合金の開発に協力してくれている。

その魔法合金の特性次第では、ヴィールが外で活動する為の霊核の完成も近いかも知れない。

これから暫くは、楽しくて仕方がない研究の日々が続くのだ。

第三章

「ふぁ～っふ、あふぃ」

大きな欠伸を一つして、僕は水をアトリエ回りの地面に撒く。

太陽の光がまるで寝不足を咎める様に目に突き刺さるのは、前世も今生も変わらない。

アウロタレアの町が大樹海の氾濫を鎮圧してから、一ヵ月程が過ぎた。

森の巨人の素材を使った研究は、まぁ順調に進んでいる。

しかし研究の為とは言え、アトリエを閉めっぱなしには当然出来ない。

だって僕はアトリエで錬金アイテムを売る事で生計を立てているし、特にポーションの販売は誰かの命に関わる事もある。

そうなると当然、たまには採取にも出掛けなければならないし、薬草畑の手入れだって必要だ。

薬草畑に顔を出すなら、もうすぐ冒険者になる孤児、サイローの訓練を見てやるし……。

まぁ殆ど普段と変わらない生活を送らざるを得ない。

するとどうしても研究は夜、アトリエを閉めた後等に行うのだが、ついつい熱が入ると睡眠を取るタイミングを逃し……、今日の様に昼間に欠伸が止まらなくなってしまうのだ。

つまりは、非常に平和な日々を過ごしているという訳である。

研究を進める上で非常にありがたかったのは、もう一人の錬金術師、ディーチェの存在だ。

何せ彼女は魔法合金の扱いに関しては僕より上で、それこそ錬金術師協会の導師級の腕がある。僕も調合やアイテム開発に関しては導師達に並ぶと自負するが、魔法合金の製作に関しては彼女程の才がない。

またアトリエの店番も厭わずに交代してくれるし、研究の、錬金術師のパートナーとしては申し分ない相手だった。

唯一つ問題があるとするならば、見目も人当たりも良いディーチェは少しずつファンが増えてきていて、そんな彼等の僕を見る目に敵意が宿っている事くらいか。

そりゃあ気になる女性が他の男と同棲していたら、誰だって敵意や殺意の一つは抱く。

それは仕方のない話だろう。

尤も僕が森の巨人を討伐した事実はアウロタレアの町に広く知られているので、直接的に絡まれる様な事はない。

僕だって別に害がないなら、多少嫌われようが妬まれようが、好きにしてくれて構わないというのが正直なところだ。

だけど冒険者辺りからなら、幾ら敵意の籠った視線を向けられても気にしない僕であっても、それが幼い子供ともなると多少は気になってしまう。

水撒きを終えた僕が、ふと視線に気付いてそちらを見れば、サッと物陰に隠れたのは五、六歳程の少年。

彼の名前は、スミロ・カータクラ。

大通りの一角に大きな店舗を構える、カータクラ錬金術師店の息子だった。

カータクラ錬金術師店は、アウロタレアの町が生まれた当初からこの町で商売をしている老舗だ。

尤も老舗と言ってもアウロタレアの町そのものが、森を切り開かれてからの歴史がまだ浅いのだけれども、でもその以前からイルミーラで錬金術師を営んでいた家系なんだとか。

と言っても僕とそのカータクラ錬金術師店の主である、フーフル・カータクラとの関係は全く以て悪くはなかった。

あちらは大通りで多くの市民に愛用される大店で、僕のアトリエは歓楽街に根付いた小規模な怪しい店だ。

客を取り合って殴り合う様な仲では決してない。

寧ろ互いに素材が足りずに困った時は、同業者として協力を惜しまない程度に相手の事を尊重している。

では一体、僕は何故フーフルの息子であるスミロに敵視されているのか。

それは僕が、森の巨人を討伐した錬金術師として、アウロタレアの町で大きく名が売れてしまった為だった。

幼い子供は、或いは大きくなってもそうかも知れないが、自分の父親を誇りに思いたいものだ。

そして実際に自分の父が、町で一番大きな錬金術師の店の主であったなら、それは誇りに思うだろう。

幸いな事にスミロも錬金術師になれる才、魔力の保有量と操作を親から受け継いでいたから、いずれは父の様な町一番の錬金術師になんて風に思っていた筈。

勿論、今もカータクラ錬金術師店がアウロタレアの町で一番大きな錬金術師の店である事に、全く変化はない。

しかしスミロは町の噂を聞いてしまった。

今までは一部でしか名の知られていなかった歓楽街に住む錬金術師が、様々な錬金アイテムを駆使して森の巨人を討伐したと。

深層の魔物を討伐出来るくらいなのだから、きっと凄腕の錬金術師に違いないと。

……そんな噂を。

幼いスミロは、その噂に憤慨して父であるフーフルに問うたそうだ。

『そんなの嘘だよね。父様がこの町で一番凄い錬金術師だよね？』

なんて風に。

そこでフーフルが頷けば、もしかすると話はそこで終わったのかも知れない。

スミロは父の言葉に満足して、噂なんて気にもしなくなっただろう。

だけれども、フーフルはスミロの言葉に返事に詰まり、あろう事か僕を褒める言葉を口に出してしまったと言う。

まぁ、この辺りの事情に関しては、スミロの行動を謝罪に来たフーフルから直接聞いたのだけれど、彼はカータクラの家に養子に入った先代の弟子だったそうだ。

錬金術師となる上で必須となる、魔力量や魔力を操る才能は、親がその才に恵まれていれば子にも受け継がれやすいとされる。

両親が揃って魔力量や魔力を操る才能を持っていれば、尚更に。

だからカータクラの家では魔力量や魔力を操る才能を持つ者が、錬金術師となれた者が当主として選ばれるらしい。

仮に才ある者が家の中から出なければ、弟子を養子にとって息子や娘と婚姻させ、イルミーラで活躍する錬金術師としての家柄を保ってきた。

これは良く転がっている話である。

僕の実家であるキューチェの家だって、血統と錬金術師としての才を重視して、次代に引き継いできた家だ。

錬金術師の家は、どこもそうやって次代の錬金術師を輩出しようとしている。

しかしこの話からもわかる様に、フーフルの錬金術はカータクラの家の先代から学んだものだ。

勿論これも別に珍しい話じゃなくて、大体の錬金術師は師が弟子を取って、或いは親が子に錬金術を教える。

一定の技量を示して錬金術師協会には錬金術師としての登録を行うが、支部や本部の教育機関で錬金術を学んだ訳ではない。

幾ら錬金術師の家が裕福だと言っても、簡単に国外に子弟を学びに出すのは難しいから。

なので支部や本部の教育機関で錬金術を学べるのは、余程に才能に恵まれて錬金術師協会に見出されたか、または家が余程に裕福かのどちらかだろう。

それ故に錬金術師協会の教育機関で学んだ、特にイ・サルーテの本部で学んだ錬金術師は、選ばれたエリートとしての扱いを受ける。

……フーフルは僕がイ・サルーテからやって来た、本部で錬金術を学んだ錬金術師だと知っていたから、自分の方が優れていると胸を張って息子に言えなかったのだとか。

子を持った父親の気持ちは、残念ながら僕にはわから……、ない？

もしかしたら以前は知っていたのかも知れないけれど、少なくとも今の僕にはわからない。

だけどその背に憧れる父から、それを否定された子供の気持ちは、容易に想像が付く。

父が悪い訳ではないと頭ではわかっていても、どこか裏切られた様な気持ちになってしまったのだろう。

そして持っていき場のない感情が、その原因となった僕への敵意となって出てきてしまったのだ。

うん、わかる。

気持ちはわかるのだけれども、噂なんかが原因で子供に嫌われるのは、少々心が辛い。

それに僅か六歳で僕のアトリエを探し当てた利発さと行動力には目を見張るが、スミロの父が主であるカータクラ錬金術師店とは場所も客層も違う。

当たり前の話だけれど、僕のアトリエがある歓楽街は子供が出入りするには不向きな場所だ。

例え昼間であっても、娼館に一晩泊まり込んだ客が帰るところに出くわしかねない。

また僕のアトリエだって娼婦以外にも、荒くれ者の冒険者が買い物に来たりもする。

そんな彼等も場合によっては前日の酒がまだ体に残っていたり、虫の居所が悪い時だって必ずあるだろう。

歓楽街を守る自警団もあるけれども、子供が出入りして遊べる程に治安の良い場所では決してなかった。

だから僕はエイローヒ神殿の孤児達に関しても、彼等がアトリエに来る事は許していない。

エイローヒ神殿から僕への用事がある場合は、女司祭が直接来るか、自警団に頼んで連絡してもらう様にお願いがしてある。

アトリエに来てみたいと言う子供は意外と多いのだけれども、それは彼等が大人になった時の楽しみだ。

実際には遊びに来たところで、精々お茶で持て成すくらいしか出来ないのだけれど。

恐らくスミロがここに来ている事に関しては、父親であるフーフルが何度も叱っている筈である。

にも拘らず今日もスミロはここに来ていて、僕は彼の頑固さに内心で溜息を吐くしかない。

もしかしたらフーフルがここに来るのを止めれば止める程に、スミロにとっては僕に父が屈した様にでも見えるのだろうか。

僕も交友のある娼婦達には、こんな事情で子供が来ていると伝えてそれとなく周知してもらっているが、彼女達とて暇な訳ではない。

かと言って敵意を持たれている僕が直接話し掛けても、態度を硬化させるだけであろう事は目に見えていた。


僕はスミロに気付かなかった風を装ってアトリエ内に戻り、棚のポーションを整理していたディーチェに声を掛ける。

「ごめん、ディーチェ。あの子また来てるから、お願い出来る？」

錬金術に関係のない雑用で彼女の手を煩わせる事は多少気が引けるが、歓楽街でスミロに何かあったら、僕も流石に寝覚めが悪い。

それに何故か、スミロもディーチェには上手く宥められて家に帰ってくれるから、僕もついつい彼女を頼ってしまう。

ディーチェはその言葉に少し困ったように微笑んで、

「ルービットさんなら怒ってないとは思うんですけど、どうか怒らないであげて下さいね。あの子も色々と難しいみたいです」

棚の整理を中断して、表へと出ていく。

勿論、僕は怒ってはいないのだけれど、少し困っている。

本当はスミロの問題はフーフルが解決すべき事柄だけれど、あまりに続く様ならば何らかの対処が必要になるだろう。

……どうにも養子としてカータクラの家に入ったフーフルには、スミロに対して妙な遠慮がある様にも感じた。

スミロは錬金術師の才があるカータクラの人間として祖父からの、つまりは先代からの期待も大きいそうだ。

父と子ではあっても、外から来た人間と、内から生じた人間の扱いの差というのは、何か感じるものもあるのかも知れない。

そして子は、親やその周辺の感情を、意外と敏感に察する生き物だ。

つまりとても面倒臭い話だった。

ディーチェもスミロと話す事で、その辺りを薄々察しているのかも知れない。

彼女もまた、スミロとは逆方向だけれど、家に複雑な感情を持っている。

それ故にディーチェは、彼女を戦争に利用しようとするズェロキアの貴族、フェグラー家から逃げてイルミーラまでやって来た。

だからこそディーチェは、父との関係が拗れてしまいそうなスミロを、余計に心配しているのだろう。

……とは言っても正直なところ、錬金術で解決出来ない話に僕を巻き込まれても困る。

錬金術で解決出来る事だったら多少難しくても、入手困難な素材が必要でも、どうにかしてしまえる自信はあるのに。

あぁ、いや、でも、……やはり僕の取り柄は錬金術だ。

錬金術で解決出来ない話でも、解決を望むのであれば、錬金術で解決出来る場所に話を持ってくるしかない。

僕は錬金術師で、フーフルも錬金術師。

そしてカータクラの家は錬金術師の家系で、スミロはまだ罅（ひび）すら入ってない錬金術師の卵。

だったら、話し合いだって家族間のしがらみだって、全ては錬金術で片付く筈。

もし明日、明日もスミロが来るようであれば、その時は一度試してみよう。

僕のアトリエとカータクラ錬金術師店の、技術交流会を。

◇◇◇

技術交流会。

僕がカータクラ錬金術師店に提案したその申し出は、非常に戸惑いながらも受け入れられた。

大陸で最も錬金術が進んだ国であるイ・サルーテでは、或いは錬金術師協会の教育機関では、本部、支部を問わずにこの手の催しは当たり前に行われている。

けれども言い方は悪いが地方の錬金術師達は、技術の交流には消極的だ。

理由は至極単純で、同業者に飯のタネである技術を奪われる事を恐れるから。

……より正確に言えば、今は錬金術師協会によってレシピの公開等も進んでいるから、技術を奪われる事を恐れていた過去の名残である。

要するにあまり意味はない。

しかし技術の交流を忌避する感情は確かに地方には根深く残っていて、それでも今回の申し出をカータクラ錬金術師店が受けてくれたのは、スミロの件を負い目に思っていたからだろう。

まぁそれに加えて、僕もディーチェも錬金術師協会の本部で学んだ錬金術師である為、一目置かれている事も無縁ではないかも知れないけれど。

また実際、技術交流とは言ったところで、僕やディーチェが彼等に教えるだけになる可能性も皆無ではない。

カータクラ錬金術師店に置かれている商品を見る限り、少なくともポーション類に関しては、フーフルの腕は一流に届く。

十段階にランク付けをし、見習いクラスを一、弟子クラスを二、一人前の錬金術師が三、腕が良いとされる錬金術師を四とすれば、フーフルは一流である五に位置するだろう。

但し更に超一流が六、七で、達人である導師クラスが八、九、伝説級を十とするなら、僕やディーチェは七、八辺りの腕を持つ錬金術師だ。

より正確に言えば、ディーチェはポーション製作は五、魔法合金の製作は八、アイテム開発は七くらいの実力を持っていた。

ディーチェが魔道具を作るところは見た事がないから、その実力はハッキリとは知らない。

因みに僕は、ポーション製作が八、魔法合金の製作は七、魔道具の製作も七くらいで、アイテム開発は七……か、八くらいだろう。

だから単純な実力で言えば、僕等はフーフルに確実に勝る。

ディーチェは純粋に天才だからこそだろうけれど、僕の場合は前世の記憶のお陰、と言うよりも前世の記憶を持っていたが為に幼い頃から熱意があって、物事の理解が早かったお陰かも知れない。

要するにインチキではあるけれど、誰に迷惑を掛けた訳でもなく、錬金術の勉強も自分でちゃんとしたのだからそんなに恥じる必要はないとも思っている。

勿論、こんなランク付けは目安にすぎないし、一流以上の錬金術師はどんな技術を隠し持っていてもおかしくはなかった。

錬金術師協会の本部にいる導師、ローエル師は、魔法合金の製作は九の位置付けだ。

つまり僕やディーチェの持つ技術は、胸を張って誇っても良いが、調子に乗って威張り散らせる程じゃあない。

錬金術は奥が深く、謙虚さを忘れれば学びはそこで止まるから。

教わるだけになっても仕方ない。

それでも知って欲しいのは、思い出して欲しいのは、教わっても教えても、ともに研究をしたとしても、錬金術は面白いという事だ。

スミロにも、フーフルにも。

もしもスミロが、どうしても錬金術師として僕に勝ちたいと思うなら、来るべき場所は歓楽街のアトリエじゃない。

彼にはカータクラ錬金術師店と言う、恵まれた学ぶ場があるのだ。

「今日はよろしくお願いします」

約束の日、カータクラ錬金術師店を訪れて頭を下げる僕達に、フーフルとその弟子達も、頭を下げて出迎えてくれる。

そしてアトリエの代表として僕が、カータクラ錬金術師店の代表であるフーフルと握手を交わし、技術交流会は始まった。

説明しながら手際良くポーションを製作するディーチェに、カータクラ錬金術師店の面々が感嘆の息を漏らす。

「――のポーションを製作する際、途中で七芽草を加えるのではなく、別口で薬効を抽出しておき、最後に二つの液体を混ぜ合わせた方が効能が上がって雑味も消えるんです」

彼等が注目したのは、自分達の知らない知識か、それとも彼女の手際の良さか。

どちらにしてもディーチェが錬金術師協会の本部で学んだ、新しい技術を伝えれば、

「こちらの咳止めを作る時は、灰礫草の若芽を使う方法が一般的には知られていますが、このイルミーラでは灰礫草の若芽が採れる時期は限られており、代用品として籤木(みすぎ)の皮を利用する方法が伝わっています」

弟子達の前で教わるばかりでは面目が立たぬと、フーフルはイルミーラの土地柄だからこそ生み出された素材の活用法、代用法を教えてくれる。

それがまた実に面白い。

ちらりと横目で確認すれば、物陰からこちらの様子を窺っていたスミロの目も、喜びと憧れに輝いている。

幼い彼に、僕やディーチェ、フーフルの喋る言葉の内容はまだ難しいものだろう。

しかし彼が見たかったのは立派な父親の背中であって、小難しい何かじゃない。

僕は内心で、こっそり安堵の息を吐く。

技術交流会は、間違いなく成功だ。

スミロだけでなく、カータクラ錬金術師店で働く弟子達の目にも、僕達と対等に渡り合うフーフルの姿は眩しく映るだろう。

それはフーフルの面目を大いに立たせ、また彼自身の自信にだって繋がる筈だ。

加えて僕達も、幾つかの新しい知識を得られている。

尤もこれで、カータクラの家が抱える問題が綺麗さっぱり解決するとは僕も思ってはいないけれど、正直それは知った事ではない。

僕に何とか出来るのは、錬金術で解決可能な事だけだ。

スミロが父であるフーフルへの憧れを強くして、歓楽街に来ない様になれば、それが僕に出来る精一杯である。

カータクラの家の事は、家長であるフーフルが自分で解決するしかない。

でも僕は、それに関してもあまり心配する必要がない事を、もう知っている。

フーフルはやるべき時はやる男で、何よりも一流の腕を持った錬金術師だった。

先代がどうあれ、周囲がどうあれ、今のカータクラの家を支えているのはフーフルだから。

故に彼がその気になれば、家中の掌握は容易いだろう。

つまりはやっぱり、錬金術は面白くて偉大な技術という事なのだ。

「あははは！　出来ちゃったねえ！！！」

やけくそ気味の僕の笑い声が、アトリエの地下二階、研究室に響く。

別に暑い訳でもないのに、冷たい汗が後から後から止まらない。

そう、これは冷や汗という奴である。

「ふふふふ、出来てしまいましたね！　どうするんですか、それ……」

僕と似た様なテンションのディーチェも、見れば引きつった笑顔を浮かべる頬に、汗がつぅっと流れていた。

いや本当に、今回ばかりは僕もちょっとどうしようか悩む。

培養槽の中では、ヴィールが楽しそうに僕とディーチェの事を眺めていて、その暢気さが今はとても羨ましい。

二ヵ月程前に森の巨人の素材を手に入れた僕は、それから時間を見付けてはディーチェと一緒にその研究に励んでいる。

と言っても二人で同じものを研究している訳ではなくて、僕はホムンクルスの存在を維持する霊薬を、より効果の高いものへと改良する研究を。

ディーチェはホムンクルスの体内に霊薬を循環させる第二の心臓、霊核を構成する魔法合金の研究を、それぞれに行っていた。

勿論それぞれにとは言っても、互いの研究の進展は確認し合い、意見は交換しているけれども。

実は僕の研究であるより効果の高い霊薬は、比較的早めに完成していた。

まぁそれに関しては森の巨人の素材が強い生命力を得るに適したものであろうとは察しが付いていたし、そもそも元になる霊薬が存在するのだから、全く新しい何かを開発する事に比べれば難易度は低い。

何より、薬の調合は僕の得意分野でもある。

だからホムンクルスの体内を循環させる為の霊薬は早く完成したのだけれど、逆に思ったよりも早く完成してしまったので、それを元に更に何か作れないかと色んな素材を使って研究していたら、思わぬものが出来てしまったのだ。

「どうしようね。いやでも、ディーチェの魔法合金も、それ結構やばくない？」

僕は目の前の悩み事から目を逸らす為、ディーチェが開発した、森の巨人の素材を使った新しい魔法合金に視線を送る。

いや実際に、彼女が作った魔法合金は凄い特性を持っていて、それ故にどう扱うかに関しては慎重に決めなきゃいけない代物なのだ。

「えぇ、そうですね。光を、特に太陽の光を受けると強い魔力を生成する魔法合金なんて、ローエル先生が見たらきっと心臓が止まるくらいに驚いちゃいますよ」

ディーチェも話題を変えたかったのだろう。

僕の誘いに素直に乗って、魔法合金の事に関して話し出す。

彼女が作り出した魔法合金は、光合成をする植物、と言うよりも僕にはソーラーパネルと言われた方がしっくりとくるものだった。

この世界における魔力は、全ての超常現象の源である力と言っても過言ではない。

自然の魔力が溜まった地では、人を惑わす霧が出たり、癒しの力を持つ泉が湧いたり、本当に色んな不可思議な事が起きる。

鉱脈に魔力が溜まれば魔法金属が生じるし、人狼が超回復する仕組みも、竜が吐くブレスだって、魔力の仕業だ。

勿論、人が扱う魔術も同じく。

故に当然だが、魔力は利用価値の高いエネルギーだ。

魔力がなければ、魔道具だって働かない。

しかしその確保はとても大変で、魔道具を働かせる魔力は素材そのものが、或いは魔法金属、魔法合金が帯びた魔力を、損なわない程度に利用しているにすぎない。

でもここに、素材自体が帯びた魔力とは別に、光を受けるだけで魔力を生み出せる物質が出来てしまった。

その価値は計り知れないものがある。

これまで理論は組み上がっていても、魔力が足りずに完成しなかった魔道具も作れてしまうし、既存の魔道具の性能を大幅に引き上げる事だって可能だった。

他にもこのディーチェが生み出した魔法合金と、他の金属のインゴットを一緒にして光の下に設置しておけば、長い年月は掛かるだろうが純度の高い魔法金属が生まれるだろう。

つまり本当に革命的で、これから先の錬金術の発展にも大きく影響しそうな代物なのだが……、残念ながら大きな欠点が一つある。

それは素材となった森の巨人が滅多に人前に姿を見せないし、そもそも姿を現したとしても討伐が非常に難しいという事だ。

とても優れた魔法合金ではあるけれど、素材がなければ量は作れない。

量が作れなければ、錬金術の世界に与える影響も、残念ながら限定的なものになってしまう。

尤もそれでも、この魔法合金をサンプルとして錬金術師協会に送れば大騒ぎになるだろうし、別の素材で同様の特性を再現する研究も盛んに行われる筈。

錬金術師としてのディーチェの名前は大きく上がるし、それだけの成果を出した錬金術師を、本人の意向を無視して実家に送り返すなんて真似は、決してされなくなる。

「銀を元にした魔法合金なのに、真銀とは全く真逆の性質で、驚きますよね。名前は悩んだんですが、妃銀にします。多分王金とセットで使われますし、魔力を生む魔法合金ですから」

ディーチェはどうやらこの魔法合金が、妃銀が光を受けて魔力を生む様に、女性的なものを見出したらしい。

成る程、確かにこの魔法合金は、間違いなく王金とセットにして使われる。

僕は頷き、彼女の成果を拍手で称えた。

そしてこの妃銀は、僕にとって何より重要な、ホムンクルスの為の霊核を完成しうる魔法合金だ。

光を受ける必要がある為、一部を体表に露出する必要はあるだろうが、生じた魔力を使えば霊薬を循環させるだけでなく、劣化した霊薬のろ過も可能になるだろう。

その設計も、既に僕の頭の中には大雑把にだが描かれつつある。

……では話を、そろそろあまり考えたくないところに戻そう。

ディーチェの生み出した魔法合金、妃銀の凄さは十分に伝えられたと思うが、では一体何がそれを上回る衝撃を僕等に齎したのかと言えば、

「でも、確かに妃銀は凄いんですけど、ルービットさんの作ったこれって、どう見てもエリクシールですよね」

そう、ゲーム等では完全回復薬として知られる、エリクサーと呼ばれる薬品だ。

枯れた花に一滴垂らしたら、いきなりピンと頭を持ち上げて綺麗な花をもう一度咲かせたから、ほぼ間違いない。

と言っても、ゲームで言うところのエリクサーと似た回復効果は、僕等の世界では再生のポーションが持っている。

ならば一体エリクシールとは何なのかと言えば、生体を最も優れた状態にすると、伝説に記された薬だった。

簡単に言うと、年を取った人が飲めば若返るし、僕やディーチェが飲めば多分寿命が延びるだろう。

御伽噺(おとぎばなし)には幾度かその名前が登場するし、その存在を信じて再現を試みた錬金術師も大勢いたらしい。

かく言う僕も、イ・サルーテで暮らしていた時、錬金術師と言えばエリクサーだと思って、一時研究した事があった。

でもだからって、まさか今になってそれが成功するとは欠片も思わなかったのだけれど、本当にどうしようかと悩む。

もしこのエリクシールの存在が誰かにバレたら、誰もが血眼になってそれを求めるだろう。

何が拙いって、僕は同じ材料が揃ったら、問題なくもう一度作れてしまう自信がある辺り、拙い。

勿論、ディーチェの妃銀と同じく、エリクシールの材料もまず揃う事はないんだろうけれど、でも人の生への、若さへの執着は計り知れないものがある。

公表は、絶対に出来なかった。

下手をしなくても僕の命に関わる。

……まぁ、そう、ならこのエリクシールは、処分するしかない。

それとわかってても驚き戸惑い、怯えて目を逸らしていたのは、結局エリクシールを作れてしまったこの奇跡が惜しいのだ。

そんなの、当たり前の話だった。

だって伝説にのみ名を残している究極の薬だ。

それを作れたと実証すれば、僕は伝説の錬金術師として名を残せるだろう。

僕に名声欲があった事に、自分自身で驚く。

大きく、大きく、溜息を一つ吐いて、僕は目の前のエリクシールを三つのコップに注いだ。

「ディーチェ、乾杯しようか。ヴィールも飲める筈だから。もうすぐ外に出られる筈だし、前祝いに、ね」

未練は飲み干してしまおう。

流石に無駄に捨てる事は、今の僕には出来そうにもない。

ディーチェは僕の言葉に驚きに目を見張り、恐る恐るコップを手に取った。

僕はヴィールの為に一つのコップに密封の為の蓋と、中身を吸えるストローを装着する。

こうしておけば、ヴィールも培養槽の中でコップの中身を飲めるだろう。

そして準備を整えてから、僕はコップを手に取って、

「じゃあ、乾杯」

コツンとぶつけたその中身を、躊躇わずに一息に飲み干す。

初めて口にする伝説の薬は、少し甘い味だった。

サイローがエイローヒ神殿を出て、独り立ちする日が明日に迫っていた。

明日からの住処がない彼は、これからは宿を借りてそこで暮らす事になるだろう。

彼が僕の所有する田畑に仕事に来るのは、今日が最後の日だ。

薬草畑の管理に関しては、この数ヵ月で別の孤児にキチンと引き継いでくれていた。

だからその日も特別な事は何もなく、水田の、薬草畑の手入れも終わる。

独り立ちの準備は、もう殆ど終わっているらしい。

借りる宿も決まっているし、雑用を手伝えば宿賃を負けてもらう約束もしてあるんだとか。

僕が薬草畑の管理のお礼にと渡していた駄賃も貯めて、厚手の外套としっかりとしたブーツも購入済みだ。

装備に関しては、僕も相談を受けた。

まだこれから大きく身体を成長させるであろうサイローには、鎧の購入は些か厳しい。

サイズに余裕がある、大きすぎる鎧は動きの邪魔をするし、逆に成長して小さくなってしまった鎧も動きを阻害し制限してしまう。

適宜買い替えるのが一番なのだが、駆け出しの冒険者にそんな余裕があろう筈もない。

ならば暫くの間、森の最外層で採取をしながら、精々小鬼や狼と戦う程度ならば、頑丈な外套を身に纏った方が生存率は高くなる。

またブーツは良い物が必須だ。

森で活動するならば、足は最も守らなければならない。

万一森の中で歩けない様になってしまえば、待つのは確実な死だった。

獣や魔物に襲われて怪我をする事もあれば、生えた根に足を取られたり、歩きすぎで足に疲労が溜まる場合もある。

故にそれ等の危険を少しでも減らす為、ひいては自分の命の危険を減らす為、ブーツは必ず足に合った良い物を選ばねばならない。

武器に関しては、僕から渡すと以前から約束をしている。

サイローが訓練で振っていた木剣と同じ長さ、似たバランスの鋼の小剣を、鍛冶屋で発注して鍛えてもらった。

尤もピカピカの鋼の剣は新米冒険者が持つにはすぎた代物なので、敢えて見た目は中古に見える様に古ぼけさせている。

そりゃあ見た目も新品の方が格好は良いだろうが、その格好の良さが要らぬトラブルを招く事だってあるから。

それから盾に関しては、サイローが訓練で使っていた盾に、僕が鞣(なめ)した魔物の革を張って補強した。

見た目は兎も角、実用性は高い代物に仕上がったと思う。

もしも見た目が気になるならば、実力が付いた後に自分で見合った装備を購入すれば良い。

「サイロー、今日まで働いてくれてありがとう。本当に真面目に、熱心に手を抜かずに頑張ってくれたから、とても助かったよ」

最後の仕事を終えたサイローに、僕は剣と盾を手渡して、今までの礼を言う。

これは僕の本心からの言葉だ。

別に他の孤児の仕事が悪いという訳ではな……、まぁ時々ふざけて遊び出したりもするけれど、大きな問題がある訳じゃない。

でもサイローの仕事はとても丁寧で繊細だったから、それを僕は惜しくも思う。

けれども次の道を歩もうとする人間の後ろ髪を引っ張ったところで、何の益にもなりはしない。

僕は同じ手を伸ばすなら引くのではなく、その背を押してやりたかった。

「明日からはもう、子供扱いも特別扱いもしないよ。客として、僕のアトリエに来てくれる日を待ってるから」

送り出す言葉は、僕自身の甘さを戒める為にも、少しばかり厳しめに。

サイローは僕の言葉に、神妙な顔で頷く。

その顔を見ながら、僕は何があっても生き残って、ゆっくりとで良いから着実に強くなって欲しいと願う。

だって強くなって稼ぎが増えれば、安定した生活を送って、冒険者を引退した後の人生も考える事が出来るから。

彼が冒険者になる日が、あの氾濫の後で良かったと、心底そう思っている。

でも僕等のやり取りを隣で見ていたディーチェは、

「大丈夫ですよ。そんな事を言ってもルービットさんは、何だかんだで助けてくれますから。大きな怪我をした時、本当に困った時は、無茶をする前に訪ねてきて下さいね」

クスクスと笑いながらそんな事を言った。

そんな彼女がサイローに渡すのは、応急手当の用品と幾本かの回復ポーションがコンパクトに詰められた小さなポシェット。

他の荷物とは別に身に付けていれば、何かあった時にすぐに対処が可能になるであろう便利な品だ。

……まぁ確かに、例えば肉体的に欠損が生じる様な怪我を負った時、そのままにして頑張られるよりは、早めに相談に来て欲しいと思う。

再生のポーションは確かに高価だが、信頼が出来る相手ならば、金銭ではなくて物納や労働で対価を取る方法もあるから。

しかしそれを今言われると、どうにも空気が締まらなくて、恥ずかしい。

あぁ、でも、サイローの性格ならば、僕の言葉通りに客として対価が払える様になる日まで、困った事があってもアトリエには来ずに自分で解決しようとするだろう。

だったらもしも彼に何かあった時、僕は自分の言葉に後悔を抱く。

「……うん、そうだね。何かあったら、迷わず相談しに来るんだよ。金がなくても気にしなくて良い。サイローが相手なら、その分は働いて返させるから」

僕は決まりの悪さに頭を掻きながら、自分の言葉を訂正する。

するとサイローは嬉し気に、とても嬉し気に、笑みを浮かべて頷く。


サイローは、冒険者登録は既に済んでいて、明日から一週間程は斡旋された駆け出し達と共に、冒険者組合で訓練を受けると言う。

尤も彼は既に基礎は身に付けていると認められていて、主に他のメンバーとの連携を中心に学ぶ事になるらしい。


「ルービット兄ちゃん、俺、絶対に生き残るよ。生き残って、多分時間はかかるけれど、いつか兄ちゃんみたいに誰かに優しく出来る大人になってみせる」

帰り際、サイローは僕にそんな事を言った。

何だかとても面はゆい話だ。

町に入ったところで別れ、サイローがエイローヒの神殿に向かって歩いていく背中を見送った。

最後の夜を、彼は家族である女司祭や、他の孤児達と一体どんな風に過ごすのだろうか。

僕は女神エイローヒを信仰していないし、彼女が大人となった男を庇護しない事も知っている。

でも今だけはエイローヒに、サイローの前途に光が満ちている事を、僕は願わずにはいられない。

「でさ、その時にラールがこうビュッと矢を放ってね、ブラックボアの目を一発で射抜いたのさ。アイツも言ってたよ、寧ろ以前よりも今の方が指の調子が良いってね」

ある日の午前、つい先日まで隊商の護衛として国外に出ていたらしいバルモアが、消耗品の補充に訪れていた。

尤も彼女程に腕の立つ傭兵が、森の最内層や大樹海の中層に遠征したなら兎も角、隊商の護衛に出ていたくらいで大きな消耗がある筈もない。

僕が作った錬金アイテムであるブーツをチェックに出して、申し訳程度に魔物除けの香を少量購入してくれたが、買い物はその程度で終了だ。

後はもっぱら、僕やディーチェを相手に話がしたかっただけの様子。

尤もバルモアは買い込む時は本当に大量に、値の張る物も購入してくれるので、大切な上客である。

それに彼女との会話は、嫌味がなくて心地良いから。

僕はバルモアを持て成す為に、少し良い茶葉を取り出して湯を沸かす。

でもそんな時だった。

カラカラと入り口のドアに取り付けたベルが鳴り、身なりの良い紳士が一人、アトリエの中に入ってくる。

そしてその人は身なりだけでなく、歩く所作も美しい。

彼自身は貴族ではないだろうけれど、多分その家令辺りだろうと見当が付く。

正直、歓楽街にある僕の店に訪れる様な人種では、あまりない。

だけど不似合いな場所に踏み込んできたにも拘らず、紳士の目には僕を、それに周囲の環境を見下す様な色はなく、こちらに向かって丁寧に一礼をした。

「ご歓談中に失礼します。ルービット・キューチェ様であられますな。我が主からの手紙を預かって参りました。どうぞお受け取り下さい」

僕は紳士の言葉に、思わず首を傾げてしまう。

どうやら彼の主とやらは、手紙の配達に、要するに使いっぱしりに、こんな有能そうな人間を出せる大物らしい。

一体どこの誰だろうかと手紙を受け取り確認すれば、封蝋(ふうろう)に押された印璽(いんじ)は、ターレット・バーナース伯爵のもの。

つまりはこのアウロタレアの町を統治する領主だ。

すると紳士は僕が領主からの手紙だと認識した事を確認すると、再び美しい一礼を披露して、その場をサッと立ち去ってしまった。

……手紙は、すぐに返事が必要な内容ではないらしい。

何だか少し気が抜けてしまって、僕は手紙をテーブルに置き、取り敢えず湯沸かしに使っていた魔道具の熱を止める。

この魔道具は例えるならば卓上コンロの様な物だが、燃料の類は必要がない。

それに魔道具と言っても大した仕組みがある物でもなくて、雑に言うならば固形の合金に加工した炎銅を、断熱の素材で囲んだ物だった。

つまみを回せば断熱性の蓋が開き、炎銅の熱が上に置いたものを温める。

熱量は蓋の開き具合で調節するという、魔道具と呼ぶのも躊躇われるくらいにローテクな代物だ。

少し前にディーチェが製作した炎銅が残っていたので利用してみたが、どうにも売り物にする気にはならなくて、結局自分で使っていた。

そこそこ便利な品である事は間違いないので、こうして客にお茶を出す時などには重宝している。

思わぬ事態に驚いた様子だったバルモアは、落ち着きを取り戻せばどちらにも興味がわいたのか、手紙と魔道具の両方に視線を行き来させた後、

「領主からの手紙だなんて、珍しいね。一体、どんな用事なんだい？」

取り敢えず領主からの手紙についての好奇心を優先させた。

まぁ魔道具に関しては、何時でも聞けるものだとも考えたのだろう。

僕としては厄介事かも知れないからあまり見たくない領主からの手紙だが、かと言って無視する訳にもいかない。

バルモアが興味があるというのなら、今、この場で開封して読んでしまうか。

自分とディーチェ、バルモアの分のお茶を入れた僕は、カウンターの引き出しの中を漁ってナイフを取り出し、サッと切って開封する。

そして折りたたまれた紙を開くと、微かに人の心を和らげる働きのある薬草の香りがした。

この紙は、多分カータクラ錬金術師店で購入された物なのだろう。

以前の技術交流会であの店を訪れた時に、似た物が売られているのを見た事がある。

尤も領主が使っているだけあって、紙質はこの手紙の方が随分と上だけれども。

しかしそれにしても……、やっぱり面倒な内容だ。

一通り手紙に目を通した僕が顔を上げると、バルモアが早く内容を聞きたいと言わんばかりの目でこちらを見ている。

彼女の様が、まるで待てをされている大型犬にも見えて、僕は少し笑ってしまう。

「もうすぐ武闘祭でしょ。予選を免除して本戦から出場させるから、武器部門でも素手部門でも、好きな方を選んで欲しいってさ」

一体全体、あの領主は何を思ってこんな事を言い出したのか。

正直な話、僕は剣の腕も格闘の実力も、武闘祭を勝ち抜ける程では決してなかった。

確かに氾濫の時は拳や蹴りを大鬼にぶつけていたが、あれも魔術を正確に当てる為にやっていただけで、素の攻撃力は大した事がない。

そもそも錬金アイテムを温存する心算がなければ、魔術で戦う事すらリスクが高いと感じていたのに。

寧ろ予選なら何とか勝ち抜けるかも知れないけれど、本戦から出ろと言われても一体何をすれば良いのかという感じだ。

「はぁ、成る程ね。そりゃあ、当然か。今のルービットを予選から出場なんてさせたら、寧ろ市民から文句が出るよ。巨人を倒した英雄に対する扱いじゃないってさ」

するとバルモアはそんな事を言い出して、僕はその言葉に思わず眩暈を覚える。

あぁ……、何でそんな面倒な話になっているんだろうか。

僕はあくまで錬金術師で、得意とする土俵が全く違う。

もし仮に、魔術も錬金アイテムも全てが使用可能だったら、そりゃあ優勝も夢ではない。

回復のポーションや再生のポーションだけでも、貯蔵量が他とは比較にならないから、実力は兎も角としても物量で勝てる。

「で、どっちに出るんだい？　アタシは武器部門に出るから、決勝まで行けたらぶつかるかもね。ね、武器部門にしないかい？」

なんて事を言うバルモア。

彼女は僕をある程度理解してくれているから、本気でそう思っている訳じゃなくて、和ませる為の冗談の可能性も……。

否、割と本気でそうなったら面白そうだと思っている顔をしていた。

僕はちょっと面倒臭くなってきて、机の上に手紙を放り出す。

「どっちも出ないよ。倒した相手が素材になってくれる訳でもないのに、何でわざわざ殴り合わなきゃならないのさ。僕って錬金術師だよ？」

実は武闘祭に参加すると、領主から金貨で五枚の報酬を支払うとも手紙には書かれていたのだけれど……、その程度の額なら武闘祭目当てで増える人出を見込んで、何か商売をした方が稼げるだろう。

つまり本当に僕には何のメリットもないのだ。

メリットのない要請には、例えそれが領主からであっても否と言いたい。

だがそれも領主の思惑次第である。

もし仮に、領主の狙いが僕を公衆の面前で負かす事であれば、それは敢えて受けても良いと思う。

領主が抱える手勢でもなく、冒険者としての登録もしていない僕は、アウロタレアの町の住人であると言う以外には首輪を付けられていない。

つまり領主としては手綱を握り難い相手だろう。

冒険者組合からは、深層の魔物を倒せる様な実力者が冒険者でないのは、組合としても肩身が狭いなんて意味のわからない勧誘もされた。

まぁ僕は冒険者組合を信用していないし、損しかしない勧誘に頷く事は決してないけれど、あれも首輪を付けたいという意味があったのかも知れない。

だから僕を公衆の面前で、力を示す場で負かして、その評価を引き下げたいという狙いがあるのならば、僕もそれには納得をするのだ。

森の巨人の討伐で、今の僕は身の丈以上に持ち上げられている。

でも仮にもう一度、今度はまた別の深層の魔物がやって来たとして、僕が再び勝利出来るかと言えば、それはちょっと難しい。

あの時、森の巨人を僕が殺せたのは、相手が巨大な人であり、また植物でもあったから。

要するに手持ちの道具との相性が良かったからにすぎず、僕が深層の魔物に勝てる戦力だと思われ続ける事には問題があった。

故に領主が僕の評価を引き下げたいと考えているなら、互いの思惑は一致する余地があるだろう。

しかし逆に、単純に武闘祭を盛り上げたいと思っての申し出だったら、僕の敗北は逆に大きく盛り下げる要因になりかねない。

その辺りをどう考えているのか、金貨で五枚という報酬からは上手く考えが読み取れなかった。

負かしたいなら、どうしても引っ張り出そうともう少し報酬は張り込むだろうし……。

盛り上げたいから呼ぶだけにしては、多少報酬が多い気もする。

だけどもまぁ、後者の可能性が高そうか。

「勿体ないね。剣だってそこそこ扱えるだろうに。でもらしいかも知れないね。錬金術でだって、ルービットなら本当は、大通りに店を出す事だって出来るだろうし」

僕の決定にバルモアは、心底惜しそうに溜息を吐く。

わかってくれた様で何よりだ。

けれども大通りの店は、可能か不可能かはさて置いて、人手が足りなくて仕事に追われ続けて研究の時間もなくなりそうだから、絶対に選択肢に入らない。

その点でカータクラ錬金術師店は本当に凄いと思う。

町への貢献度から見ても、町で一番の錬金術師店の看板は、決して偽りではなかった。

「まぁ、折角のお祭りだから、他所の町から来た人を狙って、露店でも出そうかと思ってるよ」

何ならもうちょっと色々と改良して、この卓上コンロっぽい魔道具を売りに出しても良いし。

静かにお茶を飲んでいたディーチェが、何かを言いたげな目で僕を見ているから、彼女に祭りを案内するのに時間を取っても良い。

いずれにしても武闘祭は参加者でなく観客、見物人として、祭りを楽しませてもらうとしよう。

イルミーラではどこの町でも、夏と冬の年に二回、武闘祭は行われている。

勿論氾濫の最中だったり、或いは氾濫で町に大きな被害が出ていたら延期されたり、残念ながら中止になる事もあるそうだけれど、多少の被害なら寧ろ意気高揚を狙って決行されるらしい。

要するにイルミーラでは、それくらいに重視されている催しだ。

武闘祭は他の町での試合も見られる様にと、近隣の町はスケジュールをずらして開催されていた。

二週間前は北の町で、今日はこの町、二週間後は南の町で、と言った風に。

また町で行われる武闘祭の優勝者は、年に一度、王都で行われる大武闘祭に選手として招待される。

大武闘祭はまさにイルミーラ最強を競う大会であり、優勝者には栄誉と共に莫大な賞金も支払われるそうだ。

あぁ、と言っても町の大会に賞金がない訳じゃなくて、アウロタレアの町の武闘祭でも、ベスト8以内に残ればそれなりの額の賞金が出る。

だから武闘祭の参加者の中には、複数の町を巡って大武闘祭への参加権利を得ようとしたり、賞金を稼いで生計を立てている者もいるんだとか。

とまぁこう説明すれば、僕が何で武闘祭への参加を厭うたかはわかってもらえると思う。

だってそんな風に大武闘祭への参加権や賞金を狙う彼等は、素手部門で言うならプロの格闘家だ。時に流派の看板を背負っていたりもする彼等と殴り合うなんて、とてもじゃないが割に合わない。

そんな訳でアウロタレアの武闘祭の当日、僕はディーチェと並んで広場に露店を出してぼんやりとしていた。

普段の市や他の祭りの時は、広場に露店を出したがる人は多いから、場所を借りるのはとても難しいのだけれども、武闘祭の時だけは話は別である。

何故なら武闘祭の中心は試合が行われる闘技場で、賑(にぎ)わいが出るのもその周辺だろう。

他所の町から来た見物客で、大通りも広場も普段よりは人が多いけれど、少しでも多くの稼ぎを求める商人は、闘技場の周りに店を出す。

故にこの武闘祭の期間だけは、比較的容易に広場の敷地を借りられるのだ。

「こんな風に露店に座っていると、この町に初めて来た時の事を思い出しますね」

人通りを楽しそうに眺めていたディーチェが、こちらを振り返って口を開く。

確かに出会いの切っ掛けは、露店にポツンと座る彼女とその商品に僕が興味を惹かれた事だ。

まさか好奇心から覗いた露店で、恩師からの手紙を携えた人間と出会うとは夢にも思わなかった。

「短剣が売れなくてディーチェが涙目だった時だねー。何だかもうちょっと懐かしいや」

今日、露店に並べる商品は、先日の卓上コンロの改良版と、ポーションを何種類か。

改良版卓上コンロのお値段は、なんと驚きの金貨五枚だ。

折角なので先日の手紙で提示された領主からの報酬と同じ値段にしてみたが、炎銅を使った魔道具として考えれば少し安目である。

でも幾ら安目でも、或いは安目だからこそ、露店でこんな高い魔道具を買う人は多分いない。

掘り出し物を狙う目利きの出来る商人も、今日は別の仕事に追われるだろうし。

まぁそれでも構わない。

この卓上コンロは単なる見世物で、しっかりとした魔道具を扱える露店なのだから、ポーションの類もちゃんとした品だと安心してもらう為に置いている。

露店で売られているポーションの中には、水で半分に薄めたものどころか、魔力を用いて変質させていない単なる薬草の煮汁が混じっている事さえあった。

駆け出しの冒険者なんかは、露店での買い物の方が得だと勘違いしている者も多いので、良く引っ掛かって騙(だま)されるのだ。

当然、それとわかって文句を言おうとしても、既に露店はたたまれていて、相手を見付ける術はない。

駆け出し冒険者にとってポーションは高価な代物だから、少しでも安く抑えたいという心理は仕方がないものだろう。

だけど安物買いの銭失いで済めば良いが、時にはそのまま命まで失ってしまうのだから、本当は一番ケチってはいけないところなのだ。

「な、泣いてはなかった筈ですよ！　確かに売れる様子もないのに一人でずっと待ってるのは、心細かった事は否定しませんけど……」

ふくれっ面をして抗議してくるディーチェが面白くて、僕は思わず笑ってしまった。

彼女が打ち解けてくれるのは共通の話題、恩師や錬金術のお陰で随分と早かったが、一緒に色々と研究を進めるうちにより気安くなった気がする。

だからもう暫く後に訪れるであろうディーチェとの別れを、僕はとても寂しく思う。

先日、ディーチェが製作した新しい魔法合金、妃銀のサンプルを錬金術師協会に、より正確にはローエル師に送った。

恐らく錬金術師協会は大騒ぎになって、詳しい話を聞きたがる。

すると当然、妃銀の開発者であるディーチェを錬金術師協会に呼び戻さざるを得ない。

共同開発者として僕の名前も登録されているけれど、今の僕を呼び出す権限は、錬金術師協会にはないから。

彼女がイ・サルーテを出る事となった問題も、妃銀のインパクトの前では問題足りえない。

ズェロキアの貴族であるフェグラー家に恩を売りたい七家の一つ、クローネン家の思惑なんて、他の六家から、或いはイ・サルーテ中の錬金術師からボコボコに叩き潰されてしまうだろう。

故にその後は、ディーチェはもう隠れ潜む必要もなくて好きな道を選べる。

恩師であるローエル師の下でもう一度学んだり、もしくは彼女の才と実力ならば導師を目指す事だって可能な筈だ。

ディーチェは妃銀に関しての話をイ・サルーテでする傍ら、錬金術師協会がホムンクルスを受け入れてくれる下地作りを、僕の実家であるキューチェ家や、ローエル師と行ってくれる心算らしい。

培養槽の外で活動可能なホムンクルスが生まれて、けれどもその技術が秘匿されるべきだと錬金術師協会に封じられたり、またはホムンクルスが非道な目的の為に生み出されて利用される事を防ぎたいからと。

そんな風に彼女は言った。

今はとても楽しいけれど、永遠に今は続かない。

変わらぬ事など何もない。

良くも、悪くも。

ホムンクルスの為の霊核は間もなく完成する。

ヴィールがそれを受け入れられる様に進めている調整も、同じくだ。

きっとディーチェがこの町を出る前には、ヴィールは外に出られるだろう。

前祝いはもうしてしまったから、そうなると後祝いもしなきゃいけない。

少しでも楽しく、有意義に、何かを得て、新たな一歩も、別れの日も迎えたいと、僕はそんな風に思っている。

ポツポツとポーション類が売れて、もうじき昼になろうかという時、彼は僕等の露店の前に現れた。

口を開くまではまるで存在感なんてなかった癖に、その一言を発した途端に凄まじい気配と圧力を発するその男。

「失礼、少し、よろしいか？」

ディーチェもその圧力に、何よりも彼の武力に気付いたのだろう。

目を大きく見開いて、何時でも飛び退ける様に僅かに身体を浮かしている。

あぁ、そう言えば、そんな場面を見ないからすっかり忘れていたが、彼女もまたこの地まで旅して来た錬金術師で、戦う術の心得はあったのだ。

「どうぞどうぞ、でもこんなところで時間潰してて良いんですか？　貴方は武闘祭のメインなのに」

僕はディーチェの背を軽く叩いて、彼女の緊張を解す。

威圧感が強すぎて心臓には悪い男だけれど、それでも彼は敵じゃない。

少なくとも、今は。

そう、僕等の露店にやって来たのは領主の護衛にして、武闘祭の素手部門の覇者であるシュロット・ガーナー。

この町で最も強いかも知れない人間の一人だった。

確か彼の扱う流派は、波砕流の拳蹴派。

波砕流は南東の、海に面した国で生まれた拳術で、開祖が打ち寄せる波を拳で砕いて開眼したとされる武術だ。

主に船の上で使用される武術で、揺れる足場にしっかりと立って拳を振るう。

故に波砕流では足は地を掴んで立つものであって、自身を不安定にする蹴りの技術は存在しない。

しかしその波砕流も海沿いの国から内陸に伝わっていく間に変化を遂げ、より大きな破壊力を求めて蹴り技を得た。

それが即ち拳も蹴も等しく重視する拳蹴派であり、イルミーラでも王都に大きな道場が存在している。

ガーナーはその大きな道場を開いている家の名前で、シュロットはガーナー家でも有数の使い手なんだとか。

そんな彼がこの僕に、一体何の用事だろうか。

「私は予選には出ないから、時間は別に構わない。……君が素手部門に出てくれていれば、拳を交える機会があるかも知れないと思って気にはしていたんだが」

ポーションを一瓶手に取ったシュロットは、光に透かしてそれを確認し、丁寧に元の位置に戻す。

僕が並べているポーションは、濁りのない品質の良い物ばかりだから、幾ら確認されても胸を張って見てられる。

しかしまさか、もしかしてシュロットは、僕と試合がしたかったのだろうか？

のそのそと水筒と鍋をポシェットから取り出し、水で満たした鍋を卓上コンロの魔道具の上に置く。

簡単に水が熱されていくその様に、一瞬シュロットが目を見張る。

「理由があればそれでも良かったんですけどね。特に出たい理由もなかったもので。だったら痛い思いはしたくないじゃないですか」

つまみを弄って魔道具の火力を調節しながら、人数分の、三つのマグカップを取り出した。

この卓上コンロは、以前不満だった火力調節の方法を少し改良してあって、熱源である炎銅の合金の位置を、つまみで上下させられる様になっている。

つまり熱源を高い位置、近くに持っていけば、鍋が受け取る熱量は多くなり、逆に低い位置、遠くに持っていけば鍋に加わる熱量は少なくなるという仕組みだ。

ローテクである事には変わりはないが、多少は使い易くなったと思う。

「……理由か。君は、君程の実力がありながら、それを試したいとは思わないのか？　戦う事、それ自体が理由ではいけないのか？」

随分と真面目な顔で問い掛けてくるシュロットに、僕は思わず笑みを浮かべた。

成る程、彼の質問に、一つわかった事がある。

領主から来た手紙、武闘祭への出場要請は、僕を負かしたい訳ではなく、単に大会を盛り上げたかっただけでもなく、どうやら厚意からのものであったらしい。

まぁ考えてみれば、強さを貴ぶ国であるイルミーラらしいのかな、とは思う。

高い功績を挙げた人物を、領主が直々に武闘祭に特別枠で招待する。

それは多分、僕にはピンと来なかったとしても、とても名誉な事なのだ。

人によってはそれだけで、褒章となるであろうくらいに。

金貨五枚が単なるオマケだと考えれば、色々と得心も行った。

でも僕にとっては……、

「それは戦いに浪漫を求める戦士の、強さに浪漫を求める闘士の理屈です。僕は錬金術師で、僕が浪漫を追い求めるのは錬金術に対してなので、素材が得られる訳じゃない戦いをする理由にはならないですね」

無駄な戦いは痛いだけのリスクしかないものだ。

そりゃあ少年漫画的なバトルが好きじゃないとは言わないが、見るだけでも十分に満足が出来てしまう。

どちらかと言えば強いだけじゃ実現出来ない事を、錬金術で成し遂げる方に浪漫を感じる。

だから僕にとっての戦いとは、採取を行う為の手段の一つにすぎない。

三つのマグカップにコンソメスープの粉を入れて鍋の湯を注ぐ。

ティースプーンでクルクルと軽く掻き混ぜたら、立派なスープの出来上がり。

それをディーチェとシュロットに一つずつ渡して、僕も自分の分に口を付ける。

うん、中々に良い味だ。

この粉は採取の遠征中にスープが飲みたくて、前世のインスタントスープを参考に、飲食物の水分を除去する魔道具を開発して作った物。

けれども残念ながら、スープの香りは森の中では目立ちすぎて、魔物を引き寄せる結果となったので結局遠征には持ち込めていなかった。

だけどこうして外で露店を開いたり、原っぱに座って昼食を食べるのならば、使い勝手も悪くはない。

「成る程、あぁ、君は戦いよりも、こうした物を作る方が楽しいのか。……だからこそ森の巨人は倒しても、私との戦いには心惹かれないと。理解が出来たよ。ありがとう」

シュロットはスープを口にして、目を細めてそう言った。

うん、まぁ、そういう訳だ。

もし仮に、僕がシュロットと戦って勝たねばならない羽目になったなら、僕は自身に対して自動でポーションを使ってくれる魔道具を開発してから挑むだろう。

その上で再生のポーションを百、回復のポーションを千くらい用意すれば……、一撃で殺されない様にさえ気を付けていればまず負けはない。

例え拳で打ち勝てなくても、物量で相手を消耗させて勝利を目指す。

つまり戦いとは、結局のところは消費なのだ。

武闘祭の参加者も、彼等の治療に掛かるコストは決してゼロじゃない事を、出来れば知って欲しいものである。

スープを飲み終わったシュロットは、僕との会話に満足したのか、卓上コンロと置いてあったポーションを全て購入してから去っていった。

コンソメスープの粉に関しても聞かれたが、僕が製造に手を取られたくないから、スープの粉の販売は行わない。

尤もそれを作る為の魔道具に関しては、正式に注文があったならば応じようと思う。

結果として今回の武闘祭は、まぁ割合に儲かった。

霊核を受け入れる為の調整の結果、成長したヴィールは身長が百二十センチメートル程の男の子になった。

人の子で言えば、六、七、八歳くらいの大きさだろうか？

外観的にはもう少し大人に近い印象も受けるが、とても可愛らしい。

背中の羽は消えた訳ではないが、身体程には大きな成長をしなかった。

もしかすると、培養槽から出た後も少しずつ成長を重ねていけば、或いは羽が完全に消えてしまう事もあるのかも知れない。

……何故ヴィールが男の子になったのかと言えば、多分僕を見ていた期間が長いからだろうと予測される。

ヴィールにとって指針となる人間は僕とディーチェの二人だけで、その中でも僕を見ている時間の方が長かったという訳だ。

だから今のヴィールは僕の外見に少し似ているし、ディーチェにもちょっと似ている。

身体に比べて羽が成長しなかったのも、外で活動するには既にそうしている個体、僕やディーチェを観察して歩行を選択したという事か。

要するにヴィールが意識しているかしていないかは兎も角として、彼は自身が望む様に自らを成長、進化させていた。

これは少し、……否、とても面白い事である。

但し今後もこの様に大きく成長する場合があるのなら、霊核の性能には余裕を持たせておく必要があるし、日々細かなデータを取って変化に気を配らねばならないだろう。

まぁ何れにしても、そろそろ頃合いだ。

霊核も漸く完成した。

妃銀と王金を組み合わせる事で大きな魔力を生める様になった霊核は、ヴィールの体内を通す人工の管に霊薬を循環させ、またその劣化を防ぐ浄化を行う術式を刻んである。

だけど妃銀はその性質上、どうしても光を浴びられる場所、つまり体表に露出しなければならない為、霊核が傷付けられてしまう可能性も皆無とは言えない。

故に霊核を小型化し、体内に複数個の霊核を埋め込む事で、一つや二つの破損では機能不全に陥らぬ様に対処すると決めた。

霊核を埋め込む位置は、額に一つと、胸の中央である胸骨に一つ。

背中の肩甲骨に一つずつ、両手の甲にも一つずつ、足の脛(すね)にも一つずつで、合計が八つ。

尤もこの全てを常に光に晒しておく必要は特になく、普段は一つでも十分に役割を果たす筈だ。

夜も月明かり、星明かりで問題なく機能は維持される。

もしも仮に、一週間以上の長きに亘って全く光を浴びられない場所に閉じ込められれば流石にどうしようもないけれど、そんな状況になったらホムンクルスでなくても助かりはしない。

妃銀と王金が生み出す余剰の魔力はヴィールの体内を巡り、彼自身の魔力として扱う事が出来るし、そうでなければ発散される。

なのでヴィールは、魔力の扱いに習熟したなら、恐ろしい実力を持つ魔術師にもなれるだろう。

……けれどもそれは、全て僕の計算も設計も何もかもが正しければの話だった。

身体の外で機能に問題がない事は確認してあっても、実際にヴィールの体内に埋め込めば、何か思わぬ不具合が発生するかも知れない。

それが予測される不具合ならば、僕だって対処が出来る。

例えばヴィールの成長に合わせて人工の管、霊薬管も長さを増さないと、破損してしまうだろう事とか。

でも予測外の不具合が生じた時、果たして僕は正しい対処を出来るだろうか。

本当に、怖い。

可能ならばヴィールに埋め込む前に、他で一度試したかった。

しかし動物実験にも全く意味はないし、実験の為だけに他のホムンクルスを作る事だって、出来やしない。

だから僕は、祈る様な気持ちで今日を迎えた。

「ヴィール、心の準備は良い？」

そう、今日はヴィールに、僕の製作した霊核を埋め込み、維持の為の霊薬を体内に流し込む日。

心の内の恐怖を押し殺して、僕はヴィールに向かって笑みを見せる。

待ち切れないとばかりに頷くヴィールに、僕も一つ頷く。

もしも僕が恐れの表情を見せれば、ヴィールもきっと怯えてしまうだろうから、自信ありげに鷹揚に。

助手として傍らに控えるディーチェも、僕を信じてじっと指示を待っている。

怖くても、取り止めにする事は考えなかった。

もし霊核の埋め込みを中止にしてしまえば、僕の限界はここで決まる。

自分が決めてしまった限界を、破れないままに僕は一生を終えるだろう。

もう二度と、それ以上先に踏み出そうとはせずに。

僕はまだ、錬金術師として未知に挑む事を止めたくはない。

ヴィールへの情は勿論ある。

失いたくないって気持ちと、外の世界を見せたいって気持ちの両方が。

だけどそういった感情よりも強く、立ち止まれないという衝動が僕の中には存在していた。

例え歩みは遅くとも、一歩ずつでも錬金術師として前に歩き続けたい衝動が。

錬金術以外の事なら譲れるだろうし、立ち止まれただろうけれども。

だから、そう、

「なら、霊核、及び霊薬管の埋め込みを開始するよ」

僕はその言葉を口にする。

声に震えはなく、動作にも躊躇いは、もうなかった。

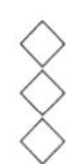

「はい、ヴィールちゃん。次は右足を前に、ゆっくりで良いから。そしたら次は右足に体重を乗せて、そう、そう、上手」

平行棒の間に立ったヴィールが、ディーチェの指示に従いながら歩行の訓練を行っている。

ずっと培養槽の霊薬に浮かんでいたヴィールは、当然ながら歩行の仕方を知らなかったからだ。

幸い調整されたホムンクルスの肉体は、筋力的には何の問題もないから、その方法さえしっかりと体が覚えれば、比較的早く歩ける様になるだろう。

因みに僕は、すぐにヴィールを甘やかすからかえって邪魔だと、ディーチェに叱られて訓練に参加させてもらえない。

いやまぁ、確かに甘い自覚はあるから何も文句はないし、ディーチェがいてくれて本当に良かったと思うけれども、ハラハラと訓練を見守るだけというのはどうにも心臓に悪いものである。

そう、ヴィールへの霊核の埋め込みは、無事に成功した。

あれから一週間が経つけれど、霊核も霊薬も設計、計算通りに機能していて、培養槽の外で活動するヴィールに異常は見られない。

培養槽から出ればすぐに色々なものを見に行けると思っていたヴィールは、それを楽しみにしていた分だけ多少拗ねたが、身体を上手く動かせないのでは仕方ないと今では納得し、動作訓練に専念している。

一応、日常動作の多くは既に習得し、食事くらいは何とか一人でとれる様になっていた。

それはホムンクルスの学習能力が高い事は勿論、見る物、触れる物、全てを真新しく感じるヴィールの熱意が生んだ結果でもあるのだろう。

歩行には多少苦戦しているが、この分なら並の人間以上に動ける様になる日も、多分近い。

「マスター‼」

歩行訓練が一段落し、椅子に座ったヴィールが僕を呼ぶ。

僕は訓練を眺めながらも進めていた作業の手を一旦止めて、彼に向かって歩み寄る。

ヴィールは培養槽を出て、霊核の埋め込みを終えて、目覚めればすぐに喋った。

どうやら僕やディーチェの言葉を聞いて、培養槽の中で覚えたらしい。

僕のホムンクルスは実に天才だと、誇らしく思う。

「何、ヴィール？」

実は用件はわかっていた。

わかってはいるのだけれど、ヴィールと会話を出来る事が嬉しくて、僕は敢えて問い掛ける。

「頑張った。撫でて！」

凄くストレートな物言いで、頭をこちらに向かって突き付けてくるヴィールに、僕はどうしても笑みを抑え切れない。

向けられる好意が嬉しくて、僕はヴィールの頭に手を置いて、慈しむ様に撫でた。

ディーチェがちょっと、本当に甘いなぁと言わないばかりの、呆れた様な視線を向けてきた。

けれども実際のところは、訓練を離れればディーチェもヴィールに対しては大分と甘い。

要するに僕とディーチェの違いは、訓練の時に割り切れるかどうかだけなのだ。

……うん、ちょっと我ながらどうかとは、多少思う。


ヴィールが市民権を得られるよう、この町の領主であるターレット・バーナース伯爵にはお願いしてある。

実際の市民権の発行は、ターレット伯爵がヴィールと対面してからとなるそうだけど、多分問題はないだろう。

市民権がなくても町の滞在は可能だが、事件に巻き込まれた時に町の衛兵に守ってもらうなら、市民権はあるに越した事はない。

その分、多少の人頭税は取られてしまうが、必要経費と考えれば安いものだ。

また歓楽街では、自警団の長や顔役達に話を通して、僕の関係者として周知してもらう手筈になっていた。

これからヴィールがこのアウロタレアの町で生きるにあたって、他の皆が持っている権利は彼にも与えてあげたい。

可能ならばこの町だけじゃなくて、この国のどこであっても、或いはこの世界のどこであっても。

だけどそれには、多少の時間が必要だろう。

今の僕には、まだこの国、イルミーラの王には直接の面識がない。

錬金術師協会への働き掛けは、ディーチェが、恩師が、実家であるキューチェ家が行ってくれる手筈だが、そちらも結果が出るには時間が掛かる。

まぁ、少しずつだ。

ここまで来るにも時間は掛かった。

この先に進むにも時間が必要で、それは今まで通りで何も変わらない。

「ルービットさん、一つ、聞かせて下さい」

夕食、入浴を終えてヴィールが寝付いた後、まったりとお茶を飲んでいると、対面に座っていたディーチェが真剣な面持ちで口を開く。

さて、一体何を聞かれるのだろう？

僕はディーチェの雰囲気にカップを置いて居住まいを正し、彼女の目を見て先を促す。

「ホムンクルスを培養槽の外で活動させるというルービットさんの目標は、ひとまず達成された風に私には見えます」

こちらを見透かそうとでもするかの様に、ディーチェもまた僕の目をじっと見たままに言葉を続ける。

あぁ、確かに、ひとまずは目標達成というところか。

経過を観察する必要はずっとあるとは言え、幸いにも今は何の異常も出ていないし、その予兆も存在しない。

「ならば、この先、貴方は何を、どこを目指すのでしょうか。私はそれが知りたいです」

そして問われたのは、これから僕の目指す先。

僕はその問い掛けに、思わず瞳を閉じて考えた。

実のところ、気になっている事は幾つかある。

例えば僕等が扱う錬金術は、元々は大昔に栄えた文明の技術の名残がベースになっているんじゃないだろうかとか。

大樹海の先、世界の壁の向こう側はどうなっているんだろうかとか。

別の世界を知っているからこそ、気になる不思議は色々とあった。

錬金術は他の技術に比べて、異常に進んだ技術に思う。

そりゃあ魔力なんて不思議なものを利用しているから、他の技術よりも便利なのは当然だとしても、少しばかり異常がすぎた。

また各国、各地域が発行している貨幣に関しても、一律で金属比率が同じで価値も保証されているなんて、やっぱり異常だ。

僕はその理由は過去に栄えた文明にあるんじゃないだろうかと、そんな風に思っている。

御伽噺に名前が出てくる薬、エリクシールが実在したと自ら証明してしまった事で、僕のその考えは強くなった。

大昔にはエリクシールを生産出来た文明が存在し、けれども何らかの理由で崩壊したのだろう。

故にエリクシールは名前や効能のみが御伽噺の形で残り、貨幣に関しては金属比率や価値の決まり事なんかが残ったんじゃないだろうか。

仮にそうだとするならば、その古代に栄えた文明の残滓は、きっと世界の壁の向こう側にあるんだと僕は推察している。

だって当たり前の話だけれど、氾濫の様な形で大樹海が広がろうとするなんて、何か原因があるに違いないから。

その向こう側には大きな秘密が隠されているんだろうと疑うのは、至極当然の事だった。

でもディーチェが聞きたいのは、多分そういう話じゃないんだろう。

彼女が僕のアトリエに来た時、見た事のないものが見られたと大はしゃぎをしていた。

要するに錬金術師として、僕はまだ未知を追い求める心算があるのかと、ディーチェは問うている。

その答えは、勿論、是だ。

僕の探求は、まだまだここじゃ終わらない。

「次に目指すところは、一杯ありすぎて困るけれど、取り敢えずはヴィールにもパートナーが必要になると思うし、そしたらいずれは生殖能力も必要だね」

第一、まだ僕のホムンクルスは完成した訳じゃなかった。

パートナーと生殖能力を得て、子孫を作れる様になっても、それでもまだ未完成だ。

僕が生きている間なら、ヴィールの子にも霊核を作ってやれるだろう。

だけど仮に、その更に子、孫が生まれた時に、僕がいなければ誰が霊核を作るのか。

錬金術を覚えたヴィールに後を任せるという選択肢は、存在する。

しかしそれでは、未完成のまま次代に引き継いだだけでしかない。

ならば僕が目指す先は、霊核を必要とせずに外で活動出来て、それを子孫に引き継げるホムンクルスだ。

完全に独立した一つの生き物になったなら、その時こそ僕はホムンクルスを完成させたと胸を張って言える筈。

「だから先はまだまだずっと続くよ。ホムンクルスだけじゃなくて、作りたいものは一杯あるしね。今回の成果にはひとまず満足しているけれど、……お腹一杯には全然なってないかな」

寧ろ作りたいものがありすぎて、寿命が足りない気がしてならない。

例えばホムンクルスの活動方法の一つとして考案していた、培養槽を搭載可能なゴーレムの案を流用して、人が乗り込んで操作出来る代物とか。

寿命が、研究時間が足りなかった時は、エリクシールで若返るという禁断の手段も、一応は可能だ。

思わず溢れ出た僕の錬金術への欲求に、ディーチェは何故だか本当に嬉しそうに、笑みを浮かべる。

「ホムンクルスを子孫も残せる完全に独立した生き物にって、……ルービットさんはホムンクルスの神様になりたいんですね。でもそれでも物足りなくて、他のものも作りたいって、本当に欲張りだと思います」

彼女の言葉に、僕は思わず得心した。

あぁ、成る程。

確かにそれは、ホムンクルスという新たな種族の創造と言ってしまえる、大それた事だ。

だけどそれを指摘したディーチェの声に僕を咎める様な響きは全くなくて、

「わかりました。私は一ヵ月後、錬金術師協会に妃銀の技術を伝える為、この町を出ます。……だけど、二年以内に全てを終わらせて必ずここに戻ってきます。次は追われてじゃなくて、私自身の意思でここに帰ってきます」

それどころかまるで新発見をした時の様な、強い喜びの色に満ちている。

そして彼女は、たった二年で妃銀の技術の伝授も、錬金術師協会にホムンクルスの技術や権利を認めさせる活動も、全て終わらせると宣言した。

「だってルービットさんはまた、私に見た事のないものを見せてくれるでしょうし。……何より、共同研究者、必要でしょう？」

椅子から立ち上がり、身を乗り出して、僕に向かって手を差し出すディーチェ。

確かに、違いない。

やりたい事は山程あるけれど、彼女が共同研究者となってくれるなら、その多くはきっと実現出来るだろう。

人柄も、才も熱意も信条も、何より僕との相性も、ディーチェは最良の協力者だ。

僕もまた、椅子から立って、その手を強く握る。

会えなくなる二年という時間は決して短いものじゃない。

だからこそ僕は、その二年で帰ってきた彼女が驚く何かを作って待つとしよう。

僕が生み、ディーチェと育てたホムンクルスである、ヴィールと共に。

第四章

竿を振って、仕掛けと練り餌を付けた針を、ぽちゃんと川の中へと放った。

針が水中に十分沈んだのを確認したら、竿を少し動かして、水中の魚に餌の存在をアピールしていく。

森の中の川で、錬金術で作った餌を使っての釣りならば、こんな手間を掛けずとも魚はすぐに食い付いてくるだろう。

でも今日はアウロタレアの町の傍から、隣国であるツェーヌに向かって流れる川で、錬金アイテムの餌には頼らぬ釣りをしている。

竿と糸は面倒なので何時も使っている物だけれども。

要するに錬金術師として魚を採取する訳じゃなく、単に釣りという娯楽を愉しむのが目的だ。

隣で岩に腰掛けたヴィール、僕のホムンクルスが、竿の操作に合わせて顔を上下させたり左右に振っている。

うずうずしている彼が岩からずり落ちぬ様、僕は左手で竿を保持して、右手でヴィールの首根っこを掴んでちゃんと座り直させた。

「ッ！」

しかしタイミング良く、と言うか悪く、僕がヴィールに危ないからと注意する直前に、竿にグンと手応えが走る。

突然の変化にヴィールがまたも身を乗り出そうとするから、僕は右手で彼の襟首を引っ掴んだまま、左手だけで竿を持っていかれぬ様に魚と戦う。

全く、困った事にこんな時に限って掛かったのはそこそこ大物らしい。

グイグイと来る強い引きに四苦八苦しながら、僕は魚が疲れるまで必死に耐える。

ヴィールは懸命に僕を応援してくれているけれど、本当は一番ありがたいのは動かずにじっとしていてくれる事なのだが、……まぁそこは状況が落ち着いてから伝えよう。

今は言葉を発すると、どうしても語気が強くなる。

僕は危ないからと注意する気はあっても、怒る心算は欠片もないのだ。

変な誤解を与えてヴィールを萎縮させたいとは、これっぽっちも思っちゃいない。

右手と左手でそれぞれ別々の相手を制する僕の苦戦は暫く続いたが、魚が疲れて少し大人しくなってくる頃には、ヴィールも自分がはしゃぐと僕が大変である事に気付いた様で大人しくなった。

外で活動する経験の少ない彼は、まだ色々と物が見えていないけれど、決して頭は悪くない……、と言うよりも知能は多分並の人間よりもずっと高いから。

僕はヴィールの襟首を掴んでいた右手を放し、両手で竿を立てて魚をゆっくりと釣り上げる。

釣れた魚は……、ナマズの仲間か何かだろうか？

六十センチメートルを優に超える魚体で、中々の迫力だ。

この川は水質が綺麗だけれど、一応は泥抜きをした方が、多分美味しく食べられるだろう。

僕は水を張ったボックスに、ナマズを入れる。

これは数日後のお楽しみだ。

釣り上げたばかりの魚なんて初めて見るヴィールは、マジマジと目を見開いてボックスの中のナマズを観察していた。

まぁ形も面白い魚だから、興味が尽きぬ気持ちは良くわかる。

だけど今日の釣りには、僕だけが愉しむ為に来た訳じゃない。

「ヴィール、これ使って、自分でもやってみると良い」

僕はそう言って釣竿を彼に渡す。

練り餌の付け方も、針の投げ方も、竿の操作も、ヴィールは全てちゃんと見ていた。

だったら次は実践あるのみ。

もしかすると簡単には釣れないかも知れないが、寧ろその方が、何故釣れないかをヴィールが自分で考える切っ掛けとなる。

どうすれば魚が食い付くのか、魚には餌や釣り針がどんな風に見えるのか、仕掛けには何の意味があるのか。

考えて理解が出来たなら、釣れた魚を捌くか、串を刺して焼いて食べるとしよう。

培養槽から出た今のヴィールは、食事が可能だし必要だ。

だったら何をどうやって食べているのか、理解をした方が良い。

それは錬金術を習得する上でも、絶対に必要な事だから。

僕の研究パートナーとなった錬金術師、ディーチェ・フェグラーが町を出る少し前くらいから、普通の人と変わらぬ程度に動き方を覚えたヴィールは、アトリエの外にも出られる様になった。

アトリエがある歓楽街は、ホムンクルスとは言え見た目は子供で、精神も未熟であるヴィールにとって、あまり良い環境とは言い難い。

だから当初は引っ越しも考えたのだけれど、アウロタレアの町を出る前にディーチェが言った言葉に、僕は住処をそのままにしている。

『ヴィールちゃんはホムンクルスだからこそ、人の欲や悪意を知らなきゃいけません。ルービットさんの影響力が及んで、人の欲と悪意を適度に学べる。ここは逆の意味で良い環境だと思います。優しい人も多いですし、ね』

……と、そんな風にディーチェは言って笑っていた。

それは実に尤もな話だろう。

勿論、欲や悪意だけじゃなくて、綺麗なものも多く学ぶべきである。

友情や慈悲、慈愛に情熱。

色んな事を知って、多様な考え方を身に付ける必要は絶対にあるだろう。

けれども、そう、欲や悪意と言った負の面を、安全に学ぶ機会は滅多にない。

遠ざけるのは簡単だが、遠ざけてしまえば学べないのだ。

要するに必要以上に過保護である事は、ヴィール自身の為にならないって話だった。

「あっ、あっ、掛かった‼　来たよマスター！！！」

ふと物思いに耽っていると、ヴィールが悲鳴と歓声の入り混じった様な声で僕を呼ぶ。

焦った様子のヴィールの姿に、思わず笑いが溢れてしまう。

まぁ急に魚が掛かると、手応えに驚くのと釣らなきゃいけないって使命感で、パニックになる気持ちは十分にわかる。

「大丈夫。落ち着いて。竿をしっかり持ってたら、そのうち魚が大人しくなってくれるから、ゆっくりいこう」

僕はヴィールの肩に手を置き、体勢が整うのを少し手伝う。

バシャバシャと水面で魚が暴れているけれど、食った針が外れる様子はない。

そしてヴィールも落ち着きさえすれば、普段は加減させているけれども腕力、膂力は並の人間よりも強いのだ。

多少魚が暴れたくらいで、竿を持っていかれてしまう様なへまはしないだろう。

やがて抵抗の弱まった魚はゆっくりとこちらへ引き寄せられて、

「釣れたーっ！」

ヴィールの嬉しそうな歓声が、まだ冷たい風の吹く川面に響き渡った。

アトリエ一階の店舗スペースで、僕は魔道具を使って湯を沸かしながら、人数分のカップと来客用の茶葉を用意する。

ポットに茶葉を入れ、ぽこぽこと湯が沸くのを見詰めながらじっと待っていた、その時だった。

「ねぇねぇ、マスター！　どう、綺麗？」

ふとヴィールが声を掛けてきたので湯から視線を上げると、そこにいた彼の顔には薄っすらと化粧が施されている。

お茶を入れる前で良かったと、本当に思う。

もし仮にお茶を飲んでいる時にその顔を見せられたなら、思わず吹き出してしまっていただろうから。

けれどもそれは思わず笑ってしまう様な落書きじみた顔になっていたからではなく、元々整った顔立ちが、見事に妖しい魅力を引き出していたからだ。

もし仮にこの姿のままで歓楽街を、或いは大通りであっても歩かせたなら、僕はヴィールが誘拐されてしまう心配をしなくちゃならなくなるだろう。

「……あー、うん。綺麗だけど、ヴィールに化粧はまだ早いし、その化粧品は女性用だからね。ヴィールには合わないから落としてきなさい」

僕は魔道具を止めて何とか言葉を絞り出し、乾いた布を取り出してヴィールに渡す。

彼は少し残念そうに唇を尖らせたが、言い付けには素直に従って水場へと向かった。

当たり前の話だけど、まだ経験の浅いヴィールが、自分であんな見事な化粧を施せよう筈がない。

僕はつい先程までは客扱いをしようと思った、ディーチェが残した化粧品区画にいる二人を睨み付けて、

「ちょっと二人とも、ヴィールに変な事を教えないでくれる？　ヴィールと遊んでくれるのはありがたいけれど、ヴィールで遊ぶなら帰ってもらうからね」

少し強めに注意する。

悪気がなかっただろう事はわかっているけれど、先程のは流石に些か刺激が強すぎる。

「あ、あはは、ごめんごめん。似合うとは思ったけれど、まさかあれ程とは思わなくって」

「確かにあの格好で表を歩いたら、妙なのに目を付けられちゃうわね。ごめんなさい。ルービット」

そう言って素直に謝る二人は、歓楽街でもＴＯＰクラスの人気を誇る娼婦、ビッチェラとフレシャ。

この二人はディーチェが町を去って以降、仲の良かった彼女に頼まれていたらしく、化粧品売り場の飾り付けと、ヴィールの遊び相手として頻繁に僕のアトリエを訪れる様になった。

ディーチェが販売していた化粧品は、僕もレシピを教わったので補充くらいは出来るのだけれど、女性が好むディスプレイに関しては無知というか、全く興味が持てない。

故にビッチェラとフレシャがそうやって商品を並べて飾ってくれる事はとてもありがたく、またヴィールも二人には懐いていた。

以前の件からもわかる通り、フレシャは子供に対して優しく、ビッチェラは性格的に面倒見がとても良い。

自分に対して一杯の好意を注いでくれる美女二人にヴィールが懐くのは、まぁ当然だろうと僕も思う。

そして突然現れたヴィールという存在に対して、ビッチェラもフレシャも、必要以上に根掘り葉掘り事情を聞こうとはしなかった。

ヴィールの額や手の甲にある露出した霊核の一部である妃銀は、遠目には装飾品の様に見えなくもないが、間近で見ればそれが体内に埋まっていると一目でわかるだろう。

けれども敢えてそれを聞き出そうとはしない事に、僕は二人に感謝している。

だからまぁ注意くらいはするけれども、僕もビッチェラとフレシャの二人に対しては、到底本気では怒れない。

唯一つ、どうしても二人に知っておいてもらいたいのは、

「多分さっきので、ヴィールは化粧の仕方をちょっと覚えちゃったからね？　あの子は本当に物覚えが早いから、あまり変な事は教えないでよ」

そう、ヴィールの学習能力に関してだ。

経験が足りず、単なる子供としか思えぬ見た目通りの振る舞いをするヴィールだが、その学習能力は並の人間の比ではなかった。

例えば僕がポーションを作っている時、ヴィールは時折、次に必要な素材を持ってきて渡してくれる。

今のヴィールにはもっと他に経験する事があるからと、錬金術に関してはまだ教えてないにも拘

らずだ。

ポーションと言っても種類は色々とあって、当然ながら製作手順も必要な素材も全く違う。

なのにヴィールは、これまで僕が行っていたポーション製作を見ていただけで、その手順と必要素材を間違わずに覚えているし区別出来る。

それ程に、本当にヴィールの学習能力は、観察力と記憶力は高い。

なのでビッチェラとフレシャの二人にその心算がなかったとしても、うっかり妙な事を聞き付けて興味を持ち、学習してしまわないとは限らなかった。

その言葉にビッチェラもフレシャも、最初は親馬鹿だと笑っていたが、僕があまりに真剣に注意するものだから首を傾げ、それから思い当たる事があったのか漸く得心した様に頷く。

加えて顔を洗って戻ってきたヴィールに化粧の仕方を尋ねてみれば、二人が施した手順を全く間違えずに言い当てていた。

……化粧をされる時って、目を瞑っていると思うのだけれど、一体どうやってヴィールはそれを感知していたのだろうか？

流石にビッチェラもフレシャもそれには驚いていた様だけれど、折角ならもっとちゃんと色々と化粧の仕方を教えて、買い物に来た女性に試供品を使って化粧を施すサービスをしたらどうかだなんて、盛り上がっている。

ヴィールの様な子が訪れた客に見事な化粧を施したなら、きっと評判になるだろうとも。

全く以て本当に、女性の感覚は僕には良くわからない。

化粧をされるという事は、今している化粧を落とすという意味で、僕の店に買い物に来る女性の多く、つまり娼婦は化粧をしない素の顔を晒すのは嫌がるものだと思うのだけれど、彼女達の自信は一体どこから来るのだろう。

まぁ他人に化粧をする分には、ヴィールが自分に化粧をするよりはマシだから、僕も反対する心算はないけれど。

盛り上がっているビッチェラとフレシャを、笑みを浮かべて交互に見上げているヴィールは、果たして二人のやり取りの意味を理解しているんだろうか。

僕は溜息を一つ吐き、すっかり冷めてしまったお湯を一度捨て、改めてお茶の準備を再開した。

年中森の生き物達が活発なこのイルミーラでは四季を感じ難いけれど、吹く風の冷たさも大分と和らぎ、春の訪れが近付きつつあるそんな日、

「マスター、お手紙っ！」

一通の手紙が僕に届いた。

封蝋からわかる差出人は、……このアウロタレアの町役場。

それを見ただけで何となく用件は察したけれど、ウキウキとした様子で隣に座ってこちらを覗き込むヴィールの為にも、僕は一応はペーパーナイフを用いて手紙を開封する。

そして取り出した手紙に書かれていたのは、やはり察した通りの内容、依頼だった。

「んんん……、環境汚染、防止ポーションのご依頼？　マスター、これなーに？」

そう言って横から手元を覗き込んでくるヴィールの頬を、僕は軽く引っ張る。

別に僕は手紙を覗かれたところで気にはしないが、行儀は悪いし、人によっては怒るだろうから。

そう言った躾は必要だ。

と言ってもまぁ、別に怒っている訳でも何でもないので、それはサッと軽く済ませ、

「えっとね、汚物処理用のポーションの発注だよ。このアトリエで暮らしているとあんまりピンと来ないだろうけれど、ね」

僕はヴィールに今回持ち込まれた依頼の説明を始めた。

以前にも言ったかも知れないが、アウロタレアの町の、と言うよりもイルミーラの国のトイレは汲み取り式が一般的だ。

このアトリエのトイレは別の方法で処理しているが、これは僕が多大なコストを支払って実現させているだけで、とても普通の家庭に設置出来るような代物じゃない。

なので基本的にイルミーラの、と言うよりも大陸の多くの国では、トイレはとても臭いのだ。

故郷であるイ・サルーテでは下水が整備されて、トイレも水洗だったけれども、それはあの錬金術師の集う国が特別だっただけである。

さてでは問題は、トイレが汲み取り式であるならば、汲み取った汚物をどうするかという事。

アウロタレアの町の生活用水は、井戸の他にも近くを流れる川から引かれている。

けれども生活で出た汚物をそのまま川に流すのは、これは絶対にＮＧだった。

もし仮にそれを大々的に行ってしまった場合、川の下流である隣国、ツェーヌとの関係は大いに拗れ、最悪の場合は戦争にだってなるだろう。

何故ならツェーヌは大きな湖を囲む形で成り立った国で、国民の多くが湖の主であると言う古き水竜を信仰しているからだった。

ツェーヌは王が古き水竜と契約を交わす事で、湖やそこに流れ込み、流れ出ていく河川を使った水運を行い発展している。

だから湖の汚染に関しては非常に気を使っているし、昔は湖の周りに住む人口を増やさぬ為に、三男、四男は成人後には国を出なければならない法律があったと言う。

そんな国を出なければならなくなった人々達が住み着いたのが、今では川の国と呼ばれる河賊が蔓延る無法地帯。

そう、昔は、そんな法律があったらしいという事は、勿論今は違うのだ。

錬金術師協会が勢力を広げるのと同時に、この大陸に広まったポーションがある。

それこそが今回発注された品である、環境汚染防止ポーション。

平たく言うと汚物を高速で分解、浄化して肥料に変えてしまうポーションだった。

汚物の処理はどの国にとっても重要な課題だろう。

下水を造って維持するのは、実はかなりコストが重い。

かと言って汚物をそのまま放置すれば病に繋がりかねないし、何より臭くて不快だ。

それ故に環境汚染防止ポーションはどこの国でも大変喜ばれ、錬金術師協会が各地に広がる一助となった。

という訳でこの環境汚染防止ポーションの製作は、僕達錬金術師の立場を維持する為に、非常に重要な仕事なのである。

……尤も、この環境汚染防止ポーションの製作は手間が掛かるし、何よりも報酬が安いので、錬金術師からはあまり好まれない仕事だ。

社会貢献の一環という奴で、基本的に裕福な錬金術師が妬まれない為には、こういう仕事もこなす必要があるのだろう。

そしてこのイルミーラでは、この環境汚染防止ポーションの製作を、町に店を構える錬金術師達が持ち回りでこなしている。

つまり今回は、僕のアトリエにその順番が回ってきたという訳だった。

まぁ役場からの手紙と言えば、この環境汚染防止ポーションの製作依頼か、税金に関するものばかりである。

僕があの封蝋を見るだけでうんざりしてしまうのも、多分きっと仕方ない。

「うわ、今回必要量多いな……。人口が増えた訳でもないだろうに、前回の担当が手を抜いたのかなぁ」

ヴィールに説明をしながら役場からの手紙、発注書を確認し、その量に思わずぼやく。

この環境汚染防止ポーションの製作は持ち回りだが、当然ながらその規模や錬金術師の腕によって店の生産力には違いがある。

するとどうしても規模が小さく人手が足りないところや、錬金術師の仕事が遅い店は、環境汚染防止ポーションの製作に掛かり切りになると普段の商売に差支えが出てしまう。

故に努力はしたが発注量を満たす事は出来なかった。

という形で負担を次の担当に回すケースが結構多いのだ。

当然、そんな事をすれば役場から店に対する評価は下がるけれども、具体的なペナルティがある訳ではない。

だから普段の商売に差支えが出て、客を失うよりはマシと判断するのだろう。

店を構えて維持する以上、社会貢献にばかりに注力してもいられないから、仕方のない話でもあった。

税金の請求と環境汚染防止ポーションの製作依頼しか出してこない役場なんて知った事かという気持ちは、僕にも良くわかる。

そもそも持ち回りなんて形にせずに、店の生産力を考慮して仕事を分配するべきなのだが、錬金術の素人である役人にそれを把握しろというのも無理な話か。

「あー、もう、これだと三日はかかるなぁ」

僕はポーションの素材が足りるかどうかを思い出しながら、手紙を放って伸びをした。

とは言え僕まで手を抜いて負担を次に回せば、やがて困る事になるのはアウロタレアの住人達だ。

誰かが環境汚染防止ポーションは作らねばならないし、……僕がやらなきゃ他にこの量をこなせそうなところは、カータクラ錬金術師店くらいしか存在しない。

アウロタレアの町に住む錬金術師は、ごく僅かしかいないから。

「マスター、ヴィールも！　ヴィールも手伝うよ！」

胸に拳を当てて、ムンと気合を入れるヴィールが可愛らしいし、この子に胸を張って錬金術師を名乗る為にも、社会貢献しておこう。

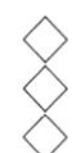

「やぁ、わざわざ来てもらってすまないね。楽にしてくれたまえ。うん、ヴィール君はお菓子でも食べるかな？」

随分と砕けた感じで僕等を出迎えてくれたのは、このアウロタレアの領主である貴族、ターレット・バーナース伯爵。

以前に会った時とは随分態度が違うけれど、どうやら厄介な交渉事が絡まなければこちらが彼の素であるらしい。

僕が初めてバーナース伯爵に目通りしたのは、確か森の巨人を倒したすぐ後の事。

あれから幾度かバーナース伯爵とは会っているが、徐々に打ち解けてきた感じだろうか。

尤もそれは、僕にとってはバーナース伯爵の立場と権力が、バーナース伯爵には僕の錬金術師としての技術が、それぞれ必要だから成り立つ関係だけれど。

そう、僕はあれから時折、バーナース伯爵から錬金術師としての依頼を受けていた。

ちらりと横に目を逸らせば、今日もそこにはバーナース伯爵の護衛であるシュロット・ガーナーが立っている。

冬の武闘祭でもやはり優勝を果たした彼は、しかし今日は発する圧が幾分と弱めだ。

恐らくヴィールが同席しているから、意識的に発する圧を弱めてくれているのだろう。

「ありがとうございます。ほら、ヴィールもちゃんとお礼を言ってから戴きなさい」

仕事絡みの用件で呼び出された場に、明らかに子供にしか見えないヴィールを同席させる事は、本来ならば失礼にあたるのかも知れない。

だけど僕はヴィールに市民権を与える為にアウロタレアの領主であるバーナース伯爵を頼っており、その際にある程度の事情は話している。

だから今はまだ、僕がヴィールから長時間離れたくないという事情は、バーナース伯爵も理解してくれていた。

霊核の動作はずっと安定しているから、僕が心配性すぎるだけかも知れないけれど、もう少しの間はヴィールを出来る限り傍に置いておきたい。

要するに僕の我儘だ。

しかしそれはさて置き、そろそろ話を進めよう。

「では、今回の依頼について聞かせて下さい」

ヴィールが菓子を頬張るのを見届けた僕は、バーナース伯爵に視線を戻す。
バーナース伯爵は子供に対して優しいが、それでも僕等を呼んだのは別にヴィールを愛でる為じゃない。

貴族というのは、それがどこの国の貴族であっても厄介な生き物で、他人に弱みを晒したがらない。

例えばの話だが、自らの屋敷に高名な医者を招くだけで、あそこの当主は病を抱えているんじゃないか、次代は病弱なんじゃないかと噂されてしまうのが貴族だ。

そして強さを貴ぶイルミーラでは、その手の風聞は単なる汚名だけでなく、民の不安にも繋がってしまう。

だから貴族は各々の家に専属医を抱えていたりもするのだけれども、それだけでは解決出来ない悩みも時折出てくる。

そんな時にこっそりと秘密裏に悩みを打ち明けるのが、同じ立場の貴族なんだとか。

……普通に考えると同じ立場の貴族こそ、決して弱みを見せてはいけない相手だと思うのだけれど、武人気質のイルミーラの貴族達は、そうやって知った他人の弱みを利用する事は恥知らずな行いだと認識されているらしい。

仮にその恥知らずな行いをしてしまった貴族は、他の貴族から一切相手にされなくなってしまう制裁を受けるそうだ。

貴族社会での孤立は、即ち死と同然だった。

まぁイルミーラの貴族の、独自の風習と言えるだろう。

さてそんなイルミーラの貴族の一人であるバーナース伯爵も、幾人かの悩みをこっそりと打ち明けられていると言う。

その解決の為に目を付けたのが、ホムンクルスを製作する程の錬金術師であり、製作したホムンクルスに自由な立場を与える為に、権力者との繋がりを欲する僕だったという訳である。

また貴族に特に多い悩み、性にまつわるものに関して、歓楽街に住んで娼婦を客としている僕は強い。

要するに秘密を守れる都合の良い人材として、僕はバーナース伯爵に認識されているのだ。

尤も互いの利益を尊重し合う関係だから、僕としてもその認識に、今の立場に不満はない。

『意中の相手を手籠めにしたいから強力な媚薬(びやく)をくれ』なんて恥知らずな依頼は、絶対に持ってこないと約束してくれてもいるし。

貴族との付き合いは面倒臭いが、その悩みの解決は報酬も含めて意外に面白いものだったりする。

「今回の依頼は、……あぁ、勿論例によって引き受けてくれるまで誰がその問題を抱えているかは伏せるが、結構な大物なのだよ」

僕に向かって口を開きかけたバーナース伯爵は、一度言い淀む。

何時も自信ありげに振る舞う彼にしては多少珍しいが、どうやら相手はそれだけ、バーナース伯爵よりも高い立場の貴族なのだろう。

イルミーラ国内で、アウロタレアの町の領主であるバーナース伯爵よりも明確に立場の高い貴族と言えば、……そんなに数は多くない。

他の町の領主とは大きな差はないだろうし、領主の補佐をする役人貴族や、騎士連中は論外だ。

そうなると王都で高い役職を持った法服貴族か、或いは王族も一応は貴族の部類に入るだろうか？

まぁ正直、イルミーラの貴族に関してはあまり詳しくないのでサッパリである。

「うむ、それで依頼内容は、……その御方は既に七年、夫人との間に子供が出来ていないのだ。他に側室がいる訳でもなく、そういった行為を欠かしている訳でもないにも拘らずね」

あぁ、うん。

成る程。

良くある話だが、良くある話だからこそ貴族にとっては本当に困る問題だ。

そして、そう、その話を聞いただけで、誰がその問題を抱えている貴族なのかもわかってしまった。

それくらいにその貴族は、イルミーラ国内では有名な人物だから。

以前から何度か言っている気もするけれど、イルミーラの貴族は武家の性質を帯びる、力を重視する人々だった。

勿論その力とは武力だけに限らず、策を練る知力や、領地を治めて他の貴族との利益を調整する政治力等も含まれる。

ゲーム的な物言いをするならば、戦国シミュレーションの様なパラメータの高さが重要視されているって意味だ。

故にその貴族家を継ぐのも、長子に限らず優秀な最も能力に優れた者が選ばれる事が多い。

当然ながら、例え能力が優秀でも人格的に破綻されていれば後継者から外されもするけれども。

通常、長子を絶対とせずに後継ぎを選ぶ場合、特に能力を重視だなんて言い切ってしまっている場合、後継者争いは熾烈(しれつ)なものになるだろう。

何故なら誰もが家を継ぐべく優秀たれと育てられるのだから、その者が努力をすればする程に、自分より兄弟の方が優秀だからと認めて諦める事は難しくなる。

特に種も同じで与えられる教育も同等なら、優劣を自ら認められる程の大きな差は付きにくい。

同じ血が流れるからこそ、優越感、劣等感が入り混じり、それは憎悪となって凄惨な後継者争いに繋がるのだ。

そしてその決着は、多くの場合は完全に後顧の憂いが絶たれる形でつく。

なので能力よりも年功序列で後継ぎを決める長子後継は、家を割る凄惨な争いを防ぐ上では合理的な方法だと言える。

尤も家を継いだ長子が暗愚や暴虐であったなら、或いは統治される民が長きに亘って苦しい生活を強いられる事にもなりかねない。

要するにどんな方法で後継ぎを選んでも、そこには一長一短が必ずあるという話だった。

しかしイルミーラでは、能力重視で後継ぎを選ぶ貴族が多いにも拘らず、後継者争いは然程に起きないそうだ。

その理由は、生粋のイルミーラ人ではない僕にはあまり理解し難いのだけれど、この国の人間は受け継いだものを守る事よりも開拓に心惹かれるからなんだとか。

要するに自分が上で兄弟が下だと争っている余裕はイルミーラという国にはなく、それくらいならば実家の支援を受けて独立し、森を切り開いて領地を得て身を立てる方が国益になるし、何よりも浪漫に溢れていて楽しいらしい。

そんな考え方が上から下まで染み付いているから、後継者争いは比較的起き難いと言う。

但し父から子まで、一家揃って皆が開拓魂に溢れていた場合、うっかり皆が開拓に失敗して命を落とし、後継ぎがいなくなって家が断絶したり、他家から優秀な養子を取って凌ぐ事も少なくない。

まぁやはりこれも一長一短があるという話の一つか。

さて、ではバーナース伯爵から依頼される解決するべき悩みを持つ貴族の正体というのは、恐らくイルミーラの現国王の弟であるカレデュラ大公だろう。

彼は別に開拓魂を燃やした訳ではないけれど、自らの武と知は現王である兄に及ばずと、国益の為に兄の補佐に回る事を宣言し、後継者争いを避けた人物だ。

穏やかな人柄のカレデュラ大公は、今は外交の責任者として隣国ツェーヌや、その周辺の国々を相手に、イルミーラの国益を守って活躍している。

でもカレデュラ大公が後継者争いから身を引いて兄を支持した時、その代わりに一つだけ条件を出したという。

その条件は、相手の身分を問わずに愛した人と結ばれる権利。

当時のカレデュラ大公には秘かに思いを寄せた相手がおり、その人物は城の衛兵の娘……、つまりは一般庶民だった。

何でもカレデュラ大公は、時折父に弁当を届ける為に城にやって来るその娘に一目で惚れ込み、身分を隠して交流していたそうだ。

本来ならば王族の一人であるカレデュラ大公が、下級貴族ですらない一般庶民と結ばれるなんて不可能だろう。

けれども彼は自ら継承権を捨て、兄を補佐して王位に押し上げる事で、王となった兄から自らの想いを貫く許可を得た。

この話はイルミーラに広く知られた人気のあるラブロマンスで、僕もこの話を題材にした劇を、一度だけだが見に行った覚えがある。

だけどこの話には、劇等では語られない続きがあって、カレデュラ大公はそれ程に愛して妻を得たにも拘らず、それから七年の月日が流れても、二人の間に子供を授かってはいなかった。

「その御方は子が生まれずとも夫人に対する愛は一切変わらないのだが、やはり周囲はザワザワと囃し立てるのだよ。我が国の流儀を知らない外の国の連中は、特にね」

苦々し気に、バーナース伯爵はそう口にする。

あぁ、成る程。

確かに他国からしてみれば、子を持たぬカレデュラ大公に自国の貴族や王族の子女を嫁がせれば、それはイルミーラに食い込む為の立派な足掛かりだ。

ましてや嫁いだ娘が子を成せば、王位を狙える可能性だってある。

イルミーラの継承には能力こそが重視されるから、生まれた子の力量次第では多少の不利も覆し得るだろう。

「故に私としてはイルミーラの貴族としても、あの御方の友の一人としても、愛する夫人との間に子を成して欲しいと思うのだ。……難題だとは思うが、どうだろうか？」

そんな風に、バーナース伯爵は僕を真っ直ぐに見つめて、問う。

どうだろうかとの言葉の意味は、可能か否かを問うている。

……うぅん。

まぁ普通に考えればそれはとても難しい事で、バーナース伯爵は藁にも縋る思いでこの話を僕にしているんだと思う。

不妊に関しては男性が原因の場合も、女性が原因の場合もあるし、その問題がどこにあるのかも本当に様々だ。

男性の場合は行為が不可能だったり、種に問題があったりそもそも作れなかったり。

女性の場合は何らかの理由で排卵がなされなかったり、種を受けた卵が胎に着床しなかったり。

一体何が原因なのかを探る事すら難しく、また原因の特定が出来たとしても治療はもっと困難だろう。

一見万能に思える再生のポーションも、この手の問題には全くの無力だ。

だから否と言えばそれまでの話なのだけれども、実はそう言ってしまうと嘘になる。

この手の不妊に関する話は、才ある血を残そうとする錬金術師の方が根深く問題になり易い。

故にその錬金術師の家系の最たる物……、とまで言うと大袈裟だが、それでも長きに亘って錬金術師を輩出してきた七家には、不妊への対処法もちゃんと存在していた。

但し、そう、門外不出の秘伝としてだが。

実際にそれを最初に開発したのは七家の一つ、フロートリア家だとされるが、他の六家から潜り込んだスパイによってその秘密は盗み出され、各々の家が改良を加えて独自の物を秘伝としたらしい。

という訳で僕は不妊への対処法を知ってはいるのだけれど、問題は勝手にそれを使ったら実家に物凄く怒られそうな気がする事である。

こんな西の果てで一度使ったくらいでバレはしないと思うのだけれど、この手の問題を一度解決すれば、次から次へと同様の頼みをされかねない。

バーナース伯爵は兎も角として、カレデュラ大公やその夫人が、自分達と同じ悩みを抱えた夫婦に出会った時、僕の事を喋ってしまわないとは限らないから。

「その夫婦のお時間を三日三晩いただければ可能ですが、お引き受けは出来ません。それは遠く、イ・サルーテの七家の秘伝ですので、その使用が広まれば僕もヴィールも無事では済まないでしょう。例えこの国の王でも、その時は僕等を庇(かば)えないでしょうから」

ただそれでも、どうにか協力してあげたいという気持ちはあったから、僕はバーナース伯爵に問う。

彼等は、同じ悩みを抱えた夫婦に絶対に口を噤(つぐ)むと約束してでも、自らの子を欲するのかと。

いやほら、僕も何度もカレデュラ大公とその夫人の恋物語は耳にしているから、どうにも他人事には思えないのだ。

まぁ実際には、イ・サルーテの七家にこの件が知られたところで、レシピの公開でもしてない限りは命までは奪われまい。

秘伝として教えられたが、使ってはいけないなんて決まりは一つもないからだ。

それに多分だけれど、この手の秘伝は七家だけの物じゃなくて、他の錬金術師の家や、或いは魔術師の家系だって秘匿している可能性が大いにある。

だけどそれでも、少なくとも僕はイ・サルーテには呼び戻されるだろうし、ヴィールの事が知られるタイミングとしては大分悪い部類になってしまうだろう。

僕の言葉にバーナース伯爵は暫く眉根を寄せて考え込んでいたが、

「成る程、了解した。あの御方と話し合ってみよう。不義の贖(あがな)いは命にすらなるだろうと。もしも仮に、それでも固く秘密を誓って子を望むとすれば、アウロタレアの花祭りの時期に合わせ、一週間程この町に滞在してもらう」

やがて考えが纏まったのか、顔を上げると具体的な日時を指定してきた。

つまりそれまでに準備だけはして置いて欲しいって意味なのだろう。

この話の怖いところは、不義の際に誰の命で贖われるかが伏せられているところだ。

尤も僕としては秘密さえ守ってくれるなら協力は厭わないし、準備が無駄になってもそれはそれで構わない。

仮に無駄になったとしても、バーナース伯爵なら経費と手間賃は大いに弾んでくれるだろうし。

バーナース伯爵から指定された日時、花祭りの時期まではまだ多少の時があるけれど、今回用意する薬は製作に時間が掛かる。

アトリエに戻った僕は、さっそく準備に取り掛かった。

まず今日の段階で必要な素材は、蜂蜜に水、それから酒精の素だ。

蜂蜜は贅沢に、森蜂の蜜を使う。

最近はヴィールの傍にずっといて、殆ど採取に行けていないが、その分は知り合いから購入する様にしている。

だけどそろそろヴィールにも、薬草の摘み方くらいは教えても良い頃合いだろうか。

流石に戦いの方法も教えずに森に連れていくのはダメだとしても、薬草畑で種類と摘み方を教える分には問題はない。

エイローヒ神殿の孤児達とは少し前、ヴィールがキチンと力加減を出来る様になった時点で会わせていて、まぁ何とか楽しそうに遊んでいる。

子供は正直で遠慮がないから、ヴィールが泣き付いてくる事もあるけれど、それも必要な経験だろう。

森での採取に同行させるなら、戦い方も教えなきゃいけない。

でもそうなると誰がヴィールにそれを教えるかって問題が出てくる。

僕は戦い方を教えるにしてはヴィールに対して甘すぎるだろうし、そもそも実力だって中途半端だ。

武器に格闘術に魔術に錬金アイテムと、多様な手札を組み合わせて状況に対処しているが、基礎となる戦闘力は然程に高くはない。

ヴィールは折角学習能力が高いのだから、基礎は高いレベルで身に付けた方が良いだろう。

しかし明確に僕以上に戦闘力がある実力者というと、……そんなに知り合いには多くなかった。

第一に候補として思い浮かぶのはバルモアだ。

彼女の剣、……まぁ剣だけじゃなくて槍も斧も時に使うけれど、武器を使っての戦闘術は一流で、武闘祭の武器部門でも準優勝をしている。

ただバルモアは、実はもうすぐ結婚して傭兵を引退する心算らしく、もしかするとアウロタレアから出ていってしまう可能性も高かった。

相手は例の、ラールという名の弓手だそうだが、傭兵を引退した後もこの危険が多いイルミーラで暮らす理由はない。

二人に対して、ヴィールに剣や弓を教えてやってくれと頼んだら、少なくともその期間はイルミーラで暮らす理由になり得るだろうか？

次に第二の候補として思い浮かぶのは、シュロット・ガーナー。

彼の武力は多分このアウロタレアの町では最強だ。

武闘祭の武器部門の優勝者と比較しても、シュロットの強さは一枚上だと僕は見ている。

ただ問題は引き受けてくれるかどうかと、引き受けてくれたとしてもシュロットは領主の護衛としてあまりバーナース伯爵から離れられないだろうから、必然的に学ぶ場所は領主の屋敷となるだろう。

……今の僕とバーナース伯爵の関係ならば、それを否とは言わないだろうが、継続的に借りが増えていく事になりそうだ。

まぁ、悩むのは後回しにしよう。

バルモアにもシュロットにも、まずはその気があるかを聞いてみて、答えが是であればお願いしてしまえば良い。

双方ともに是であったなら、それはとても贅沢な話だ。

魔術は流石に僕が教えるにしても、斥候術の師も誰か良い人は……。

いや、そう、さて置き、それは後回し。

今は先に、目の前の作業を片付けていかねば。

と言ってもやる事は簡単で、森蜂の蜜に水をゆっくり注ぎながら掻き混ぜ、酒精を宿した後に魔力を注いでから密閉する。

今日のところはこれだけだ。

一体これで何が起きるのかと言えば、それは蜜の酒化だった。

と言っても一瞬で酒になる訳じゃなくて、水を加えられて酒精を宿した蜂蜜は、時間と共に少しずつ酒に変わっていく。

ここに毎日魔力を注げば、一週間から二週間で魔力の籠った蜂蜜の酒が出来上がる。

そうして出来上がった酒と、幾つかの素材から薬効を抽出して魔力を加え、ポーション化した溶液を混ぜ合わせて少し寝かせれば、僕の実家であるキューチェの家に秘伝される妊娠薬、蜜月の酒の完成だ。

作業自体の手間はそうでもないが、蜜月の酒は完成までの管理に手間が掛かる薬であった。

だけど薬と言うと即ち治療と勘違いされがちなのだが、蜜月の酒は不妊の状態を治療する薬ではない。

妊娠薬の言葉通り、この薬を服用した男女の交わりによって、強制的に子を妊娠させる薬である。

なので薬の効果が切れた後、再びどんなに頑張っても子供を授かる訳ではなかった。

より具体的に使い方と効果を言えば、まずは男性がこの薬を口に含み、口移しで女性に飲ませる。

次に女性が同様に、男性に対して口移しで薬を飲ませる。

すると蜜月の酒は媚薬としての効果もあるので、必然的に男女はその行為を始めるだろう。

体内に入った蜜月の酒は、男性の場合は精を作る場所へと辿り着き、その場所を利用して自らを種と化す。

同じく女性が飲んだ蜜月の酒は、卵を蓄えた場所に辿り着いて自らを卵と化すと同時に、自らが根付く為の畑の環境を整える。

やがて行為によって放たれた種は、蜜月の酒が秘めた魔力によって導かれ、卵の場所へと辿り着き、受精して畑に根付くのだ。

実に問答無用の効果だが、だからこそ錬金術の秘伝の薬といった感じがすると、僕は思う。

蜜月の酒には媚薬効果と、加えて強壮剤としての効果も強いので、服用した男女は繰り返し薬を口にしながらも、三日三晩は行為に及ぶ。

キューチェの家に伝わる話では、蜜月の酒を使って妊娠しなかった事は一度もないそうだ。


「蜂蜜ーっ！」

僕が取り出した素材、森蜂の蜜を見てはしゃぐヴィールの頭に、僕はべちりと手刀を落とす。

確かに森蜂の蜜は美味しいけれど、錬金術の素材は錬金術師が自ら楽しむ為のものじゃない。

余った場合はその限りじゃないけれど、いずれはヴィールも錬金術を会得するなら、その前提は違えてはいけないのだ。

それに蜜である今なら兎も角、酒化した後の物を味見したがられても困ってしまうし。

「これは薬に使う素材だからダメだよ。黒蜜がまだ残ってるから、お昼をパンケーキにしてそれをかけようか」

僕はそう言ってヴィールの頭を撫でた。

これで作業前にはもう一度手を洗わなければならなくなったが、まぁそれは手刀を落とした時点でそうだったのだから、ついでだ。

もしもディーチェがこの場にいたら、また甘やかしていると溜息を吐かれてしまいそうだけれども。

花で一杯に飾られたアウロタレアの町を、僕はヴィールの手を引いて歩く。
季節はもう完全に春で、気温も緩やかに暖かくなってきた。
今はまだ、ヴィールの背中の羽を隠す為に着せている外套も不自然ではないけれど、これから暑くなってきたら一体どうしよう。
僕はずっと隠者の外套を着ていて慣れているけれど、これはあんまり安易に量産して良い代物ではないし……。

あぁ、いっそ夏は涼しく、冬は暖かい、外套の内側の温度を調節してくれる着用可能なエアコンを、錬金術で作ろうか。

いやいやそれくらいなら、夏用に涼しい外套、冬用に暖かい外套の二着を作った方がコストは安くなりそうだ。

「あっ、あの花、見た事ないよ！」

思わず考え込みそうになった僕の手をグイグイと引っ張ったヴィールが、指先をパン屋の店先に飾られた黄色の花に向ける。

そちらに目線を向けてみれば、飾られていたのは太陽花と呼ばれる種類の花。

まぁ僕の知る言葉ではヒマワリだけれど、本来は夏の花だけに確かにこの時期には珍しい。

何か特別な方法で育てたのだろうか？

最近外を歩ける様になったばかりのヴィールが、見た事がないのは当然だった。

今、アウロタレアの町で行われている花祭りは、イルミーラでは春を象徴する催しとして広く国民に愛される祭りだ。

イルミーラの冬は大樹海の影響か穏やかで、然程に厳しくはないけれど、それでも春の到来を喜ぶ気持ちは他の地域と変わらない。

この季節はどこの町も花で一杯に飾り付けられ、人々は笑い、歌い、飲み、食べながら、一週間程を過ごす。

またこの花祭りは恋の祭りでもあり、男女のどちらからを問わず、意中の相手に花を贈って告白をする。

他にも何時もお世話になっている家族や、仲の良い友人にも花を贈るし、店で商品を買っても一輪の花が付いてきたりする。

まるで僕の前世の感覚だと、バレンタインデーとホワイトデーと、父の日と母の日がごちゃ混ぜになった様な、そんな祭りだった。

でもこの何でもありな感覚が、僕は意外と気に入っている。

年頃の少女達が花で飾られた衣装を身に纏って広場で踊っているし、その誰かが意中の相手なのだろうか？

踊る少女達の姿に顔を赤らめながらも、花束を握ってチャンスを窺う少年達の姿も見えた。

それは見ているだけでも心が華やぐ光景だ。

……なんて風に言うと少し年寄り臭いだろうか。

だけどそれは、僕の偽らざる心境だった。

ちょっと心が浮き立つ自分と、それを冷静に諌める冷めた自分が、両方共に僕の中には存在している。

「ね、あっちは？」

次にヴィールが指を向けたのは、花で一杯に飾られた屋台。

しかし店と違って小さな屋台は屋根の全てが花で飾られている為、普段とは全く別物に見えた。

取り扱っているのは、苺を漬けた酒と、苺を絞った果汁に蜜を加えて甘味を足したジュース。

アウロタレアと王都の丁度間にある町、クランペアでは果実作りが盛んだと聞くが、そこから運ばれてきた品だろうか。

いかにも花祭りに合いそうな飲み物で、行列が出来る程ではないにしても、客足は途絶える事なく繁盛してそうだ。

「ジュースの屋台だね。苺だって。飲んでみる？」

そう問うてみればヴィールは大きく頷いて、はしゃいで僕を引っ張って屋台に向かって歩いていく。

それにしても、ヴィールは本当に力加減が上手くなった。

こうしてはしゃぎながら引っ張っても、それが強くなりすぎない様に、ちゃんと加減されている。

バルモアには先日店に来た時に、シュロット・ガーナーには先程、蜜月の酒を領主に届けた時に尋ねてみたが、二人ともがヴィールに戦い方を教える事を了承してくれた。

どうやらバルモアは引退後もこのアウロタレアの町に住み、クラウレ商会で教官として他の傭兵の指導を行うらしい。

まだ二十を幾つか超えたばかりであるバルモアの全盛期は本当ならこれから訪れるのだろうが、彼女は子を成し産む為に傭兵の引退を決意した。

だけどそれを、クラウレ商会は惜しんだのだろう。

幾ら大きく商いを行うクラウレ商会とは言え、バルモア程に腕の立つ傭兵は、そう何人も抱えちゃいない。

だからバルモアはアウロタレアの町から去らないし、僕とは長い付き合いだからと、バルモアはヴィールに剣を教えてくれるそうだ。

勿論それなりの対価を支払っての話だが。

一方、シュロットへの師事に関しては、僕が領主との間に交わしている取引である、ヴィールにこの町で自由に暮らせる立場を与える一環だと判断されたらしい。

教わる対価は領主であるバーナース伯爵から、シュロットに対して支払われる。

要するにバーナース伯爵は、僕に恩を売る良い機会だと判断したのだろう。

このところ、僕やヴィールの生活には全く問題がないのに、バーナース伯爵からの依頼は何度もこなしているから、このままでは対等な取引にならない恐れもあったし。

小さな手で木のカップを握り、苺のジュースを口に運んで満足気な笑みを浮かべるヴィール。

彼はその小さな手に、ちゃんと武力を握る事が出来るだろうか。

後、あっと言う間に僕を追い越してしまったりはしないだろうか。

……多少不安になるけれど、楽しそうな様子のヴィールに僕は満足して、苺のジュースを口に運ぶ。

◇◇◇

イルミーラの四季は、特に大樹海の一部である森の中は、夏の暑さも冬の寒さも比較的穏やかだけれど、かと言って全く変化がない訳ではない。

冬の時期には活動しない種の魔物もいるし、逆に冬にしか採取出来ない素材もある。

そしてそれは、春であっても同じ事。

基本的に春という季節は、野の獣と同じく魔物の活動も冬に比べて活発化するとされていた。

けれども一部の魔物は繁殖、或いは子育ての為に巣に籠り、春の間は全く姿を見せなかったりもする。

しかし、そう、巣に籠る繁殖の時期だからこそ、捕らえる事が可能な魔物も存在するのだ。

「という訳で、今日は蛇釣りをします」

そんな風に僕が宣言すると、多分意味はわかってないのだろうけれど、ヴィールがパチパチと手を鳴らして拍手してくれた。

場所は森の最外層から少し入った、外層の手前辺り。

狙うは七ツ蛇と呼ばれる、蛇の魔物。

七ツ蛇は繁殖の為に巣穴にいる春しか所在が掴めない魔物で、この時期を逃すとまず捕まえる事は不可能だ。

生け捕りにしないといけないし、雄は兎も角、繁殖を終わらせた雌は個体数を維持する為にも逃がす必要があるから、捕獲はどうしても僕自身の手で行いたい。

以上の理由から、最近はあまり採取をしてなかった僕も、自ら動く必要がどうしてもあった。

だけどやはり、もう暫くの間はヴィールから目を離したくはない。

僕はかなり悩んだが、ヴィールにもいずれは採取を手伝ってもらう様になるだろうし、まだ少し早い気も多少するけれど、森を体験させる事にした。

森でも最外層や外層ならば、例え何があっても自分とヴィールの身を守り切れる自信はあるから。

「用意するのは長さが六～七十センチメートルくらいの短い竿と糸が二メートル、餌をしっかりと固定する為の仕掛けと、餌の鳥肉」

釣りとは称したが、魚を釣る時の様な針は特に必要ない。

直径十～十五センチメートルくらいの縦穴、七ツ蛇の巣に、糸で固定した餌の鳥肉を垂らしてやれば、向こうからガブリと食い付いて離さないから、後は引っ張り上げてやるだけだ。

実に簡単である。

但し注意が必要なのは鳥肉から七ツ蛇を離す時で、まず絶対に素手で蛇体に触れてはならない。

下手に素手で蛇体に触れると、怒った七ツ蛇が鋭い鱗を逆立てて、手がズタズタに切り裂かれてしまう。

なのでどうしても触る必要がある時は、長めのトングの様な道具を使うか、防刃効果のある素材で作ったミトンの様な物を装着して掴む。

次に注意するのは、当たり前だが咬まれない様にする事。

七ツ蛇の牙からは、命に別状はないが、一時間程身体を麻痺させる毒が出る。

森の中で身体を麻痺させられてしまえば、下手をしなくとも命の危機だ。

しかしだからと言って恐る恐る捕まえて、うっかりと逃がしてしまうのも拙い。

仮に一度でも七ツ蛇を地に落とせば、姿を周囲に溶け込ませて逃げ出してしまう為、もう二度と見つからないだろう。

随分と特殊な能力の多い蛇に思うだろうが、それもその筈、七ツ蛇という名前は、この蛇が七つもの特殊能力を保有する事に由来する。

例えば身体を真ん中でズバッと切っても、頭がある方は生き残って傷口を再生する程に生命力が強いだとか、そもそも尻尾の先なら自切が可能だとか。

なので一見簡単に見えるが、実は危険も多い七ツ蛇の捕獲を、僕はというか、錬金術師はあまり冒険者に任せようとしない。

一見簡単そうに見えるからこそ駆け出しの冒険者でも挑戦出来てしまうし、それ故に不慮の事故も増えてしまうから。

「釣れた七ツ蛇は触らないで、そのまま竿を動かして吊って運んで、この酒で満ちたボックスに漬けるんだ。体が半分程漬かると、口を離して勝手に落ちるから、鳥肉はお酒に漬けないでね」

説明を続ける僕に、ヴィールは真面目な顔で頷いていた。

この様子なら、実際に採取、蛇釣りをやらせてみても良いだろう。

回復のポーションや麻痺回復のポーションは常備しているし、そもそもヴィールは身体を流れる霊薬や、それを浄化する霊核の効果で毒には強い耐性がある。

七ツ蛇は酒に漬かると無力化するので、後は完全に酔った後に別の入れ物に閉じ込めて持ち帰るだけだ。

「但し気を付けて欲しいのは、釣れた蛇の頭に白い線が一筋、シュッと入っていたら、繁殖済みの雌だから逃がしてあげてね。トングで尻尾の先を強く引っ張ったら、口を離して尻尾を切り離して逃げるから」

繁殖済みの雌には卵を産んで個体数を増やしてもらわなければならないし、自切された尻尾も強い生命力が残る為、ポーション類の効果を高める良い素材となる。

それから実は、尻尾はグニグニと歯応えがあって割と美味しい。

一通り手順を説明した僕は、ヴィールに竿と餌の鳥肉を渡す。

初心者だからまずは手本を見せる事も考えたけれど、将来的には文献で調べた採取法を、いきなり実地で試さねばならなくなる事は絶対にある。

だから彼の将来を考えるなら、僕の過保護は控え目に、実践を積み重ねた方が良い。

ヴィールは渡された道具を興味深そうに見ていたが、やがて観察には満足したのだろう。

七ツ蛇の巣穴が良く見つかる赤イチイの木の根元で地面を探り、一度こちらを振り返る。

見付けた穴が七ツ蛇の巣穴か、僕に確認したかったらしい。

まぁしかしそれを確認するには糸を穴に垂らすしかないから、僕が一つ頷くと、ヴィールは慎重に竿を操って餌の鳥肉を穴に沈めていく。

七ツ蛇は春の間は、繁殖を終えてもパートナーと巣穴の中でのんびりと過ごしているらしい。

もっと具体的な事を言うと睦み合ってイチャイチャしている。

そんなところに肉の匂いがプンプンする餌が入ってきたなら、邪魔をされた怒りと思い出した空腹で、ガブリと餌に噛み付くのだ。

基本的に怒りっぽいのは雄の七ツ蛇で、釣れる個体の七〜八割は雄である。

人間の場合もカップルがちょっかいを掛けられたら怒るのは大体男なので、その辺りは人も蛇も同じなのだろう。

但し気の強い雌もいるらしく、時折だが雌が釣れる事もあった。

多分雄を尻に敷いている個体なのだろうけれど、繁殖済みだったらリリースだ。

是非とも強い子を産んで欲しいと思う。

「あっ、あっ、釣れたっ！　えっと、こう？」

危なげなく七ツ蛇を釣り上げたヴィールは一瞬考え込んだけれど、無事に僕の言葉を思い出した様で、酒で満ちたボックスに蛇体を尻尾から浸していく。

もしかしたら、以前に川で釣りをさせた経験が、彼を冷静にさせているのかも知れない。

酒に触れた七ツ蛇の身体から力が抜けて、ぽちゃんとボックスの中に完全に落ちる。

覗き込んで確認すれば、頭に白い線はなかった。

「そう、それでオッケー。でも一つ。森の中では、大きな声は出さない」

周囲を警戒していたけれど、魔物の気配は特にない。

だけどあまり大きな声を出してしまうと、聞き付けた魔物が寄ってくる可能性も皆無ではないから。

森の中での行動は慎重に。

サッと自分の口を押さえて頷くヴィールに、僕は思わず笑ってしまう。

「まぁ、今は近くに魔物はいないみたいだから、大丈夫。次は気を付けよう。じゃあどんどん釣っていこうか。この時期しか採れない素材だから、最低でも五匹は欲しいからね」

僕の言葉に張り切るヴィールと、次の巣穴を探して歩く。


そうして森の中を探し回る事、およそ三時間。

蛇釣りの成果は実に大猟で、捕まえた七ツ蛇は二十を超えた。

どうやらヴィールは、僕が思うよりも遥かに森に愛されているらしい。

イ・サルーテの錬金術師協会本部は年に四回、各地の支部は年に一回、会報誌を発行している。
会報誌とは錬金術師協会の会員、つまりは錬金術師達に協会からの発表や、新たに公開されたレシピ等を報せる物だが……、本部が発行した会報誌は一般の会員、つまり地方の錬金術師には届かない。
当たり前の話だが、この大陸の全土にイ・サルーテからの発行物を届けようとするならば、その労力は尋常ならざるものとなってしまう。

例えばイ・サルーテからイルミーラに、このアウロタレアの町に物を届けようとすれば、まず二週間掛けて海に面した港に出て、そこから西へ船旅を三週間。

すると大陸西部の一国、波の国とも呼ばれるザウリアに到着するので、小型の船に乗り換えて川を北上する事二週間で、隣国である湖の国、ツェーヌへと辿り着くだろう。

そこからイルミーラの王都までは、徒歩でも馬車でも一週間もあれば十分だ。

つまり最短で八週間、船の乗り換えや、王都からアウロタレアの町までの距離を考えると九週間は、イ・サルーテから掛かってしまう計算になる。

因みに陸路を使う心算ならかかる日数は倍以上だ。

会報誌を届ける為に年に四回もこれだけの労力を費やす余裕は、流石の錬金術師協会にもない。

そこで年に一度、各地域の支部が本部の会報誌を纏めた物を、支部からの会報誌として錬金術師達に届けていた。

イルミーラから最寄りの錬金術師協会の支部は隣国であるツェーヌにある。

交通の要所であるツェーヌからならば川を使った水運で、大穀倉地帯を抱える西部の食糧庫、麦の国と呼ばれるフォーンや、湿地帯だらけで沼の国と呼ばれるロドロゴルへの輸送も容易い。

ツェーヌとザウリアの間にある無法地帯、川の国と呼ばれる河賊が蔓延る場所にだって、支部に会費を支払っている錬金術師が存在するなら、会報誌は届くだろう。

しかし僕としてはやはり支部が発行する会報誌じゃなくて、本部が出した会報誌を読みたい。

錬金術に関する情報は少しでも早く、少しでも詳しく知りたいし、本部が出す会報誌には、錬金術師協会の立場から見た世界情勢等も書かれていて、読み物としても面白いのだ。

だから僕は実家であるキューチェの家に、手紙のやり取りをするついでに本部が発行する会報誌を送ってもらっていた。

朝に配達員が届けてくれた本部からの会報誌を読みながら、僕はサクリと茶菓子のクッキーを齧る。

「ふぅん……。北方の大帝国ズェロキア、東部地域侵攻を開始する……、か」

因みに実家からの手紙は、会報誌の後で読む。

別に家族への情が薄い訳では、多分ないけれど、どうせ返事も書かなければいけないのだから、後で纏めて済ませた方が効率が良い。

……うん。

いや、やっぱり単に届いた会報誌を先に読みたかっただけである。

普段は配達物に妙に興味を示すヴィールも、今日は週に一回の剣を学ぶ日で、バルモアと一緒にこのアトリエの屋上だ。

ヴィールは週に一回、このアトリエの屋上でバルモアから剣を学び、週に一回、領主の館でシュロット・ガーナーから体術を学んでいる。

武闘祭の武器部門の準優勝者から剣を、素手部門の優勝者から体術を学ぶなんて、実に贅沢で羨ましがられる話だろう。

尤もその訓練を見ている僕は、混ざりたいとはちっとも思わないのだけれど。

否、多分だけれど、ある程度ヴィールの修練が進めば、バルモアもシュロットも、相手役として僕を巻き込む気でいそうだから、ちょっとは鍛え直した方が良いかも知れない。

別に強い弱いへの拘りはイルミーラ人に比べたら薄いけれど、それでもヴィールに格好悪いところを見せたくないって、見栄を張る気持ちくらいは僕にもあった。

しかしそれはさて置いても、数ヵ月以上前の事とは言え、ズェロキアの東部侵攻は非常に大きなニュースだろう。

北方の大国、氷の帝国とも呼ばれるズェロキアは、暖かな地への南下を悲願としている。

だけど厳しい地形に阻まれて、これまで南下、侵攻は主に中部に対して行われるのが常だ。

故にこの大陸の中部の国々は連合を組み、ズェロキアの侵攻を食い止めてきた。

勿論全ての国がその連合に参加している訳でなく、南の海に面した国々は支援を行う程度だし、エルフ、もとい樹上人達が暮らす世界樹の国は人間の争いに関与しようとはしない。

また錬金術師協会の本部が存在するイ・サルーテも、基本的には中立の立場だ。

尤も中部諸国は距離が近い分、錬金術師協会で生産される錬金アイテム、特にポーション類の仕入れが容易いので、ズェロキアはイ・サルーテを中立だとは考えていないと思われる。

そんな中部諸国連合の抵抗に、ズェロキアは侵攻した地を奪ったり奪われたりを繰り返していたのだけれど、東部への侵攻が始まったとなると情勢は大きく変わる筈。

幾ら大国であるズェロキアとは言え、東部に軍を差し向けるなら、中部への侵攻は一旦落ち着く。

逆に東部は小国が多く、険しい山々に遮られて守られてきたが、ズェロキアがそれを越えたとなると苦戦は必至だ。

僕が旅に出た後に数ヵ月程体術を学んだのは、東部のロレロームという名の小国なので、……少しばかり心配になる。

それにもしもズェロキアが中部以外にも目を向けたとなると西部への侵攻も……、多分ないとは思うけれど、絶対にありえないとまでは言いきれなかった。

今度領主の館に行った時、バーナース伯爵にはこの話を教えてあげよう。

数ヵ月前の話であっても、大陸の真逆の果てであるイルミーラには、届くまでに時間の掛かる情報であろうし、何らかの役に立つ事もあるかも知れない。

西部地域の中でも更に西の方に属するイルミーラやツェーヌ、ロドロゴル辺りは、それぞれ意味合いは違うが非常に面倒臭い土地柄である。

例えば比較的ズェロキアに近いロドロゴルは、国土の大半が湿地帯で沼地も多い。

更に一部の沼は淀んで腐って瘴気を放ち、毒を持った魔物が棲み付く魔境の一つだ。

下手に侵攻して迷い込めば、軍が丸ごと消えてなくなりかねない場所だった。

そしてロドロゴルを抜けたところで、次に辿り着くツェーヌは国土の多くが湖で、しかもその湖の主は人間ではなく古き竜だとされている。

安易に手を出すには、あまりにリスクの高い土地だろう。

仮にそこまで辿り着ければ、すぐ隣には大穀倉地帯を抱えるフォーンがあるけれど、手を伸ばすにはロドロゴルとツェーヌが非常に邪魔だ。

またイルミーラの厄介さは言うまでもない。

イルミーラ自体が屈強な兵を多く抱えている事もそうだが、仮にこの国が崩壊すれば大樹海が大きく広がって全てを飲み込んでしまう危険性がある。

幾ら南下を悲願とするズェロキアと言えど、こんな面倒臭い土地を得たいとは思わない筈。

だからこの情報が意味を持つ可能性は極々僅かなのだけれども、念の為に。


……今回の会報誌は、そのニュース以外に関しては、特に見るべきところは少なかった。

ディーチェの妃銀の発表はまだされたばかりだろうから、会報誌に載るとしても次か、またその次辺りになるだろう。

バーナース伯爵に見せた後にはなるけれど、カータクラ錬金術師店のフーフルにもこの会報誌は貸す予定だ。

彼なら僕とはまた違った視点で、この会報誌から有益な情報を引き出すかも知れない。

僕は十分に満足したから、会報誌をテーブルに置いて、実家からの手紙に目を通す。

これを書いたのはどうやら兄で、ディーチェがイ・サルーテに辿り着いて、彼女から話を聞いたという風な事が記されていた。

そして手紙の最後には、

『私にはお前が少しも理解出来ないが、私の理解の及ばぬ領域で錬金術師としての道を邁進(まいしん)するお前を誇りに思う。支援はするから、こちらの事は任せて好きにやれ。

届く頃には少し遅くなっているが、十八歳の誕生日、おめでとう。たまには帰ってくるように。きっと母が喜ぶ』

なんて風に書かれている。

実にあの兄らしい言葉に、思わず笑みを溢してしまう。

あぁでもそう言えば、色々と忙しくしていたからすっかり忘れてしまっていたけれど僕は春生まれで、誕生日はとっくに過ぎてしまっていた。

自分でも忘れてしまっていた誕生日を兄が覚えていた事が嬉しくて、僕は返事を書く為に紙とペンを手に取る。

まずは何から知らせようか。

書き出しについて悩んでいると、上の階段から話し声と降りる足音が聞こえてくる。

その賑やかさに、僕は一言、実家の家族に伝えたい言葉を思い付いて、こう記す。

『今、僕はとても幸せです』

……と。

◇◇◇

「…………」

柔らかな日差しが注ぐ中庭で、目を閉じたヴィールが波砕流の構えを取っている。

けれども一切の動きはない。

これはそういう訓練なのだ。

構えを取り、気持ちを統一して。微動だにしない。

ただそれだけなのだけれども、それは言葉から想像されるよりもずっと苦しい訓練である。

何故なら人間は、じっと立っているだけだと、どうしてもふらつき、グラついてしまう生き物だから。

目を閉じていればそれは尚更に。

それを意志の力でピタリと封じ、長時間の構えを取るのに必要な筋力と平衡感覚を養う。

週に一度、シュロット・ガーナーがヴィールに体術を教える時、一番最初に行う訓練がこれだ。

大きく動いてしまえばそこまでで、次の訓練に移る。

因みに地面の上で一定時間動かずに構えられたら、次は馬車の上や池に浮かべたボートの上で同じ事をするらしい。

「実に素晴らしい才ですな。ただ立っているだけでなく、どうすればより安定して立てるのかを常に模索し続けている。全く動かずにそれを行えるのは、天賦の才と言わざるを得ない」

僕の隣に立ってヴィールを見ていたシュロットが、ポツリとそう呟く。

同じ風にヴィールを見ていても、僕にはさっぱりわからないが、シュロットには何か違うものが見えている様子。

うん、まぁ、そうなのだろう。

だって回を重ねるごとに、この訓練に費やす時間が明らかに伸びている。

「あの才であれば、例えどんな風に育てようとも、大輪の花を咲かせたでしょう。……なのに君は、何故あの子を私に？」

なんて事をシュロットは聞いてくるが、さて何と答えようか。

彼はヴィールを大いに評価してくれていて、それに関しては僕も異論はないのだけれども……。

何故かシュロットは僕に対しての評価も異様に高い。

「幾ら花が大きくても、根と茎がしっかりしてないと倒れちゃうでしょう？　だから僕は、上辺だけじゃなくて根から育てられる人に任せたかったんですよ」

僕は言葉を選び、領主の屋敷の執事が入れてくれたお茶を口に運んでから、そう答えた。

確かにシュロットの言う通り、ヴィールはどんな風に育てても、勝手に強くなるだろう。

物凄く言い方は悪いが、魔物の幼体が成長すれば強くなるのと同じで。

ホムンクルスであるヴィールは、人を超える力をその身に宿せる。

だけど同じ種類の魔物でも、個体によって強さは違う。

技なんて持たない魔物でも、体格、筋力がほぼ変わらないのにも拘らず、妙に手強い個体は存在していた。

それは不屈の闘志だったり、ずる賢さだったり、勘の鋭さだったりと要因は様々だけれど、僕はスペックだけではない強さの何かを、ヴィールに得て欲しいと思うのだ。

「後はまぁ、僕が齧った武術はあんまり威力を重視しないので、イルミーラに向いてないんですよ。どちらかと言えば人を投げ飛ばしたりする技が多いので、僕もこちらに来てからは殆ど使ってません。身体の動かし方くらいですね」

でも後から考えたら、これは大いに失言だっただろう。

何故なら武術家であるシュロットを相手に、彼の知らぬ流派の話をしてしまったのだから。

なのに僕は、その言葉を聞いて好奇を瞳に浮かべたシュロットに気付かず、かつて齧った武術、ケミア流を思い出して物思いに耽ってしまった。

ケミア流の開祖は、ユーナ・ケミアという名の女性だとされている。

でも彼女の名は武術家としてよりも、寧ろ錬金術師として知られていた。

『東方の賢者』ユーナ・ケミアは、例えば有名なところでは、マジックバッグの開発者だ。

このマジックバッグという名前も、彼女が付けたものらしい。

東方の賢者が活躍した時代は、今からおよそ百年近くも前。

その頃の東部地域は、幾つもの災難に見舞われていたらしい。

大規模な河川の氾濫や、水を浴びた者に発生する死に至る奇病、田畑の作物を食い散らす蝗の群れと、それによる飢饉等々。

勿論それ等の被害は何時の時代でも、東部地域以外でだって起きる事はある。

けれどもその頃の東部地域はそれ等の災厄が重なりすぎて、地獄の様な有様だったらしい。

僕からすると非常に野蛮だとしか思えない話だが、災厄を鎮める為に生贄(いけにえ)を捧げると言ったような儀式すら頻繁に行われていたと言う。

それ程に、百年前の東部地域は追い詰められていた。

しかし話の流れからわかると思うが、それ等の災厄を一つ一つ解決していったのが、後に東方の賢者と呼ばれるユーナ・ケミアだった。

彼女は大量のマジックバッグを用いて莫大な量の土を運び、氾濫を防ぐ堤防を築く。

またはやはりマジックバッグを用いて莫大な量の食糧を運び、人々の腹を満たす。

或いは自らが開発した病気の特効薬をマジックバッグに詰めて各地を渡り歩き、病に侵された人の命を救う。

ユーナ・ケミアは東部地域が見舞われていた災厄の一つ一つに錬金術の技術と、そして何より物量を以って立ち向かったとされている。

僕は人々を救った彼女の姿勢にも感銘を受けるが、それよりも尊敬の念を抱くのが、物量こそが力であると理解している点だった。

仮にユーナ・ケミアが己の技術のみを最上と考えるタイプの錬金術師だったなら、救われたのは東部の極一部の地域でしかなかっただろう。

だが大量の物資を運ぶ彼女は、それを独占したいと考える欲深な、もしくは心が荒んでしまった人間にとっては、狙うべき獲物としてその目に映った。

そんなユーナ・ケミアが敵対者を制した武術こそが、僕が東部のロレロームという小国で学んだケミア流である。

何でもその武術を極めたとされる彼女に軽く触れられただけで、相手の身体は宙を飛んで、激しく地に叩き付けられたそうだ。

ユーナ・ケミアが弟子に残した言葉には、『体格と筋力に勝る相手に殴り勝つ事は難しいが、投げ飛ばした後に急所を踏み抜けば簡単に戦闘不能に追い込める』と言うものがあるんだとか。

高名な女性が開祖となった武術とあって、ケミア流の使い手はやはり女性が多い。

但し東方の賢者の名声は東部地域でも高いけれど、ケミア流自体はあまり知られていなくて、ロレロームという小国で細々と伝えられているだけである。

僕も最初はケミア流の存在を知らず、ユーナ・ケミアが何らかの錬金術の技術を遺しているかも知れないと考えて、彼女が没した地であるロレロームを訪ねた。

ならば一体何故、それまで知りもしなかったケミア流を学ぶ事になったかと言えば、ユーナ・ケミアの住んでいた屋敷というのがケミア流の道場になっていたからだ。

だから門下生になって彼女達から身内の判定を受けたなら、ユーナ・ケミアが遺した手記か何かを見せてもらえるんじゃないだろうかって下心が少しと、……後は道場に掛かっていた看板に『池宮流』と見事な達筆で書かれていたからだろう。

そう、その文字は間違いなく、この世界では一度も見た事のない漢字で書かれていたから。

……結局僕は四、五ヵ月をロレロームで過ごして、また旅に出た。

ケミア流の師範達にはとても良くしてもらったが、ユーナ・ケミアが遺した手記の類は存在しないとの事だったので、彼女が『いけみや・ゆうな』だったのかどうかはわからない。

唯それでも、僕にとってユーナ・ケミアは、尊敬すべき先達だ。

あぁ、そう、まぁそういう訳で、ケミア流の師範達には丹念に可愛がりを受けたけれども、所詮僕はケミア流を数ヵ月しか学んでいない未熟者である。

そんな僕が誰かにケミア流の技を教えるなんて、許されよう筈がない。


「まぁ、そういう訳で、やはりヴィールに学ばせるなら、武に長く携わった人に任せるべきだと思ったんです」

そう言って僕はカップのお茶を口に運び、ふとシュロットの様子がおかしいと気付く。

自分の知らない流派の話をされて、それが実際にどんなものか味わってみたくて仕方がないといった表情をしている彼に。

そう、そこで漸く、僕は自分の失言を悟った。

だけど残念ながら、今更それを理解したところでもう遅い。

「成る程、実に興味深い話でありましたな。さて、では話は変わりますが、今日のヴィール君の訓練は見稽古。実際に波砕流の拳蹴派がどの様な技を使うのか、組手形式で見せようと思うのです。という訳で相手が必要ですからな。一つご協力いただきたい」

シュロットは嬉しそうに、本当にもう嬉しそうに、唇を笑みの形に歪めてそう言った。

領主の護衛として控えている時は、割と鉄面皮なイメージがあるのだけれど、一旦その場を離れると彼は意外と表情が豊かだ。

まぁそんな事を知れたところで、何も嬉しくないし、今の窮地は変わらないけれど。

僕は懸命に言い訳を考えるけれど、何も思いつかない。

確かにヴィールの学習能力なら、見る事でもきっと何かを掴むだろうから。

逃げ道は、……どこにもなかった。

番外編

ガラスの向こうの世界

「ただいま。思ったよりも手間取って、少し帰りが遅れちゃったよ」

物音に目を開くと、ガラスの向こう側からマスターがそう声を掛けてくれた。

マスター、創造主は、笑みを浮かべてヴィールって名前を呼んでくれる。

そう、名前だ。

ヴィール。

自分を示す、自分だけを示す、ヴィールの名前。

マスターの声がそれを紡ぐ度に、胸の奥から身体に何かが広がる感じがする。

きっと、これが喜びとか、嬉しいとか、そういった感情なのだろう。

「今回は森で子熊に出会ってね。凄く可愛らしかったよ。君にも見せたくなるくらい」

子熊、熊の子供。

マスターに創られたヴィールと違って、多くの生き物は雌雄の交配で子供が産まれる。

そういう風に、知識としてはあるんだけれど、ヴィールは熊も、雌雄の交配から産まれる子供も見た事はないから、それを知ってはいても、想像は出来ない。

けれども、マスターの声は聞いているだけで心地好くて、ヴィールはこの時間が大好きだ。

語り掛けてくれるマスターの声を聞きながら、霊薬で満たされた培養槽の外、ガラスの向こう側の世界に思いを馳せる。

「……まぁ母熊はおっかなかったけどね」

表情を変えて、マスターはそう言った。

ガラスの向こう側の事でも、マスターに関してだけはわかる。

あれは苦笑いだろう。

おっかない。

怖いって意味だった筈だけれど、マスターがその母熊を怖がっている様子がないのを、ヴィールは不思議に思う。

マスターの気持ちが知りたくてじっと見ていると、にっこりと笑い返される。

どうやらマスターは、ヴィールが話に興味を持ったのだと思ったらしく、更に詳しく話し始めた。

うん、勿論ヴィールは、マスターの話ならそれがどんな内容でも、興味はある。

ガラスの向こうの世界の事は想像するしかないし、その想像も上手く出来ないんだけれど、でもマスターは何時も楽しそうに話してくれるから、それを聞くのがとても嬉しい。

暫く話を聞いていてわかったのは、森に釣りをしに行ったマスターが、魚を何匹か釣ったけれど、その子熊に奪われてしまったって事。

どうして、釣った魚を奪われたのに、マスターは楽しそうなんだろう？

一番大事な、どうにか守り切ったという黄金鱒をマスターは見せてくれる。

それは金色の大きな魚で、人とは全く違う形の生き物だった。

恐らく熊も、人とは全く違う形をしているんだと思う。

しかしヴィールは、人とは違う創られた生き物だけれど、人の姿に、つまりはマスターの姿に、比較的だが似ているそうだ。

世界には色んな生き物がいるというけれど、比較的であってもマスターに近い姿を持って創られた事が、ヴィールは嬉しい。

実際に黄金鱒を見た事で、ヴィールの外の世界の想像は、一つ色が鮮やかになった。

また、この黄金鱒は錬金術の素材になるそうだから、ヴィールが必ず覚えなければならないものの一つである。

ヴィールのようなホムンクルスと呼ばれる存在は、マスターのような錬金術師を、知識的にサポートする為に創られるのだから。

与えられた錬金術に関する知識を一つ残らず記憶して、必要に応じて提供するのが、ホムンクルスの在り方なのだ。

「……そろそろ霊核の試作もしなきゃなぁ」

ふと、マスターがそんな言葉を口にする。

だけどヴィールのマスターは、どうやら知識的なサポートを求めてこの身を、ホムンクルスを生み出したのではないらしい。

今、マスターが口に出した霊核というのは、なんでもホムンクルスを霊薬で満ちた培養槽の外で活動させる為のものだという。

どうしてマスターがそうしたいのか、ヴィールにはわからない。

そうする事で何が起こるのか、ヴィールは想像出来ないし。

実は、外の世界を怖いなって思う気持ちもある。

だって、この培養槽の中と違って、マスターが話してくれるガラスの向こう側は、あまりに多くの事が起きていた。

でも同時に、やっぱりその多くを実際にこの目で見られたら、嬉しいんだろうなとも思う。

一人なら、外の世界は怖いだけだろうけれど、きっとその多くを目にする時は、マスターが隣にいてくれる。

このガラスの向こうに行くその日が、ヴィールは楽しみだった。

けれども、その霊核の試作も、今日じゃない方が良い。

マスターは、ヴィールに楽しそうに色々と話してくれていたけれど、その合間に、ふと疲れている様子を見せている。

ヴィールにはちゃんとわかるのだ。

何故なら、ヴィールが起きている時間は、マスターが帰ってきてこうして近くにいてくれる間は、ずっとその姿を見続けていた。

ガラスの向こう側で、ヴィールが一番よく知っているのは、間違いなくマスターの事だから。

それよりも休んで欲しいって思って、じっと見つめると、

「うん、そうだね。ちょっとお風呂に入ってから、一眠りしてくるよ。急ぎの納品の仕事はないけ

れど、暫く閉めてたから店も開けなきゃいけないしね」

その想いが伝わったのか、マスターは苦笑いを浮かべて、一つ頷く。

マスターの話が終わってしまうと思うと、こう、胸がくしゅっと、シュンってなってしまう。

だけどちゃんとマスターが休んでくれるなら、それで良い。

ヴィールはちゃんと思いが伝わった事に、マスターが良くそうしてくれるように、笑みを浮かべた。

するとマスターは、軽くヴィールの培養槽をコンコンと叩いて、

「おやすみ、ヴィール。また後で」

そんな風に言ってくれた。

うん、おやすみなさい。

マスター、また後で。

まだ声を出せないヴィールの言葉は届かないけれど、それでもマスターなら、多分わかってくれたと思う。

頭を良くする薬

「ねぇ、先生？」

肺根病の治療が終わった後、念の為に行っている定期的な診察の際に、ふとサーシャが僕に向かって、何やら問いたそうな声をあげた。

はて、一体どうしたんだろうか？

診察が痛かったり苦しかったり、もしかすると恥ずかしかったりしたんだろうか？

特に思い当たる事がなかったから、僕は首を傾げながら、

「ん、どうしたの？」

彼女の問いに耳を傾ける。

するとサーシャは、少し言い辛そうにしながらも、

「先生は、悪いところを治せるお薬を作れるんだよね。だったら、頭が良くなるお薬も作れる？」

なんて、そんな言葉を口にした。

はて、一体どうしたんだろうか？

僕は要領を得ない話に、再び首を傾げてしまう。

確かに僕は、色々と病気を治す薬を作る事は出来るけれども、サーシャが言っているのはそれとは随分と違う話だ。

それにしても、頭を良くする薬……、か。

「あのね、ロウタ君に言われたの。サーシャが病気にかかったのは、バカでどんくさいからだって。だから、それを先生に治して欲しいの」

僕が少し苦い顔をしていると、サーシャは訴え掛けるようにそう言って、目に涙を溜めている。

あぁ、うん、全く、もう、困った子がいたものだ。

勿論その困った子は、サーシャじゃなくて、そのロウタの方だけれど。

ロウタがサーシャに、一体どういった心算でその言葉を吐いたのかは、わからない。

けれども自らの病で、エイローヒの女司祭にして、孤児院の先生でもあるレーダに、随分と心配を掛けたと理解している彼女は、その言葉を非常に重く受け止めてしまったのだろう。

いや、しかし、レーダの心配を察する辺りが、寧ろサーシャの聡明さの証明でもあるのだが、子供にそれがわかろう筈もないか。

「そうだね。僕は確かに、色んな悪いところを治せるけれど、でもサーシャの頭を治すのは無理かな。だって君はとても賢い子だもの」

僕は、そうやって少しばかり嘘を吐く。

あぁ、嘘はサーシャが賢いって事じゃなくて、頭を良くする薬が作れないって部分だ。

その頭を良くするって言葉の意味次第だけれど、実はそういったポーションは存在している。

例えば、集中力や記憶力を一時的に引き上げる事は可能だ。

何かの試験前に、それらを服用して一夜漬けでもすれば、結果は大いに向上するだろう。

それを頭を良くするというならば、僕はそのポーションを作る事が出来た。

尤も、その手の脳に働き掛けるポーションは、一度や二度なら兎も角、頻繁に使えばやがて酷い副作用に悩まされる事になる。

集中力が高まる感覚は、人によっては快感を覚えるから、何度もそれを求めてしまう。

しかし繰り返し集中力をポーションによって高めていると、薬が切れた時は逆に注意力が散漫になったり、酷い場合は意識が朦朧（もうろう）としてくるのだ。

記憶力を高めるポーションも同様で、何度も何度もそれに頼っていると、やがて頭痛を引き起こす。

最初は軽い頭痛が時々起きる程度だけれど、徐々に痛みは強くなって、激しい痛みにずっと悩まされる事になる。

錬金術を用いれば、それらの症状も治療は可能ではあるけれど、一度常用する癖がついてしまうと、それらのポーションを断つのは非常に難しかった。

結局、薬で頭を良くするなんて、都合の良い話はないって事だ。

一時的な効果は得られても、頼りすぎれば身を滅ぼす。

本当に大事な一回でそれを使って成功した者もいるから、これらのポーションの価値を否定はしないが、僕はあまり好きじゃない。

もしかすると、僕だってそれらを頼りにせざるを得ない時が来るかも知れないから、あまり偉そうな事は言えないんだけれども。

やっぱり、あらゆる手段を用いなければ乗り越えられない障害、打倒出来ない敵が現れた時は、僕も手段を選ばないだろうし。

でも、幸いな事に、サーシャはそんなポーションに頼らずとも、僕の言葉に納得してくれる良い子だから。

「本当に？」

なんて風に聞いてくるけれど、僕は自信を持って頷いた。

仮にサーシャが、周りに比べて行動が遅いとしても、それは彼女が思慮深いからだ。

大切な事だからと説かれれば、嫌がらずに治療も、その後の診察もしっかり受けてくれている。

肺根病の治療は、肺に定着した根を枯らした後も、残った異物を排除する為に咳を誘発する薬を使う。

すると何度も何度も激しい咳が続いて、枯れた根を少しずつ吐き出す。

当然ながら物凄く苦しい、幼い子供にはとても辛い治療だった。

けれどもサーシャは、その苦しくなる治療をちゃんと最後まで受けてくれて、尚且つ僕を嫌っていない。

後の診察でも、こうやって悩みを話してくれるくらいには、治療が必要な行為だったと理解してくれているのだ。

これを賢いと言わずして、何と言おう。

僕は手を伸ばしてサーシャの頭を撫でてから、鞄から瓶を取り出して、中身の蜂蜜を固めた飴を一つ彼女に与える。

あぁ、これも一つの、頭の良くなる薬かも知れない。

糖分は、頭の働きを活性化させるし、何よりも甘さが優しい幸せを与えてくれるから。

飴を口で転がして、満面の笑みを浮かべるサーシャに、何だか僕まで嬉しくなって、口角が上がる。

もしかすると、レーダからは食事前に子供におやつを与えた事に、小言を貰ってしまうかも知れないけれど、それは甘んじて受け入れよう。

思わぬ再会

「参ったなぁ……」

姿を隠してくれる隠者の外套のフードを被って、樹上に隠れ潜んだ僕は小さく呟く。

そして僕が隠れる木の下では、何だか見覚えのあるような気のする子熊が二匹、ころころと地を転がって遊んでいる。

一体何の偶然だろうか。

この広い森の中で、一度出くわした幼い獣に再び会うなんて、全く思いもしなかった。

「ちょっと大きくなったねぇ」

以前にこの子熊に会ったのは、丁度二ヵ月くらい前の事。

僕が森の水場で釣りをしていた時である。

その時に比べると、子熊も一回り身体が大きくなったように見えた。

いや、まぁ、あの時もゆっくりと子熊を観察した訳じゃないから、ハッキリとどのくらい成長したのかはわからないんだけれど。

でも確実に大きく育ってはいる様子だったから、これならあの時に奪われた魚も無駄じゃなかったなって思う。

早めに去ってくれたらありがたいんだけれど、遊ぶ子熊達の様子を見る限り、期待は薄そうである。


子熊がいると、近くには母熊もいるだろう。

この危険な森の中で、母熊がいなければ子熊が生きていられる訳がないから、これは確実だ。

不意に出くわして刺激してしまう危険を避けるなら、動かずじっと隠れている方が良い。

本来ならばゆっくりと離れるのがベターなんだけれど、隠者の外套の隠蔽効果は、熊の目や鼻を上回るから。

僕は隠れたままに彼等を眺めていた。

やがてガサガサと茂みが鳴って、大きな母熊が姿を現す。

その傍らには、母熊に比べると凄く小さく見える子熊がもう一匹。

……あぁ、数が一匹減っている。

もしかしたら、別のどこかで遊んでいるのかも知れないけれど、ここが大樹海の浅層にあたる森である事を考えれば、その望みは期待薄だろう。

いや、寧ろ魔物が生息するこの環境で、三匹も子熊が生き残っているのが凄い話なのだ。

母熊の姿も、僕には以前よりも大きく見えた。

この森は危険も多いけれど、その分だけ見返り、餌も沢山あるから、それを喰って成長したのか。

それとも魔物相手に我が子を守り抜いた実績が、母熊を大きく見せているのか。

熊は危険な生き物で、人の味方では決してない。

僕だって見付かれば、母熊は自分や子熊を大きくする為の、餌の一つにしようとするだろう。

人間が脅威であると知っていたら、上手く避けてくれるかも知れないが。

因みに熊は木登りも得意だから、木の上に逃げるのも本来はあまり良い手じゃないそうだ。

僕も万が一だけれど、隠蔽が見破られて見つかったならば、魔術を使って逃げるしかない。

ただ、それでも僕は、子を守る母の大きさに、不思議な気持ちを感じていた。

これは感動か、尊敬の念か。

何とも言い難いけれど、ちょっと頭を下げたくなる。

動いたら隠蔽効果が低下するから、勿論実際にはやらないけれども。

仮に戦いになったら、僕が間違いなく勝つだろう。

けれども僕にはあの母熊のように、この森の中で子を育てるような事は出来ない。

人と獣の違いがあるから、それは当たり前ではある。

だけど自分が出来ない凄い事をしている誰かに敬意を抱くのも、やっぱり僕にとっては当たり前だ。

子熊達が暢気に遊んでいて、それに飽きるのを母熊はじっと待っていて、僕は隠れたままにそれを眺めて、彼等が去ってくれるのをやっぱりじっと待っている。

森へは採取に来たのだが、何も出来ないままに時間は過ぎていく。

なのに僕は、それにあまり苦痛を感じない。

時間は有限だけれども、今の僕は納期に追われる作業もないし、こうした時間も悪くないって思えた。

そう考えると、彼等とは良いタイミングでの再会だ。

納期がある仕事があったら、僕もじっと隠れているだけじゃなくて、どうにかこの場を逃げ出そうと画策して、子熊や母熊を驚かせる結果になったかも知れないし。


やがて、遊び飽きた子熊達は母熊に連れられて、木の下から去っていく。

僕は安堵と、それから少し残念な気持ちを込めて、大きく一つ息を吐いた。

もう会う事がないようにって、僕は願う。

ただ、あの子熊達が、それから母熊も、無事で元気に暮らせるようにって、そんな風にも願っている。

今回の再会は、決して望んだ訳ではなかったけれど、それでもやっぱり、うん、何だかちょっと嬉しかったから。

あとがき

らる鳥と申します。

ご存じの方はお久しぶりです、知らないよって方は初めまして。

この度は『天才錬金術師は異世界のすみっこで暮らしたい～悠々自適な辺境アトリエ生活～』を手に取っていただきありがとうございます。

出版という形で皆様にお届けができて、とても嬉しいです。


さて、今回のお話は錬金術師物なのですが、錬金術ってちょっと縁遠い言葉ですよね。

漫画やゲームで扱われる事が増えてきていると思いますが、魔法！とかに比べたら何をしてるのかいまいち想像がし難くて、でもそこが魅力でもあるような気がして。

化学的であり、魔法のように神秘的であり、胡散臭くもある、不思議な技。

何かを材料に、全く見た目の異なる不思議な効果を持つアイテムを生み出し、それを扱う。

何だか独特の情緒があるように感じて、好きです。

錬金術ではないですが、この材料からこれが生み出されるの？って物、色々ありますよね。

ガラスとか、砂に混じってる珪砂とかソーダ灰とか石灰石でつくるそうで、窓ガラスもあれば風鈴とか、他にも切子とか、色々姿形を変えた製品になるので、何だか素敵だなあって思います。

切子の酒器とか、めっちゃいいですよ。

あぁ、酒もそうですよね。

穀物とか果物から、人間が酔う液体が生み出されるとか、ちょっと錬金術っぽいかもしれません。


個人的には、カレーもそうです。

子供の頃、何かの行事とかでカレーを作る時、湯にルーを入れるとカレーになるのが不思議で不思議で、カレールーは魔法の固形物でした。

今でも、スパイスからカレーを作る動画とか見ると、何で炒めてアレしてコレして、出来上がりがあんな風にカレーになるのか、よくわかんなくて不思議です。


カレーって結構好きな食べ物で、お湯で温めるインスタントのカレーとか、お店でカツカレーとか、インド料理屋さんのカレーとか、割と色々食べます。

ナン、でかいですよね。

僕はチーズナンが好きなのですが、インド料理屋さんは行く度にお腹パンパンになります。

基本的にカレーは少し辛いのが好きで、決して辛いのが得意って訳じゃないんだけど、自分が耐えられる限界はどの辺かなって、挑戦したくはなったりしますね。

そういえば、そんなに前の話ではないんですが、ＣＯＣＯ壱番屋さんで15辛が追加されたのはご存じでしょうか？

今回、後書きを書くにあたって、折角なのでその15辛に挑戦してきましたので、少しだけその事を書きますね。

若干ビビってロースカツチーズカレー15辛にしたんですけど、しっかりと辛くて、美味しかったです。

極激辛とか、罰ゲームにも使われる系の激辛物に比べると、大分優しい辛さで、食道や胃が痛い！みたいにはなりませんでした。

口は勿論痛いですし、汗も噴き出ますし、テーブルに備えられた福神漬の甘さに癒やされるくらいには、ちゃんと辛い物に挑戦はしてるんですけど、美味しく食べられる範囲かなあって思いました。

ただ、辛い物を食べた後にゴクゴクドリンクを飲んで、えふってなると、胃からあがる香辛料の香りで食道から鼻まで焼かれるので、食後の飲み過ぎは注意かなぁと。

個人的にはＣＯＣＯ壱番屋さんで辛くして食べる時、一番手強いのはカレーうどんだと思ってます。

あんまり身近であのお店でカレーうどん食べたって人はいないんですが、僕は好きです。

当然の話なんですが、辛い物への耐性は個人差があるので、無茶は駄目ですが。

辛い物に挑戦する前には、ヨーグルトとか乳製品で胃を保護する事もお忘れなく。

さて、それではこの辺りで話を閉じさせていただこうと思います。

ここまで読んで下さって、それから繰り返しになりますが、手に取って下さって、本当にありがとうございました。

らる鳥（とり）

天才錬金術師は異世界のすみっこで暮らしたい
～悠々自適な辺境アトリエ生活～

2023年10月27日　初版第１刷発行

著　者　らる鳥

発行人　菊地修一

発行所　スターツ出版株式会社

〒104-0031　東京都中央区京橋1-3-1　八重洲口大栄ビル７F
☎出版マーケティンググループ　03-6202-0386
（ご注文等に関するお問い合わせ）

https://starts-pub.jp/

印刷所　大日本印刷株式会社

ISBN　978-4-8137-9276-5　C0093　Printed in Japan

[らる鳥先生へのファンレター宛先]
〒104-0031　東京都中央区京橋1-3-1　八重洲口大栄ビル７F
スターツ出版（株）　書籍編集部気付　らる鳥先生